薬屋の秘密

THE LOST APOTHECARY
BY SARAH PENNER
TRANSLATION BY HIROMI ARAI

ハーパー
BOOKS

THE LOST APOTHECARY

BY SARAH PENNER

Published by K.K. HarperCollins Japan, 2023

両親に

万物の創造主たる神の御前《みまえ》に誓います。

この仕事の内情や舞台裏を、
恩を知らぬ者や愚か者に教えることは決していたしません。
客が打ち明けた秘密を漏らすことは決していたしません。
毒を処方することは決していたしません。
害悪をもたらす医療者たち、すなわち偽医者、経験主義派、
錬金術師を認めることは決していたしません。
鮮度の落ちた薬、質の悪い薬を
店に置くことは決していたしません。
これらを守り続けることを誓います。
どうか末永いご加護を賜《たまわ》りますように！

——古《いにしえ》の薬剤師の誓い

薬屋の秘密

おもな登場人物

〈現代〉

キャロライン・パースウェル――事務職の女性

ジェイムズ・パースウェル――キャロラインの夫。大手会計事務所勤務

アルフレッド――泥ひばりツアー主催者。通称バチェラー・アルフ

ゲイナー・ベイモント――アルフレッドの娘。大英図書館勤務

ローズ――キャロラインの親友

〈18世紀〉

ネッラ・クラヴィンジャー――薬屋の主人

イライザ・ファニング――アムウェル家のメイド

トンプソン・アムウェル――イライザが働く屋敷の主人

アムウェル夫人――イライザの雇い主

クラレンス卿夫人――ネッラの店の客

クラレンス卿――貴族

ミス・バークウェル――クラレンス卿の愛人

トム・ペッパー――書店の息子

フレデリック――ネッラの元恋人

1

ネッラ　一七九一年二月三日

夜が明けたら彼女がやってくる——この手紙を書いた人、わたしがまだその名を知らぬ人が。

彼女がいくつなのか、どこに住んでいるのか、不明である。上流、中流、労働者——いずれの階級に属しているのかわからない。夜のとばりが下りればどんな邪悪な夢想にふけるのかも。彼女は被害者かもしれないし犯罪者かもしれない。新妻かもしれないし、復《ふく》讐《しゅう》心に燃える未亡人かもしれない。あるいは子守女か売春婦か。

彼女についてわたしは何ひとつ知らないが、これだけは確かだ。この人には死んでほしい相手がいる。

蠟燭《ろうそく》の最後の明かりが照らす薔薇《ばら》色の便箋を、手に取った。灯心のイグサはじきに燃え尽きそうだ。インクで綴《つづ》られた文字を指でなぞりながら想像をめぐらせる。どんな絶望の果てに、彼女はわたしのような人間を探し当てたのか。薬剤師の顔をした殺人者を。偽装の名人を。

要望は簡潔かつ明瞭だった。『わたしの雇い主の夫を、朝食の折に。二月四日の明け方にうかがいます』。すぐ頭に浮かぶのは、どこかのお屋敷で奥さまに仕える中年家政婦の姿だが、どうだろう。二十年もこの仕事をやっていれば、要望に最適な処方は直感的に思いつく。この場合は、マチンを注入した鶏卵である。

手間はかからず、材料も手元にある。しかしなぜか、引っかかるのだった。便箋からはかすかに木の匂いがし、涙で湿ったせいか、左下の隅がわずかに丸まっている。けれどこの胸のざわめきは、それらとは関係ない。これもまた直感的なものだ。避けるべき何かがあると、直感が告げている。

しかし、ありふれた一通の手紙のいったいどこに危険が潜み得る？　大丈夫、この手紙は何の予兆でもない。わけもなく不安になるのは疲れのせい——もう、こんな時間なのだから——それと、体の節々の痛みのせいだ。

わたしはテーブルに目を向けた。そこにあるのは子牛革の表紙の、大切な日誌。生と死の記録。この特殊な薬屋で薬を買い求めた、大勢の女たちのリスト。

はじめのほうのページを埋める軽やかな筆跡からは、嘆きや怒りは伝わってこない。色《いろ》褪《あ》せたこれらの文字は母が記したものだ。バック・アレー三番地にひっそりとある、この女性専門の薬屋は、わたしが引き継ぐ前は母が営んでいた。

折に触れ、母の記録を読み返す――〝一七六七年三月二十三日　R・ランフォード夫人　セイヨウノコギリソウ十五ドラム三回分〟――すると母にまつわる記憶がよみがえる。ノコギリソウの茎を乳棒ですり潰す母。うなじで髪が弾んでいた。無数の小さな花から種を取り出す手。その皮膚は薄くてすべすべしていた。わたしと違って、母が作業するのは隠し扉の裏ではなかった。赤ワインの瓶にこっそり薬を入れることもなかった。母は何も隠す必要はなかった。母の調合する薬は良きことのためだけに使われた。産後の肥立ちが悪い母親や、月のものがきちんと来ない女たちを助けた。だから母のページは安全な薬草の名で埋め尽くされている。疑いを招く余地は皆無だ。

わたしが書いたページには、イラクサ、ヒソップ、アマランサスといった一般的な薬草名ももちろんあるが、危険な原材料の名も並んでいる。ベラドンナやクリスマスローズやヒ素など。それらの文字の陰には、背信や苦悩……罪深い秘密が潜んでいるのだ。

頑健な青年の心臓が結婚式前日に止まったり、父親になったばかりの健康な若者が突然の高熱で世を去ったり。そんな出来事にまつわる秘密が、日誌には赤裸々に記されている。彼らが命を落としたのは心臓病のためでも熱病のためでもない。ここにその名を残す女たちの手で、チョウセンアサガオやベラドンナが、ワインやパイに混ぜられていたからである。

ただし、ことの発端となったわたし自身の秘密は、ここには記録されていない。ただ一人、日誌にその名前が記されていない犠牲者――フレデリック。彼の名は、わたしの傷ついた心、損なわれた子宮にのみ、くっきりと刻まれている。

日誌をそっと閉じて、手紙に注意を戻した。この胸騒ぎは何なのか。丸まった便箋の隅にどうしても目がいってしまう。何かが紙の裏側を這《は》ってでもいるかのように、気になってしかたがない。時間がたつほどに不安は膨らみ、指の震えが激しくなる。シャンシャンと遠くに聞こえるあの音は、表を通る馬車の鈴。警吏の腰にさがる鎖の音にそっくりだ。でも彼らがここへやってくるはずはない。二十年間、やってこなかったのだから。毒を薬に偽装するように、この場所もうまく隠してある。男たちにここは見つけられない。ロンドンでも最も雑然とした一画の、入り組んだ路地。その奥の奥、壁と見せかけた間仕切りの裏に、わたしの薬屋はある。

わたしは周囲を見回した。煤《すす》で汚れ放題だが、きれいにする気も体力ももはやない。棚の空き瓶にわたしの顔が映り込んでいる。かつては母と同じ鮮やかな緑だった目からは生気がほぼ失せ、つやつやしていた頬はげっそりとこけている。まるで亡霊のようである。とても四十一歳には見えない。

ゆっくりと左手首をさする。火床に置き忘れられた石さながらに熱を持って腫れている。関節の不具合は、何年もかけてじわじわと全身に広がってきた。痛みも強くなっている。

目覚めているあいだ、痛みは片時もわたしから離れない。そのうえ、毒物を扱うたびに新たな症状が現れるのだ。ときには十本の指がぱんぱんに腫れてこわばり、今にも皮膚が破れて肉があらわになるのではないかとさえ思う。

人を殺《あや》め、隠し事を積み重ねてきたためにこうなったのだ。長年の行いがわたしを内から腐らせようとしている。内なる何かが、この身を引き裂こうとしている。

空気の流れが止まったのか、低い石天井へ向かって煙が立ちのぼっていく。蠟燭はほとんど消えかかっているが、アヘンチンキを数滴飲めば、じきに気だるいぬくもりがこの身を包んでくれることだろう。夜も更けた。あと数時間で彼女がやってくる。そしてわたしは彼女の名前と秘密を日誌に書き込むことになる。今、どれほどこの胸の内がざわついていようとも。

2

キャロライン　現在　月曜日

一人でロンドンにいるなんて、想定外だった。

結婚記念日の旅とは二人でするもののはず。なのにホテルからロンドンの夏の陽光の下へ出たわたしの隣には、誰もいない。本当なら、今日――結婚十周年の記念日――はジェイムズと二人でロンドン・アイに乗るはずだった。テムズ川を一望できる大観覧車に。予約したのは夜のVIPチケットで、シャンパンと専属のサービススタッフがついてくる。何週間も前からわたしは想像していた。星空の下、淡い光に包まれ揺れるカプセル。そこに満ちる二人の笑い声。ときおり聞こえるのは、打ち合わされるシャンパングラスの響きと軽やかなキスの音だけ。

ところがジェイムズは今、海の向こう側にいて、わたしは一人、ロンドンで嘆き、怒り、時差ぼけに苦しみ、人生を変えかねない決断を迫られている。

ロンドン・アイのある南ではなく、セント・ポール大聖堂やラドゲート・ヒルがある逆方向へ足を向けた。大きなトートバッグを斜め掛けにしてきょろきょろパブを探す姿は、どこから見ても一人旅の観光客だ。バッグの中には手帳が入っていて、そこには十日間の旅程とたくさんのハートマークが青いインクで書き込まれている。カップルにふさわしい旅の予定と、浮き立つ気分でそれぞれが書いたメモ。それを読むのは、今はまだつらすぎる。〝サザークでガーデンツアー〟。わたしはあるページにそう書いたのだった。するとジェイムズがそこに、〝木の陰で子づくり〟と書き加えた。だから万一に備えて、ワンピースを着ていくつもりだったのだ、わたしは。

もうこの手帳は必要なくなった。そこに書かれたプランも全部あきらめた。次は何をあきらめることになるんだろう。そう思うと、喉の奥がひりついて涙が出そうになる。結婚生活？　大学時代からのつき合いだから、ジェイムズ抜きの生活なんて想像できない。彼と一緒じゃない自分も想像できない。子どももあきらめることになるんだろうか？　それを考えると胃が締めつけられる。わたしは母親になりたい――完璧な形をしたちっちゃな足にキスしたり、まん丸なお腹《なか》に口をつけてブーブー音を鳴らしたりしたい。

一ブロック歩いただけでパブが見つかった。〈オールド・フリート・タバーン〉。思い切って入ってみることにして入口へ向かっていると、舗道にたたずむ人から呼びとめられた。汚れた作業ズボンを穿《は》いてクリップボードを持った、いかつい風貌の男性だった。六十がらみのその人は、にこにこ笑いながらこう言った。「泥ひばり、どうかね?」

泥ひばり? 泥の中に巣をつくる鳥でもいるんだろうか。わたしはつくり笑いを浮かべて首を横に振った。「いえ、結構です」

彼は簡単には引き下がらなかった。「ヴィクトリア時代の小説を読んだことはあるかい?」赤いツアーバスのブレーキ音と重なって、その声は聞き取りにくかった。

でも、踏み出しかけていた足がそれで止まった。十年前に大学を卒業したわたしの専攻は英国史だった。成績は悪くなかったけれど、わたしが興味を引かれるものはいつだって教科書の外にあった。型にはまった味気ない文章は、かび臭い保管庫に眠るアルバムや、ネットで見つけた古い芝居のチラシや、国勢調査の記録や何かの乗客名簿ほどには心に響かなかった。クラスメイトがコーヒーショップに集まって勉強しているあいだも、わたしは一見無意味に思われる資料に一人で何時間も夢中になっていた。この変わった傾向が何に起因するものなのかは謎だったが、市民革命や世界的リーダーたちについてみんなが熱っぽく語り合っているときも、わたしだけがあくびをかみ殺していたのは本当だ。わたしにとって歴史学の魅力とは、昔の暮らしの細部を垣間《かいま》見られるところにあった。語られずにいた普通の人々の秘め事を覗《のぞ》き見られるところに。

「ええ、少しは」と、わたしは答えた。古典的なイギリスの小説はもちろん大好きで、大学時代にずいぶん読破した。自分の好奇心を満たしてくれるのは歴史学よりこちらのような気がして、文学を専攻するべきだったかと悔やんだことも一度や二度ではなかった。でも、この男性には言わなかったが、わたしがヴィクトリア時代の小説——いや、時期を限らず、かつてあれほど好きだったイギリスの古典文学——を最後にひもといてから、もう何年もたつ。いまここで彼に抜き打ちテスト的な質問をされでもしたら、惨めな結果しか出せないに決まっている。

「だったら、泥ひばりのことはあちこちに書かれていただろう。今でもいるんだよ、川に埋もれた古いもの、価値あるものを夢中で探す連中が。靴は少々濡《ぬ》れちまうが、古《いにしえ》に思いを馳《は》せるにはもってこいだ。潮が満ち、また引いていく。そのたび新たな神秘が現れる。やってみる気になったら、うちのツアーはいつでも誰でも大歓迎だ。初回は参加費無料。集合場所はほら、あの煉瓦《れんが》のビルの裏っかわ」彼はそちらを指さした。「河原へ下りる階段がある。開始は二時半だよ。その頃、潮が引きはじめるから」

わたしは微笑を返した。身なりはみすぼらしくても、彼のはしばみ色の目は温かかった。その先で、〝オールド・フリート・タバーン〟と刻まれた木の看板が、わたしを誘うように揺れている。「ありがとうございます」と、わたしは言った。「でもあいにく……別の心づもりがあって」

本当は、一刻も早く何か飲みたかったのだ。

彼はゆったりとうなずいた。「そうかい。じゃあ、もし気が変わったら来るといい。五時半ぐらいまではやってるからね」

「ええ、それじゃ」わたしは小さな声で言うと、バッグを反対側の肩に掛けかえた。ふたたび会うことはないだろうと思いながら。

足を踏み入れた店内は薄暗くてじめっとしていた。よじ登るようにして革のスツールに座る。並んだビールの銘柄を見ようと身を乗り出して、カウンターに両腕が触れた瞬間、ぎょっとなった。汗だかビールだか、とにかく何かで濡れたままになっている。わたしはボディントンを注文し、クリーム色の泡がむくむく盛り上がって落ち着くまで辛抱強く待った。そうしてようやくぐいっとあおったビールは生ぬるかったが、その生ぬるさも、始まりかけている頭痛も左下腹部の鈍痛も、気にならないぐらい疲れ果てていた。

ヴィクトリア時代、か。いつの間にかまたチャールズ・ディケンズのことを考えている。折に触れ、その名前を懐かしく思い出す。面白い男だったけど暮らすとなるとね……なんてときおり思い出す別れた恋人か何かみたいに。ディケンズの作品はたくさん読んだ――『オリバー・ツイスト』がいちばんのお気に入りで、僅差で『大いなる遺産』が続く――けれども今、わたしはちょっと戸惑っている。

さっき会った男の人によれば、ヴィクトリア時代の小説には泥ひばりなるものがよく出てくるらしいが、その言葉をわたしは知らないのだ。もし隣にジェイムズがいたら、ばかだなあと笑われていたに違いない。夜遅くまで昔のおとぎ話に読みふける大学生って、と彼にはよくからかわれたものだった。そんな時間があれば、学術誌を読み込むとか、英国史における政情不安という自分のテーマを掘り下げるとかするべきだと彼は言っていた。歴史学の学位を役立てるにはそれぐらいしないとだめだ、そうすれば博士号を取得できて、教授を目指せるかもしれない、と。

ある意味、彼は正しかった。大学を卒業したわたしは、ほどなく気づくことになる。自分の取得した学位は、ジェイムズの会計学の学位ほど明るい前途を約束してくれるものではないことに。こちらの就職活動が長引いているあいだに、ジェイムズはシンシナティの会計事務所に早々と職を得た。そこは四大会計事務所のひとつで、給料もよかった。わたしは地元の高校やコミュニティ・カレッジの教職に応募を重ねたものの、ジェイムズの予言どおり、どこも求めているのは修士や博士なのだった。

それでも挫《くじ》けず、これは勉強をさらに深めるチャンスなのだと考えた。嬉しいような怖いような興奮を胸に、ロンドンから北へ一時間のところにあるケンブリッジの大学院に出願する手続きにわたしは取りかかった。ジェイムズには大反対されたが、そのわけはやがてわかった。卒業して三カ月ほどたった頃だった。オハイオ川を見晴らす桟橋の突端で彼はひざまずき、涙を浮かべてわたしに言ったのだ。ぼくの妻になってください、と。

ケンブリッジは消えた。ケンブリッジも博士号も、チャールズ・ディケンズも消えた。ジェイムズの首に抱きついてイエスと囁《ささや》いたあの瞬間、歴史学者志望というわたしのアイデンティティは崩壊し、近い将来ジェイムズの妻になるわたし、に取って代わられたのだった。大学院に出すはずだった願書はゴミ箱行きとなり、結婚式の招待状の文字をどんな書体にするかとか、テーブルに飾る芍薬《ピオニー》は濃いピンクか淡いピンクかといったことでわたしの頭はいっぱいになった。そして結婚式がきらきらした思い出になってしまうと、今度は新居のための買い物に情熱を注ぎ込んだ。熟慮の末に決めた家は申し分なく、通りのはずれにあって、ベッドルーム三つとバスルーム二つ、ご近所には子育て世代が多かった。

日々は穏やかに過ぎていった。わが家の前のハナミズキの並木道みたいに、先までまっすぐ見通せる人生をわたしは送っていた。やがてジェイムズの足が出世のはしごの一段目にかかった頃、わたしの両親――シンシナティから少し東へ行ったところで農場をやっている――から魅力的な提案がなされた。給料を払うから、農場の簡単な経理と管理事務をやらないかというのだ。安定した働き口だ。未知のものごとは何もない。

返事をするまで二、三日は考えた。地下室に置いたままの段ボール箱のことも少しだけ頭をよぎった。かつての愛読書が詰まった箱。『ノーサンガー・アビー』『レベッカ』『ダロウェイ夫人』――あれらはどう役立った？　ジェイムズの言うとおり、古い文献や幽霊屋敷の物語をどれだけ読んだって、どこにも就職できなかった。それどころか、奨学金という名の借金を数万ドルも背負ってしまった。わたしは箱の中身が疎《うと》ましく思えてきて、ケンブリッジで勉強しようなんて、就活に行き詰まって血迷った新卒者の妄想に過ぎなかかったのだと確信するに至った。

しかも夫がこれだけしっかりした職に就いているのだ。妻としての正しい選択は、シンシナティに根を下ろして彼を支え、家庭を守ることだろう。

実家からの申し出を受けることに決めると、ジェイムズはたいそう喜んだ。ブロンテもディケンズも、かつての愛読書はすべて箱に入ったまま地下室の隅に追いやられ、やがて忘れ去られた。

パブの暗がりでビールをもう一口、ゆっくりと飲む。そもそもジェイムズがロンドン行きに同意したこと自体、驚きだった。結婚十周年記念の旅の行き先を決めるにあたって、彼は自分の希望を明確に表明した。ヴァージン諸島のビーチリゾートで、カクテルを飲んでは昼寝する日々を過ごしたい、と。けれど去年のクリスマスがダイキリ浸りのバケーションで似たようなものだったから、今度は違う旅にしたい、イギリスとかアイルランドなんてどうかしら、とわたしがお願いしたのだ。アカデミックなイベント、たとえばわたしがちらっと口にした稀覯本《きこうぼん》修復ワークショップみたいなことに無駄に時間を割かないのならという条件つきで、最後にはジェイムズも首を縦に振った。イギリスへ行くのがきみの夢だったんだものな、折れてあげるよ、と言いながら。

そんなふうに、煌《きら》めくシャンパンさながらにわたしの夢を満たしたグラスを高く掲げて見せておきながら、彼はそれを宙で握り潰した。

中身が半分になったビアマグをバーテンダーが指さしたが、わたしはかぶりを振った。一杯でじゅうぶんだった。どうにも気分が落ち着かなくて、スマートフォンを取り出しフェイスブック・メッセンジャーを開いた。ローズ——幼なじみでありいちばんの親友でもある——からメッセージが届いていた。『元気にしてる?』

そして『エインズリーの写真、送るね。あなたによろしくって言ってるみたい』

このあいだ三千百七十五グラムで生まれたエインズリー。世にも可愛《かわい》らしいわたしのゴッド・ドーター。グレーのブランケットにくるまれて、わたしの大切な友だちの腕のなかですやすやと眠っている。ジェイムズの秘密を知ってしまう前に彼女が生まれてきてくれてよかった。彼女がローズのお腹にいた九カ月はわたしも幸せだった。ほろ苦い笑みが知らず知らず浮かんでくる。たとえほかのすべてを失っても、わたしにはこの二人がいる。

ソーシャルメディアが目安になるならば、仲間内でまだ、ベビーカーを押したりマカロニ&チーズでべたべたのほっぺにキスしたりしていないカップルはうちだけらしかった。おあずけはつらかったけれど、わが家の場合、しかたなかった。ジェイムズが勤める会計事務所では若手にはクライアントとの飲食が奨励され、一週間の労働時間が八十時間を超えることも珍しくない。わたしは結婚してすぐにでも子どもをつくりたかったが、ジェイムズにしてみれば、長時間に及ぶ仕事と子育ての両方をやるのは耐えがたいストレスなのだった。だから十年のあいだ、毎日彼は出世のはしごを昇り、わたしのほうは、いつかはと自身に言い聞かせつつ、毎日ピンクの小さな錠剤を舌にのせ続けてきた。

スマートフォンに表示された日付を見やる。今日は六月の二日。ジェイムズが昇進してからほぼ四カ月になる。ついに役員への道が確約され、クライアントとつき合わねばならない日々に終止符が打たれてから四カ月。

わたしたちが子づくりをスタートして四カ月。

わたしの〝いつかは〟が〝今だ〟になって四カ月。

けれどまだ、子どもはできていない。

わたしは親指の爪を噛《か》み、目を閉じた。四カ月のあいだに妊娠しなくてよかった。初めてそう思った。二日前に判明した事実の重みによって、夫婦関係は崩れはじめた。わたしたちの関係が二人だけの問題ではなくなったという事実。もう一人の女性が入り込んできたという事実。こんな苦境に生まれて幸せな子どもがいるだろうか？　いるわけがない――わたしの子であれ、誰の子であれ。

ひとつ、問題なのは、本当なら昨日始まるはずだった生理がまだ来ていないことだった。時差ぼけとストレスが原因でありますようにと、今、全力で祈っている。

最後にもう一度、親友の赤ちゃんを眺めた。羨ましさよりも今後への漠然とした不安のほうが大きい。わが子とエインズリーが無二の親友同士になってくれたらどんなに嬉しかっただろう。わたしとローズみたいになってくれたら。けれどジェイムズの秘密を知ってしまったからには、結婚生活がこのまま続く可能性は低い。母親になる可能性はもちろんのこと。

十年目にして初めて、桟橋でイエスと答えたのは間違いだったのかもしれないと思いはじめた。もし、ノーと答えていたら？　あるいは、もう少し待ってと言っていたら？　たぶん今ごろオハイオにはいなかっただろう。好きでもない仕事はしていなかっただろうし、夫婦関係が破綻の危機に瀕《ひん》してもいなかっただろう。ロンドンのどこかに住んで、教師か研究者になっていただろうか？　相変わらずおとぎ話ばかり読んでいただろうか？　いずれにしても、悪夢のような今の事態よりはましだったのでは？

現実的で慎重なジェイムズの性分をわたしは高く評価していた。夫のそういうところのおかげで自分は安全に守られているのだと考えていた。わたしが自分の思いつき――彼の定めた目標や希望へ続く道筋からはずれたこと――を口にすると、すぐさま彼はそのリスクやデメリットを並べ立て、現実へ引き戻してくれるのだ。彼が順調に出世できたのも、この理性と合理性ゆえだった。しかしこうしてジェイムズから離れてみて初めて気づいたのだが、かつてわたしが追っていた夢は、彼にとって会計問題のひとつでしかなかったのかもしれない。わたしが幸せになれるか否かではなく、利益率の大小とリスク管理の難易度が判断基準だったのだ。思慮深く頼りがいがあると思っていた人が今、違って見えてきた。融通が利かず、人を操ることに長《た》けているのだ、ジェイムズは。

べたつく腿裏を革の座面から引き剝がすように身じろぎをして、わたしはスマートフォンの画面をオフにした。せっかくロンドンにいるのだから、家のことや、たられればを考えるのはやめよう。

ありがたいことに、三十四歳の女が一人カウンターでビールをあおっていても、〈オールド・フリート・タバーン〉のお客は気にも留めていない様子だ。その無関心さが嬉しかったし、ボディントンは旅に疲れた体に染み渡った。わたしはビアマグをきつく両手で包み込むと、左手の指輪がガラスに押し当てられる煩《わずら》わしさを感じつつ、残りのビールを飲み干した。

店を出て、次はどこへ行こうか——やっぱりホテルで昼寝かな——などと考えながら歩きはじめるとすぐ、作業ズボンの男性に呼び止められた場所にさしかかった。あれはなんといったか……泥すずめ？　違う、泥ひばりだ。集合場所はこの近くで、二時半から始めると言っていた。スマートフォンを出して時刻を確かめると、二時三十五分だった。わたしは足を速めた。急に元気が湧いてきた気がする。親切なイギリス男性に導かれてテムズ川へ行き、ヴィクトリア時代や泥ひばりについて学ぶなんて、まさに十年前のわたしが大喜びしそうな冒険ではないか。ジェイムズに反対されるのはわかっている。けれどここにいない彼にわたしを引き留めることはできない。

一人なんだから、したいことをしてかまわないのだ。

途中に〈ラ・グランデ〉があった——この洒落《しゃれ》たホテルへの宿泊は、わたしの両親からの結婚十周年のプレゼントだった——けれど目もくれずに通り過ぎた。川の近くまで来ると、水辺へ続くコンクリートの階段がすぐに見つかった。流れは泥の色をしており、深いところは水中で何かが暴れてでもいるかのように渦を巻いている。無難な娯楽へ向かう人々の中、わたしは階段へ向かった。

それはひどく急で、現代の大都市のど真ん中にあるとは思えないような代物だった。一段の高さが少なくとも四十五センチはあり、コンクリートと言っても砂利を固めてあるだけだ。スニーカーと斜め掛けバッグは正解だったと思いながら、そろそろと下りていく。下りきったところでひと息つくと、あたりの静けさが五感に染み入るようだった。対岸では車や人が忙《せわ》しなく往来している——けれど喧噪《けんそう》はここまでは届かない。聞こえるのはさざ波が岸に打ち寄せる音と、水中で転がる小石がたてる、チャイムに似た音。あとは頭上で舞う一羽のカモメの寂しげな呼び声。

泥ひばりツアーの参加者とおぼしき人たちが集まっている場所は少し先だった。みんな、ガイド——わたしに声をかけてきたあの人——の説明に聞き入っている。意を決して、そちらへ足を踏み出した。不安定な石や泥の水たまりを慎重によけて歩く。グループに近づいていきながら、自分自身に言い聞かせる。とりあえず何もかも忘れなさい、ジェイムズのことも中途半端なままの妊活も。自分でも思いがけないほどの怒りと嘆きでまともに息さえできていなかったのだから、このあたりでひと休みしたほうがいい。これからの十日間をどう過ごすにしろ、四十八時間前に判明したジェイムズの秘め事を繰り返し思い出したところで何の益にもならない。

結婚十周年を祝うこの旅で、このロンドンで、答えを見つけなければならない。わたしが本当に望んでいるものは何なのか。わたしの望む人生には引き続きジェイムズが、彼との子どもが、含まれているのかどうか。

しかしそれを知るためには、わたし自身にまつわるいくつかの真実を掘り起こす必要があるのだった。

3

ネッラ　一七九一年二月四日

　バック・アレー三番地で母が営んでいた女性専用の薬屋に間仕切りはなく、作業場も売り場も同じ空間にあった。無数の蠟燭に明るく照らされた店にはひっきりなしに客が訪れ、子連れの客も多かった。狭いながらも活気に満ちたその店には、人を安心させるぬくもりがあった。女性の不調を治す薬屋のことを知らぬ人はロンドンにはおらず、重いオーク材の扉が長く閉まったためしはなかった。

　のちに母に死なれ、フレデリックに裏切られたわたしがロンドンの女たちに毒を売るようになると、店の中をふたつに分ける必要に迫られた。だがその問題は、棚に見せかけた間仕切りを設置することで簡単に解決した。

　表側は今もバック・アレーから直接入ってこられる。オークの扉――鍵がかかっていることはまずない――は誰にでも開けられるものの、中を一目見れば、目的地を間違えたと考える人が大方だろう。そこにあるのは、精白した大麦を入れるための樽《たる》ひとつきり。半ば朽ちた樽にいったい誰が興味を持つだろう。タイミングによっては隅にネズミの巣ができていたりもして、それがまた、打ち捨てられた廃屋といった趣を強めてくれるのだ。この空間が、わたしの偽装その一である。

おかげで客足は途絶えた。顧客だった女性たちは母の死を知り、空っぽの店舗を見て、思ったことだろう。ああ、薬屋はもうなくなってしまったのだ、と。

より好奇心の旺盛な者、あるいは不埒《ふらち》な考えを抱く者――手癖の悪い若者など――は、すぐにはきびすを返さない。くすねるものを求めて入り込み、棚をあさろうとする。けれど戦利品はない。何も置かれていないのだから。すごすごと彼らは引き返す。必ず誰もが引き返す。

みんな騙《だま》される――友だちから、姉妹から、母親から、話を聞いてやってきた女たちを除いて。彼女たちは大麦の樽の意味を知っている。それが伝達手段であることを。そこに手紙を入れるのだということを。大きな声では言えない用件がしたためられている手紙を。そして彼女たちは知っている。棚のある壁の一部が隠し扉になっていて、その奥がわたしの店であることを。そこでわたしが、静かに待っていることを。毒の染みついた手を持つわたしが。

今また、わたしは新しい客を待っている。夜が明けたらその人が来る。

あの軋《きし》みは、表の扉がゆっくりと開かれる音。来たようだ。その姿を確かめようと、壁のわずかな隙間から向こうを覗いた。

わたしは思わず、わななく手で口を押さえた。驚いた。何かの間違いだろうか？　やってきたのは女性ではなかった。子どもだ。年は、せいぜい十二、三。灰色のウールのドレスに、古ぼけた紺のマントを羽織っている。間違って迷い込んできたのか？　あれも小さな泥棒なのか？　だとしたらあの子はパン屋に忍び込むべきだ。チェリーパンでも食べて、少し肥えたほうがいい。

でもあの子は、夜明けと共に現れた。身ごなしに迷いはなく、静かにたたずみ、目くらましである棚付きの壁を見据えている。その裏にわたしがいる壁を。

違う。たまたま入ってきたのではない。

すぐに追い返そう。子どもの来るところじゃないと言い含めて。わたしは出ていきかけたが、ふと思った。彼女の手紙には、雇い主の夫のためにと書かれていた。雇い主が社交家なら、わたしが邪険に子どもを追い払った話が広まるかもしれない。そうなれば、この仕事にも影響が出るだろう。それに、と壁の隙間に目を当てたままさらに考えた。黒い髪を豊かに頂く頭を高くもたげて、あの子は丸い目を煌めかせている。うつむいたり、路地を振り返ったりはしていない。体がわずかに震えているが、緊張のためではなく寒さのせいであるのは間違いない。背筋をまっすぐに伸ばしたあのたたずまいは、とても何かに怯《おび》えているようには見えない。

あの度胸の源はいったい何なのだ？　女主人の厳しい命令か、それとももっと邪悪な何かだろうか？

わたしは掛け金をはずして壁の可動部を内側へ引き、少女を手招きした。部屋の狭さにも彼女は瞬《まばた》きひとつしなかった。二人並んでそれぞれが手を広げれば、両側の壁に届きそうなほどなのだが。

奥の棚を眺める彼女の視線をわたしは追った。ガラス瓶、錫《すず》の漏斗《ろうと》、薬壺《つぼ》、砥石《といし》などが無秩序に並んでいる。別の壁際、火から最も遠いところには母が使っていたオーク材の戸棚。光を嫌うチンキ材や薬草を入れるための磁器陶器が納められている。出入口に近い壁には、少女の肩ほどの高さに細長いカウンターがしつらえてあり、金属製の天秤《てんびん》、ガラスと石の分銅、婦人病治療の手引きなどがのっている。さらにもし少女がカウンター下の引き出しまで覗いたならば、匙《さじ》だのコルク栓だの燭台だのピューター皿だのを見つけただろう。それから、文字や数字が書き散らかされた紙の束なども。

慎重に彼女をよけて歩いて掛け金を戻す。わたしのさしあたっての課題は、この小さな新規客を安心させ、縮こまる必要はないと思わせることだった。が、そんな気遣いは無用だったらしい。ふたつある椅子の片方に彼女はさっさと腰を下ろして、ここにもう百回も来ているような顔をしている。明るいところに座ってくれたために姿がよく見える。華奢《きやしや》な体に卵形の顔。小さな顔には大きすぎるぐらいの、澄んだはしばみ色の目。テーブルの上で両手の指を組むと、彼女はわたしを見上げてにっこり笑った。「よろしくお願いします」

「よろしく」少女の礼儀正しさにまた驚きながらわたしは言った。そしてすぐに思った。この子が書いた手紙に不吉なものを感じていたなんて、ばかみたいだと。この年であそこまで達者な字を書くとはたいしたものだ。懸念は薄れ、代わりにゆるやかな好奇心が湧いてきた。この子のことをもっと知りたい。

わたしは、部屋の一隅を占める竈《かまど》のほうを見た。少し前にかけた鍋が湯気を吹き上げている。「お茶ができたわ」ふたつの茶碗に注ぎ、ひとつを彼女の前に置く。

ありがとうございますと言って、彼女は茶碗を手元へ引き寄せた。視線は今はテーブルの上にとどまっている。そこにあるのは、火のついた一本きりの蠟燭とわたしの日誌、それから彼女が樽に入れた手紙。『わたしの雇い主の夫を、朝食の折に。二月四日の明け方にうかがいます』。現れたときピンク色だった頬は、若いだけあってまだ上気している。

「何のお茶ですか?」

「カノコソウ。それに桂皮《けいひ》も少し。一口二口飲めば体が温まり、さらに飲めば安らかな心持ちになる」

それからしばらくどちらも無言だった。けれど大人同士と違って気まずさは感じなかった。きっと彼女は寒さから逃れられてほっとしているのだろう。温まるまでそっとしておくことにして、わたしはカウンターの前へ行き、数個の黒い小石を手に取った。研ぎ板でなめらかにすれば、これが理想的な瓶の栓になるのだ。少女の視線を感じながらひとつめの石を取り、研ぎ板にあてがい手のひらで転がす。角度を変えて、また転がす。だが十秒か十五秒しか続けられず、しばしば手を止めて息を整えなくてはならなかった。

一年前はもっと体力があった。これしきの作業、ものの数分で片づけられた。髪の毛一本、乱さずにだ。なのに今日はできない。肩が痛すぎる。ああ、本当にわたしはこの病のことをわかっていなかった。数カ月前には片方の肘が痛かった。いつしか痛みは反対側の手首に移り、最近になって、両手の指の関節が痛みはじめた。

少女は茶碗を両手で包み込んだまま、じっとしている。「火のそばのお椀に入ってるどろっとしたものは何ですか？」

わたしは小石から竈へと目を移した。「軟膏《なんこう》よ。豚の脂とキツネノテブクロを混ぜたもの」

「温めてるってことは、そのままだと固すぎるんですね」

彼女の飲み込みの早さに、一瞬気圧《けお》されたようになる。「そう、そのとおり」

「何に使うんですか？」

言葉に詰まった。干して細かくしたキツネノテブクロの葉は、熱を冷まし血を止めてくれるので産褥《さんじょく》期の女性にはもってこいなのだが、この年の子にそんなことを教えるのもどうかと思う。「切り傷に」椅子にかけながら、そう答えた。

「え、切り傷に毒を塗るんですか？」

わたしはかぶりを振った。「これに毒は入っていないわ」

彼女は小さな肩をこわばらせた。「だけど、アムウェル夫人――うちの奥さままですが、あなたは毒を売ってるって」

「それはそうだけど、でもそればかり売っているわけじゃなくてね。毒薬を買いに来た女の人たちが棚にあるものを見て、信用できる知り合いに教えることもあるし。精油、チンキ剤、ビール――薬屋が扱うものは一通り揃《そろ》っているわ」

それは本当だった。毒を売るようになったからといって、棚にヒ素やアヘンばかり並べだしたわけではなかった。セージやタマリスクなど、良薬の材料も引き続き置いてある。ある女性の悩みがひとつ――たとえばたちの悪い夫――が消えたからといって、彼女がすべての苦痛から解放されるとは限らないのだ。ここにある日誌がそれを証明している。毒の名が並ぶページにも治療薬の名が散見されるのだから。

「それに、ここには女の人しか来ないんでしょう？」

「それも奥さまから聞いた？」

「はい」

「そうね、奥さまは間違っていないわ。ここには女の人しか来ない」ずいぶん昔に一人だけ例外があったけれども、あれ以来、わたしの店を男性が訪れたことはない。わたしが助けるのは女たちだけ。

それは母がかたくなに貫いた方針でもあった。女性たちに安息を——癒やしを——提供することの重要性を、わたしは幼い頃から聞かされて育った。きめ細やかな手当が必要な女性にロンドンは優しくない、男のための医者ばかりだ、それも拝金主義の堕落した医者。母はそう言って、女たちに避難場所を提供することを生きがいにしていた。そこでは女たちは、男に好色な目で値踏みされることなく、率直に悩みを明かすことができるのだった。

男性向けに考え出された薬剤の数々も母は受け入れなかった。母が信じていたのは、肥沃な大地が生むものたちの確かな薬効であって、男たちがしかつめらしい顔で読む書物の理論などではなかった。

少女は目を輝かせてあたりを見回している。「すごいですね。あたし、ここ、とっても気に入りました。ちょっと暗いけど。朝が来たって、どうやってわかるんですか？　窓がないのに」

わたしは壁の時計を指さした。「時間を知る方法はいろいろあるわ。窓はわたしには無用の長物」

「でも、ずっと暗いといやになってきませんか？」

ときどき、昼と夜の区別がつかないことがある。心身が明確に覚醒している状態というのがわからなくなってずいぶんたつ。体は常に疲労している。「もう慣れたから」と、わたしは答えた。

こんなふうに子どもと向かい合っているのは実に妙な感じだ。最後にここに座った子どもは、このわたしだった。何十年も前に、母の仕事を見ていたわたし。だがわたしはこの子の母親ではないし、向こうのペースに乗せられかけている。彼女の無邪気さは可愛らしいが、この若さである。当人がいかにこの店を気に入ろうが、わたしが商うほかのもの——たとえば不妊に効くセイヨウカンボクなどを必要とするはずもない。彼女は毒を手に入れるためだけにここにいる。だからわたしは、話を戻そうと思った。「お茶を飲んでいないじゃない」

彼女は疑わしげにそれを見た。「失礼かもしれませんけど、でも、重々用心するようにって奥さまが——」

わたしは手を上げて制した。本当に賢い子だ。わたしは彼女の茶碗を持つと、たっぷり一口飲んでテーブルに戻した。

すぐさま彼女はそれを持ち上げ口元へ運び、飲み干した。「喉がからからだったんです。ああ、おいしかった！　おかわりしてもいいですか？」

わたしは、どっこいしょと立ち上がった。竈までは小股で二歩。鍋の重さに顔をしかめそうになるのをこらえ、彼女の茶碗に二杯目を注《つ》ぐ。

「手、どうしたんですか？」背後から問われた。

「手？」

「さっきからかばってるみたいな感じだから。痛いんじゃないですか？　怪我《けが》したとか？」

「いいえ」わたしは言った。「詮索しないで。失礼よ」だが、すぐに後悔した。この子はただ知りたいだけなのだ。かつてのわたしがそうだったように。「あなた、年はいくつ？」

口調をやわらげて尋ねた。

「十二です」

わたしはうなずいた。それぐらいだと思っていた。「若いなんてものじゃないわね」

彼女はためらう様子を見せた。ドレスの裾の規則的な揺れ方から、足をトントン床に打ちつけているのがわかる。「あたし――」そこでいったん口をつぐんだ。「あたし、人を殺したことは一度もありません」

吹き出しそうになった。「あなたはまだ子どもだもの。生まれてから今までの短い時間でそう何人も殺せるわけないわね」彼女の後ろの棚に目をやる。乳白色の小皿に、毒を仕込んだ鶏卵が四つのっている。「それで、あなたの名前は？」

「イライザです。イライザ・ファニング」

「イライザ・ファニング」わたしは復唱した。「十二歳」

「はい、そうです」

「で、今日は奥さまのお遣いでここへ来たのね？」つまり、相当雇い主に信頼されているということだ。

だが彼女は眉根を寄せ、しばし黙り込んだ。次に口にした言葉にわたしは驚かされる。

「はい、最初に思いついたのは奥さまでした。でも、朝食でって提案したのはあたしです。旦那さまは夕食はお友だちとレストランでとるのがお好きで、お帰りが翌朝とかその次の朝になることもあるんです。だから、朝食のほうがいいと思いました」

わたしはテーブルの上のイライザの手紙を見つめ、その角を親指で撫《な》でた。彼女の若さを思うと、これは確認しておくべきだと感じた。「彼をただ傷つけるだけじゃないのはわかっているのね？　具合を悪くさせるだけじゃなく――」そこからは、ゆっくりと言った。「殺すのよ？　動物を殺すみたいに。あなたと奥さまがやろうとしているのは、そういうことよ？」

小さなイライザはわたしを見上げた。まなざしは鋭い。両手を膝の上できちんと組み合わせている。「はい、わかっています」そう答える彼女に、ためらう様子はみじんもなかった。

4

キャロライン　現在　月曜日

「古の川の呼び声には抗《あらが》えなかったね？」聞き覚えのある声がした。ガイドがツアーグループから離れてこちらへやってくる。膝まであるゴム長靴を履いて、手には青いゴム手袋をはめている。

「みたいです」本当のことを言えば、自分たちが河原でいったい何をするのかまだわかっていなかった。けれどそれも、今のわたしには魅力だったのだ。知らず知らず笑顔になっていた。「そういうのが必要かしら？」わたしは彼の足元を示した。

彼は首を横に振った。「スニーカーで大丈夫だが、これは使ってもらわないと」彼はバックパックから、自身がはめているのとよく似た泥だらけのゴム手袋を引っ張り出した。「怪我するといけないからね。さあ、こっちだ」歩きだしたが、すぐまたこちらへ向き直った。「そうそう、わたしはアルフレッド。みんなからは〝バチェラー・アルフ〟と呼ばれているよ。かみさんと連れ添って四十年にもなろうってのに、おかしいだろう? うん、わたしが独り身って意味じゃないんだよ、このあだ名は。曲がった指輪をたくさん見つけるからなんだ」

手袋をつけながらわたしが戸惑った顔をするのを見て、彼は続けた。「昔々、男が求婚するとき相手の前で金属の輪っかを曲げる習わしがあったんだ。自分の力を示すためにね。だが、女のほうがその男と結婚したくない場合だってある。そのとき女は輪っかを橋から川に投げ捨てて言う。あんたなんかお呼びじゃないわってね。いわば結婚指輪の原型でもあるその輪っかを、わたしはこれまで何百と発見してきたんだよ。独り身のままこの川辺を去った男たちがそれだけいたってことだ。とにもかくにも、奇妙な習わしじゃないかね」

わたしは自分の手を見下ろした。指輪は今は汚いゴム手袋の下だ。習わしに従ってろくな結果にならなかったのはわたしも同じだった。二週間ほど前、つまり、わたしの日常に急ブレーキがかかる前のこと。ジェイムズに贈るつもりでアンティークの小物入れを購入した。新しい肩書きの名刺を入れておくのにぴったりなそれは、錫製だった。結婚十周年は錫婚式。夫婦の絆《きずな》をより強くするため、錫にちなんだものを贈り合う習わしがある。ジェイムズのイニシャルを彫ってもらったそれが郵便で届いたのは、ロンドンへ出発する前日の夕方——最高のタイミングだった。

けれど、その後の展開は最低だった。

届いた包みをスーツケースに隠すため、二階へ行った。クローゼットをごそごそやって、荷物に加えるいくつかのものを引っ張り出した。下着とレースアップパンプスとエッセンシャルオイル。オイルは数ある中からラベンダー、ローズ・アブソリュート、スウィート・オレンジを選んだ。ジェイムズはとりわけスウィート・オレンジが好きだ。

ウォークインクローゼットの床にあぐらをかいたわたしは、真っ赤な紐《ひも》の塊にも似た物体をつまみ上げた。お尻まわりと股間をかろうじて覆うランジェリー。荷物に加えるべきか否か決めかねていたのだが、結局、肩をひとつすくめてスーツケースに放り込んだ。その隣には、生理が来なければロンドンで使おうと、期待と共に忍ばせた検査薬が入っている。それを見て思い出したのがビタミン剤だった。医者に薦められて、妊活開始当初から欠かさず飲んでいたのだ。

ビタミン剤を取りにバスルームへ行く途中、振動音に気がついた。ドレッサーに置いてあるジェイムズのスマートフォンだった。ちらりと見て素通りしかけたとき、ふたたびそれが震えて文字が現れた。最後の二文字にわたしは目を奪われた。〝XO《キス＆ハグ》〟。

恐る恐る身をかがめ、メッセージを読む。Bという名で登録されている相手からだった。

『しばらく会えないのね。すごく寂しい』。それがひとつめ。そして――

『シャンパンを飲みすぎて先週金曜の出来事、忘れたりしないでね。XO』

ふたつめのメッセージにはおぞましい画像が添えられていた。引き出しの中の黒いパンティ。パンティの下に、ジェイムズの勤務先のロゴが入ったカラフルなパンフレットが見えている。つまりこれは、職場の彼のデスクだ。

スマートフォンを凝視したまま呆然《ぼうぜん》となった。先週の金曜日、わたしはローズが出産した病院にいた。彼女の夫と一緒に待機していたのだ。ジェイムズはオフィスで残業だった。していたのは仕事だったのかどうか、今となっては疑わしいが。

まさか。何かの間違いに決まっている。手のひらがじっとりと汗ばんだ。階下のキッチンでジェイムズが動き回る物音がしていた。わたしは深呼吸を何度かすると、スマートフォンをつかんだ。武器をつかむみたいに、がっしりと。

そうして階段を駆け下り、スマートフォンの画面をジェイムズに突きつけた。「Bって誰？」強い口調で質《ただ》した。

彼の目がすべてを語っていた。

「キャロライン」落ち着いた声だった。クライアントに対して問題の根本的原因を分析してみせるときみたいな。「これは、きみが考えているようなことじゃないんだ」

わななく手でわたしは最初のメッセージを表示した。「〝しばらく会えないのね。すごく寂しいわ〟ですって？」

ジェイムズはカウンターに両手をついて寄りかかった。「ただの同僚だよ。なぜかぼくのことが好きらしくて、よく冗談のネタにするんだ。本当だよ、キャロライン、彼女とは何もない」

白々しい。わたしは――まだ――ふたつめのメッセージの中身は見せなかった。「少しぐらいはあったんじゃないの？」必死に冷静を保って言った。

ジェイムズはゆっくり息を吐くと、片手で髪をかき上げた。「彼女とはこの前のディナークルーズで一緒になった」やっと彼はそう言った。三カ月ほど前、勤め先が昇進者たちを招いてシカゴでディナークルーズを催したのだ。配偶者も費用自己負担で参加できたのだが、わが家はロンドン旅行へ向けて倹約中でもあったし、一人で留守番するのをわたしはなんとも思わなかった。「あの夜、キスした。一度だけ。飲みすぎてわけがわからなくなっていたんだ」ジェイムズはわたしに近づいた。まなざしをやわらげて、一生懸命訴えようとしている。「まったく、どうかしていたよ。でもそれ以外、何もない。あれから彼女には会ってないし――」

それも、嘘《うそ》。わたしはもう一度スマートフォンを突き出すと、引き出しの中の黒いパンティを指さした。「そうなの？　でも、こんな写真が送られてきてるけど。金曜日のことを忘れないでほしいみたいよ。彼女、あなたの机の中に下着をしまっているのね」

ジェイムズの額に汗が噴き出した。言い訳を考えているのだ。「悪ふざけだよ、キャロ――」

「嘘ばっかり」彼の言葉をさえぎって言ったとたん、涙がポロポロこぼれた。漠然とした人の影――小さな黒いパンティの持ち主――が頭に浮かんできて、殺意を生むほどの怒りというものをわたしは生まれて初めて理解した。「金曜日の残業ははかどらなかったでしょう？」

ジェイムズは答えなかった。その沈黙が、有罪を証明していた。

もうこの人が何を言っても信じられないと思った。彼はこの黒いパンティをじかに見ただけじゃない、彼女が穿いていたのを脱がせたのだ。ジェイムズが言葉に詰まることなんて、めったにない。もし本当に何もなかったのなら、滔々《とうとう》と自己弁護するはずだ。なのに今、彼はしょんぼりした顔に罪悪感をあらわにして押し黙っている。

彼のしたこと――不貞――自体、許しがたい。相手はどんな女なのか、関係はどこまで進んでいるのか、そんな生々しい疑問も次々湧いてくる。けれど今のこの瞬間、わたしにとって重大なのは、この三カ月間、彼がそんな隠し事をしながら平然と生活していたという事実だった。もしわたしがスマートフォンのメッセージを見つけなければどうなっていただろう。彼はいつまで隠し続けるつもりだったのだろう。つい昨夜も、わたしたちはセックスをした。そのわたしたちのベッドで、子を授かることを二人で願ってきた神聖な場所で、彼はよその女の面影を見ていたのか。

わたしの肩は揺れ、両手がぶるぶると震えた。

「子どもをつくろうって、あんなにわたしたちがんばってたのに。あのあいだずっとあなたの頭にあったのは――」わたしじゃなかったのね、と言おうとして息が詰まった。この茶番をわたしたちに、わたしの結婚生活に、結びつけて考えるのは耐えがたかった。

ジェイムズが返事をする前に、ひどい吐き気が込み上げてきてバスルームへ走った。ドアを叩《たた》きつけるように閉めて鍵をかけ、便器に嘔吐《おうと》した。五回、七回、十回と、自分が空っぽになるまで、吐き続けた。

一隻のボートがすぐそばの川面《かわも》を走り去っていき、けたたましいエンジン音がわたしを回想から引き戻した。目を上げるとバチェラー・アルフがこちらをじっと見ており、彼は手を広げて言った。「準備ＯＫかな?」

どぎまぎしながらうなずいて、彼のあとから五、六人のグループに近づいていった。膝をついて小さな石をひっくり返している人がいる。わたしはバチェラー・アルフにそっと耳打ちした。「ごめんなさい、わたし、泥ひばりのこと、ちゃんとわかってないんです。何かを探すんですか?」

彼はわたしを見ると、くつくつ笑った。お腹が震えている。「教えてなかったか！　いや、何も難しいことはないんだよ――テムズ川はロンドンという街を貫いて流れている。はるかな昔から流れていた。だからこのあたりをじっくり探せば、歴史の断片のあれやこれやが見つかるんだ。ローマ時代にまでさかのぼる歴史のね。昔の泥ひばりたちは、古いコインや指輪や陶磁器を見つけては売っていた。ヴィクトリア時代の本に書かれたのはそういう話だ。パンを買うために泥ひばりをやっていた貧しい子どもたちの話。だが今は違う。わたしたちはただ好きだからやってる。見つけたものは手元に置く、それがわたしたちのルールだ」彼はわたしの足元を指さした。「ほら、気をつけて。クレイパイプを踏んづけちまうぞ」そう言って腰をかがめ、何かを拾い上げた。わたしには細長い石にしか見えないけれど、バチェラー・アルフはいかにも嬉しそうに笑っている。「こういうのが一日でいくつも見つかるんだよ。慣れればびっくりもしなくなる。こいつにタバコの葉を詰めて吸ったんだ。ほら、ここ、柄の中央に粘土の継ぎ目が走ってるだろう？　つくられたのは、そうさな、一七八〇年から一八二〇年のあいだってところかな」彼は言葉を切り、わたしの反応を待った。

わたしは眉を上げ、粘土でできたパイプに顔を近づけた。最後に人の手が触れたのは何世紀も前。それが目の前にあるのだと思うと、なんだかわくわくしてくる。潮が満ち引きするたび新たな神秘が現れると、最初に会ったときバチェラー・アルフは言っていた。このすぐそばに、先人たちの手になるものがほかにも埋もれているんだろうか。手袋の具合をもう一度確かめると、わたしはその場にしゃがんだ。別のクレイパイプが見つかるかもしれない。あるいは硬貨とか指輪が。いっそ、わたし自身の指輪をはずして曲げて川へ向かって投げようか。破れた愛の象徴たちの、仲間入りをさせようか。

大きな石をしげしげ眺めたり、錆《さび》色をした小石をつまみ上げたり。そんなことをしばらく続けたあとで、わたしは眉をひそめた。代わり映えしない石ばかりが転がっているようにしか見えないのだ。たとえ泥の中にダイヤモンドが埋まっていたって、自分に見つけられるとは思えなかった。

「何かコツでもあるのかしら」バチェラー・アルフに向かって声を張りあげた。「じゃなければ、シャベルを使うとか？」数メートル先に立つ彼は、誰かが見つけた卵形の物体を検分している。

笑い声が返ってきた。「残念ながら、シャベルはロンドン港湾局に禁止されているんだよ。掘ること自体、だめなんだ。探していいのは地表のみ。だからこそ、何かに行き会えばそれは運命みたいなもんだ。少なくともわたしはそう思いたいね」

運命的出会いがなければ、膨大な時間の無駄ということか。でも、たとえそうだとしても、時間を無駄にする場所の違いでしかない。河原か、ホテルのキングサイズのベッドか。だからわたしはさらに水際に近づくと、寄ってくるブヨの群れを手で払いながらまたしゃがみ込んだ。地面に凝らした視線をゆっくり移動させると、小石のあいだにきらりと光るものがあった。息をのみ、バチェラー・アルフを呼ぼうとした。が、その輝く薄いものを引き抜こうとして気がついた。わたしがつかんでいるのは、死んだ魚の腐りかけた尾びれだった。

「うっ」思わず呻《うめ》いた。「まったく、もう」

突然、後ろのほうで甲高い声があがった。振り向くと、参加者の一人――毛先がぬかるみにつきそうなほど身を低くしてうずくまった中年女性――が、端の尖《とが》った白っぽい石を手に持っていた。彼女は手袋をはめた手で石の表面をごしごしこすると、高く誇らしげにそれを掲げた。

「おお、デルフト陶器だね！」バチェラー・アルフがそばへ行き、感嘆の声をあげた。「しかもこいつは上物だ。こんな青にはめったにお目にかかれない。十八世紀後半に発見されたセルリアンだ。今時の安い合成染料とはやっぱり違うね。ほら、ここ――」彼は模様を指さし、線をなぞった。「カヌーの先端のようだ。ドラゴンボートじゃないかな」

女性が嬉しそうに欠片《かけら》をバッグにしまうと、ほかの参加者はそれぞれの探索を再開した。

「いいかい、みんな」バチェラー・アルフが言った。「肝心なのは、潜在意識に逸脱を発見させることだよ。人間の脳はパターンのほころびを認識するようできている。そういうふうにわれわれは進化したんだ、何百万年も前に。つまり、何か一個を見つけ出すというより、集まりの中に潜む矛盾、あるいは欠如を探すことだね」

欠如。今のわたしにはなんと多くのものが欠けていることか。最大の欠如は、先行きの見通しと安心。それから、ジェイムズがあれからどうしたのか、知りたいと思う気持ち。彼はわたしがバスルームに閉じこもったあと、強引にドアを開けようとした。わたしはバスマットの上で丸くなったまま、放っておいてと繰り返した。そのたび、懇願が返ってきた。ちゃんと謝らせてくれだの、一生かけて償うよだの。わたしは、ただただ、自分の前から彼に消えてほしかった。

その後ローズに電話をかけ、惨め極まりない出来事を洗いざらい打ち明けた。ローズは仰天しながらも、そして後ろで新生児が大泣きしていても、辛抱強く耳を傾けてくれた。明日から二人で結婚記念旅行に出かけるなんて考えられないとわたしは言った。

「だったら二人で行くのをやめればいいじゃない。一人で行くのよ」と、彼女は言った。

互いの生活はすっかり違ってしまったようでも、やっぱりローズは頼りになる。絶望のどん底にいるわたしには見えなくなっていたことが、彼女には見えていた。わたしはジェイムズと距離を置く必要があるのだった。彼の手、彼の唇が近くにあってはいけない。それらはわたしの想像をかき立て、吐き気を催させるから。その意味では、目の前に迫ったロンドン行きは救命胴衣だった。わたしは無我夢中でそれにすがった。

飛行機に乗る数時間前、ジェイムズはわたしが最後の衣類をスーツケースに詰めるのをじっと見ていた。無言でかぶりを振る彼が明らかに打ちひしがれている一方で、泣き疲れ、眠りを忘れたわたしの中では烈《はげ》しい怒りが燃え盛っていた。

一人になる時間と空間を必要としていながら、しかし実際にはあらゆる局面でジェイムズの不在を意識させられることになった。空港でのチェックイン時には、鮮やかなオレンジ色の爪をカウンターにコツコツ打ちつける職員から、もうお一方、ミスター・パースウエルはどちらに？　と訝《いぶか》しげに問われたし、ホテルのフロントで部屋の鍵はひとつで結構ですと言うと、スタッフが不思議そうな顔をした。そして、今。彼のことを考えながらわたしは河原で昔のものを探している。

「目よりも直感を信じないといけないよ」バチェラー・アルフ言うところの〝矛盾〟を。

彼の言葉について考えているときだった。下流のほうから下水の硫黄臭が漂ってきて、不意にわたしは吐き気を催した。不快そうな声をあげる人たちはほかにもいた。

「これもシャベルで掘り返さない理由のひとつだよ」バチェラー・アルフが言う。「ここいらの臭いはかぐわしいとはとても言えないからね」

手つかずの場所を求めて流れに沿うように移動していると、途中でつまずいて足首まで泥に浸《つ》かってしまった。靴に流れ込む水の冷たさに、思わず息をのむ。わたしが早々にツアーを抜けたらバチェラー・アルフはなんと言うだろう。いやな臭いは別にしても、この冒険が気持ちを明るくしてくれる望みは薄そうに思えてきた。

スマートフォンをチェックしたわたしは、あと十二分、午後三時までは続けてみることにした。そのときまでにめぼしい何か――ささやかでもいい、ちょっと面白いもの――が出現しなかったら失礼しよう。そう心に決めた。

十二分。人の一生からしたらほんの一瞬だが、それは人生を変え得る長さでもあった。

5

ネッラ　一七九一年二月四日

わたしはイライザの後ろにある棚の前へ行き、乳白色の皿を取った。のっている四個の茶色い卵のうち、ふたつはほんの少し大きい。

皿をテーブルに置くと、イライザが大きく身を乗り出した。手を伸ばしたくてうずうずしているのがわかる。

子どもの頃のわたしみたいだと思った。目新しいものや、普通の子ならまず経験しないものごとを前にすると、好奇心が全開になるのである。そんなわたしはとうの昔にいなくなってしまったけれども。イライザと違って、わたしが初めてこの店にあるもの——薬瓶や秤《はかり》や石の分銅など——を目にしたのは、十二歳よりずっと幼い時分だった。何かを手に持ち、ほかと区別し、並べるといったことが娘にも可能になると、すぐに母はわたしを商売道具に触れさせるようになった。

ほんの六つか七つの、根気が長続きするわけもない子どもに、母はまず簡単な作業を教えた。色で分けるといったようなことだ。青い瓶と黒い瓶は棚のここ、赤と黄色はあっち、というふうに。成長するにつれ、任される仕事は複雑になっていった。たとえば母がホップの入ったジャーを持ってくる。乾燥させた毬花《きゅうか》をテーブルいっぱいに広げると、色合いに従って分類するようにと指示をする。一スクループルが三分の一薬量ドラムであることや、小壺と大釜の使い方などをわたしに説明しつつ、母は隣でチンキ剤やビールをつくるのである。

店にあるものがわたしの玩具《おもちゃ》だった。ほかの子たちが路地に出て積み木や棒切れやトランプで遊んでいても、わたしは朝から晩までこの店の中で過ごした。さまざまな原材料の色や濃度や匂いを覚え、植物学者が書いた本を読み、薬局方に出てくる薬草のラテン語名を記憶した。いつの日か母の店を、女性たちを救う仕事を、自分が継承する。それはわたしにとって疑いを差し挟む余地のない未来だった。

母の功績を汚そうなどとは夢にも思っていなかった——ねじ曲げ、傷つけようなどとは。

「卵ですね」イライザがつぶやき、わたしはわれに返った。イライザは不思議そうにこちらを見上げた。「毒入り卵を産む鶏を飼ってるんですか?」

深刻な状況であるにもかかわらず、笑わずにいられなかった。子どもにしてみたらそれがいちばん理にかなっている。わたしは椅子の背にもたれて答えた。「いいえ、そういうわけじゃないわ」卵のひとつを手に取って彼女に示し、また皿に戻す。「よく見て。少し大きめなのが交じっているんだけど、どれだかわかる?」

イライザは眉間に皺《しわ》を寄せ、テーブルすれすれまで顔を低くしてじっと卵を見つめた。やがて、ぱっと身を起こすと誇らしげな顔で指さした。「このふたつですね」

「そのとおり」わたしはうなずいた。「大きいふたつ。しっかり覚えておくのよ。大きいふたつに毒が入っている」

「大きいふたつ」復唱するようにイライザは言って、お茶を一口飲んだ。「でも、どうやって毒を入れたんですか?」

わたしは大きい卵をひとつ皿から取ると、お尻のほうを包み込むようにして手のひらにのせた。「てっぺんにごく小さな穴が開いているの。蠟で塞いであるから、もう見えないでしょう?　でももし昨日来ていたら、わたしが毒を注入した黒い穴があなたにも見えたはずよ」

「割れなかったんだ!」わたしが手品でも披露したかのようにイライザは叫んだ。「蠟だって見えません」

「そうでしょう。それでも、中には毒が入っているの——人を死なせてしまえるだけの毒が」

卵を見つめたままイライザはこくりとうなずいた。「どんな毒なんですか?」

「マチン。ネズミを退治するのに使われたりする。砕いた種子を混ぜ込むのに卵がちょうどいいの。黄身が――粘着性があって低温だから――鮮度を保ってくれるわけ。ヒヨコが守られるのと同じようなものね」わたしは卵を皿に戻した。「すぐに使うの？」

「明日の朝です」イライザは言った。「旦那さまは、お屋敷にいらっしゃるときは奥さまとお食事をなさいます」朝食のテーブルを想像しているのか、彼女は言葉を切った。「奥さまには小さい二個をお出しします」

「どうやって区別するの？　料理したあとで」

彼女は困惑の表情を浮かべたが、それも束の間だった。「先に小さいほうを焼いて奥さまのお皿に盛りつけて、それから大きいほうを焼こうと思います」

「とてもいい考えだわ。長くはかからない。彼はまず、口の中がヒリヒリすると言いだすはず。卵はできるだけ辛い味つけにすること――グレービーソースかペッパーソースをかけて。そうすれば本人は辛さで舌がヒリヒリするんだと思うから。その後すぐに吐き気を催して、横になりたがるでしょう」わたしは身を乗り出した。これから言うことをイライザにきちんと理解しておいてほしかった。「それからあとの様子は、あなたは見ないほうがいい」

「死ぬから、ですね」彼女は表情を変えずに言った。

「すぐには死なないわ。毒素が体内に行き渡るまでの数時間、体が弓なりに反り返ったまま痙攣《けいれん》し続ける。わたしは見たことがないけれど、それはそれは恐ろしい光景らしい。目に焼きついて一生消えないと言われているわ」わたしは視線をやわらげ、椅子に背を預けた。「もちろん、死ねば硬直も取れて、安らかな様子に見えるんだけれど」

「あとから誰かに台所とかフライパンを調べられたりしませんか?」

「調べたって何も出ない」わたしは断言した。

「まるで魔法ですね」

わたしは両手を膝に置き、首を横に振った。「あのねイライザ、これだけははっきり言っておくけれど——魔法じゃあないのよ。手品でもなければまじないでもない。今あなたのほっぺたに埃《ほこり》がついている、それと同じ、現実の出来事なの」わたしは親指の腹を舐《な》めて身を乗り出し、彼女の頰をこすった。そうして気が済むとまた椅子に背を戻した。「魔法も偽装も、もたらす結果は同じかもしれない。だけどね、それらはまったく別のもの」

イライザが混乱したような表情を見せた。「〝偽装〟の意味はわかる?」

イライザは首を横に振り、片方の肩をすくめた。

わたしは彼女が通ってきた隠し扉を手で示した。「ここへ入ってくる前のあなたを、壁の小さな穴からわたしが見ていたのを知っている?」

「いいえ。こんな部屋があるなんて全然わかりませんでした。お店に入ってみたら誰もいなかったから、きっとあなたはあたしのあとから表の扉を開けて入ってくるんだと思ってました。あたしもいつか、こんな隠し部屋のある家に住みたいです」

　わたしは彼女へ向けて頭を傾けた。「隠さないといけないことができたら、あなたもこんな部屋をつくる必要が出てくるかもしれないわね。それが偽装ということよ」

「ここは最初からあったんですか？」

「いいえ。幼い頃からこの店で母の手伝いをしていたけれど、昔はこんな部屋は必要なかった。毒は扱っていなかったから」

　イライザは不思議そうな顔になった。「ずっと毒を売ってたんじゃなかったんですか？」

「ずっとじゃないわ」若いイライザに詳細を教えるつもりはないが、わたしは自身の言葉に記憶を呼び覚まされていた。

　二十年前、月曜日に母が咳《せき》をしはじめた。週の半ばには発熱し、日曜日に死んだ。わずか一週間足らずで母はこの世からいなくなってしまった。二十一歳でわたしは、たった一人の身寄りを、たった一人の友だちを、偉大な師を、失ったのだ。わたしはやっと一人前になりかけたところだった。薬のこと以外、世の中を知らなかった。いっそ自分も一緒に死んでしまえばよかったとさえ思った。

　嘆きの海で溺れたようになったわたしには、店を続けていくのも困難だった。父親がいれば頼れたかもしれないが、わたしは自分の父親を知らない。船乗りだったその人は、数カ月間――母をたらし込めるだけの期間――ロンドンに滞在し、また航海に出てそれきりだったという。わたしにきょうだいはおらず、親しく言葉を交わす友人もほとんどなかった。薬剤師とは孤独な仕事である。人と過ごすより薬と過ごす時間のほうがはるかに長い。母に死なれて、わたしは自分がばらばらになったと思った。同時に、母の功績が――店もろとも――無に帰すのではと怖《おそ》れた。

ところが、悲嘆という名のわたしの病を癒やしてくれる特効薬が出現したのである。黒髪の青年、フレデリックだ。この偶然の出会いは神の思し召《おぼ》しだとわたしは思った。彼の登場によって、さまざまな不具合や困りごとが解決へ向かった。母の死後わたしが怠慢を積み重ねて招いた混沌《こんとん》を、手際よく整理してくれたのは商才のある彼だった。買掛金を支払ったり、売掛金を回収したり、原料の棚卸しをしたり。店が順調に回りだしてからも、フレデリックは変わらずそばにいてくれた。離れたくないと双方が思っていた。

それまでわたしは、自分は店にある薬のことしか知らない人間だと思っていた。だが、ほかにも能はあることにじきに気づいた。惹《ひ》かれ合う体と体を解放する術《すべ》、店の棚には並びようのない処方を、習わずとも知っていたのだ。数週間のうちに、わたしたちは激しく愛し合う仲になっていた。あれほど深かった嘆きの海は浅くなり、わたしは安らかな呼吸を取り戻し、将来――フレデリックとの将来――を思い描けるまでになったのだった。

それほど愛し合った相手に、わずか数カ月後には致死量の殺鼠《さっそ》剤を盛ることになろうとは、もちろん夢にも思わなかった。

　フレデリックが最初の裏切り者、最初の犠牲者になった。あれが母の功績を汚した最初になった。

「その頃はこのお店もあんまり面白くなかったんですね」がっかりしたような調子でイライザが言った。「毒も隠し部屋もなかったなんて、あーあ、つまらない。誰だって秘密の部屋が好きに決まってますよ」

　この無邪気さは羨ましいくらいだが、若い彼女にはわかるはずもない。かつて人々が集い休《やす》らった場所――隠されていようといまいと――が、主《あるじ》の死により大きく損なわれてしまったことの呪わしさは。「好き嫌いの問題じゃないのよ、イライザ。必要があるから隠しているの。隠さないといけないものがあるから。ここで毒を手に入れるのは簡単でもね、そのあと誰かのスクランブルエッグにふりかけて、はいおしまいってわけにはいかないのよ。食べ残しに混じってる分や捨てた容器が見つかってしまうかもしれないでしょう？　だから絶対に発覚しないような手段を講じないといけない。だからこの毒は卵に仕込まれているし、この作業場は壁の奥に隠されている。こうしておけば、たまたま足を踏み入れた人は回れ右して引き返す。隠し部屋はわたしにとって自分を守る方策なのよ」

　イライザがうなずくと、うなじのお団子も上下に揺れた。遠からず、この子はきれいな娘になるだろう。瓜実顔《うりざね》に長いまつげの、美人さんに違いない。彼女は皿ごと卵を抱きかかえるようにして言った。「じゃあ、そろそろ失礼します」ポケットから硬貨をいくつか出してテーブルに置く。四シリングと六ペンス。

立ち上がってから、イライザは指で口元を押さえた。「でも、どうやって持って帰ったらいいかしら？　ポケットに入れたら割れてしまいそう」

彼女の三倍の年でも、わたしが渡したものを無造作にポケットに突っ込む女たちはいた。彼女たちが束になってもイライザの賢さにはかなわない。わたしはイライザに赤いガラスの広口瓶を手渡した。二人でそれに卵を移していく。ひとつ入れては木灰を一センチほど敷き、次のを重ねる。「それでもやっぱり気をつけて運ぶのよ」わたしは念を押した。「それと――」彼女の手に自分の手をそっと重ねる。「いざとなったら、一個だけでもじゅうぶんだから」

イライザが表情を引き締めた。その瞬間、わたしにはわかった。ここまで若さと快活さばかりが目立っていたが、彼女はきちんと理解しているのだ。自分がしようとしていることの重さを。「ありがとうございました、ミス、ええと――」

「ネッラ。ネッラ・クラヴィンジャー。それで、彼の名前は？」

「トンプソン・アムウェルです」彼女は迷いなく答えた。「お屋敷はワーウィック・レーンにあります。大聖堂の近くです」ガラス瓶を持ち上げて中の卵を確かめていたイライザが、眉根を寄せた。「熊がいる」瓶に刻まれた小さな熊の絵に目を凝《こ》らして言う。薬の容器にこのマークを入れることを決めたのは母だった。バック・アレーという名前の通りはロンドンに数え切れないほどあるが、ベア・アレーに続いているのはここだけだからだ。容器にしるしを入れて不都合なことは何もなかったし、必要ない人の目には留まらないぐらいそれは小さなものだった。

「そうよ。しるしがあれば、ほかのと取り違えないでしょう」

イライザが戸口へ進んだ。そばに、黒く煤けた石が積んである。その石を人差し指でなぞった彼女は、元の白さが帯状に現れたのを見て楽しげに笑った。反故紙《ほごがみ》にいたずら書きをする子どものようだ。「ありがとうございました、ミス・ネッラ。お茶も隠し部屋も、あたし、とっても気に入りました。ぜひまたお会いしたいです」

わたしは眉を上げた。たいていの客は殺人を生業《なりわい》にはしていないから、不調を治す薬が必要にでもならないかぎり、ふたたびここを訪れることはない。だがわたしは、知りたがりの少女に笑みだけを返した。「そうね、また会えるかもね」そして掛け金をはずして扉を開けると、表の部屋を抜け外へ出ていくイライザを見送った。小さな後ろ姿はすぐ暗がりに紛れて見えなくなった。

それからしばらく彼女のことを考えていた。実に風変わりな少女だった。彼女なら間違いなく目的を果たすだろう。陰鬱な毒薬屋にもたらされた束の間の明るさがありがたかった。依頼を断らなくてよかった。手紙を読んだ当初の不安に、惑わされなくてよかった。

テーブルに戻り、日誌を手元へ引き寄せた。直近の記入のあるページを開き、余白を確かめてペンを取る。

ペン先をインクに浸し、紙の上で構え、わたしは書きはじめた。

トンプソン・アムウェル　マチン入り鶏卵　一七九一年二月四日　依頼主：イライザ・ファニング（十二歳）

6

キャロライン　現在　月曜日

　びしょ濡れの靴の泥をぬぐって、川沿いをさらに進んだ。ツアーグループから離れるにつれ人の声も遠ざかり、やがて聞こえなくなった。優しく岸を打つ波音に誘われて、わたしは水際に近づいた。顔を仰向《あおむ》けると、空の染みにも見える雲がひとつ、真上を流れていくところだった。ぶるりと身を震わせてそれが行ってしまうのを待ったものの、黒い雲はあとからあとからやってくる。嵐にでもなるんだろうか。

　腕組みをして、足元とその周辺に視線をめぐらせた。矛盾を探せとバチェラー・アルフは言っていたけれど、どちらを向いても、灰色と赤茶色の石が転がっているだけだ。低い波が一定のリズムで岸へ寄せては返すさまを眺めていると、盛大に水を跳ね上げてボートが通り過ぎていった。そのあと、それが聞こえた。気泡が弾《はじ》けるような、ポコッという低い音。

水面が落ち着くのを待って音のしたほうへ近寄ってみると、石のあいだにガラス瓶のようなものが挟まっているのが見えた。青っぽい色をしているから、昔の飲みもののボトルかもしれない。

膝をついてしげしげ眺めたあと、すぼまっている首の部分を引っ張ってみたが、本体は石と石の隙間に深く埋もれていた。引き抜こうとあれこれやっているとき、瓶の隅に小さな絵が刻まれているのに気づいた。商標か会社のロゴマークだろうか。大きめの石をどけると、なんとか引き抜くことができた。

高さはせいぜい十二、三センチ——この小ささだと、飲みものではなく薬の瓶かもしれない。分厚くこびりついた泥の下には半透明の空色が隠れている。わたしはそれを水に浸すと、ゴム手袋をはめた親指で泥をこすって落とし、もう一度目の高さに掲げてじっくりと見た。小さなマークは、機械ではなく手で刻まれたものと思われる素朴なエッチングだった。この形は、たぶん動物だろう。

自分が何を発見したのかさっぱりわからなかったが、バチェラー・アルフを呼んでもさしつかえないぐらいの価値はありそうに思えた。でもすでに彼はこちらへ向かって歩いてきていた。「何を見つけたのかな？」

「よくわからないんですけど」わたしは答えた。「薬瓶でしょうか。小さな動物の絵がついてます」

バチェラー・アルフはそれを手に取ると、目の高さに掲げた。そして、ひっくり返したり爪でガラスを引っ搔いたりした。「確かに薬局で使われる小瓶《バイアル》に似ているが、だとしたら、普通はなんらかの文字が入ってるはずなんだがな。社名とか日付とか住所とか。これは誰かがエッチングの練習でもしたのかね。このあと、もっと腕を上げてりゃいいが」それから彼は無言で瓶の底を観察した。「ガラスがでこぼこしているな。これは大量生産されたものじゃない。つまり相当古いってことだ。これはもうきみのものだから、持って帰っていいんだよ」彼は両手を大きく広げた。「面白いだろう？　わたしは最高の仕事を選んだと思っているよ。自分で言うのもなんだけどね」

わたしは曖昧に微笑《ほほえ》んだ。自身の仕事についてそんなふうにはとても言えないから、彼のことが羨ましかった。旧式のパソコンに入った旧式のソフトウェアに数字を入力しながら、今のバチェラー・アルフみたいに満面の笑みを浮かべることはまずないと言っていい。三十年以上母が使っていた木の机で、黙々と仕事をこなす毎日だ。家を買ったばかりで無職だった十年前には、実家の農場で働けるなんてラッキーだ、辞退するのはもったいない、とそう思った――けれど、ときどき考える。なぜこんなに長く続けているんだろう、と。歴史の教師になれないからって、ほかに選択肢がないわけではないのに。農場での事務より面白い仕事は間違いなくあるだろうに。

でも、子どもが。子どもがそのうちできるんだから、きみの仕事は安定していることがいちばんだよ、とジェイムズが折に触れ釘《くぎ》を刺すのだった。だからわたしはとどまった。もっとやりがいのある仕事に就けるかも、まったく別の何かをやれるかも、といった漠然とした不満を抑え込むことにもしだいに慣れていった。

バチェラー・アルフと河原にたたずみ、わたしは考えた。彼だってかつては平凡なデスクワークをしていたのかもしれない。そしてある日、決断した。週に四十時間、単調な仕事に拘束され続けるには人生は短すぎると。勇気ある彼は、いちばん好きなこと――泥ひばり――をして食べていこうと決意した。本人に訊《き》いてみようかと思ったが、チャンスが来る前にツアーのメンバーに呼ばれて彼は行ってしまった。

返してもらったガラス瓶を持ち、身をかがめる。元の場所に戻そうとしたものの、わたしの中の感傷的かつあきらめの悪い部分が、それを拒んだ。この瓶を最後に手にした、どこの誰ともわからぬ人に、親しみめいたものを感じてしまう。わたしの前に、同じガラスに指紋をつけた人。その人はこの空色の瓶にどんな薬を入れたのだろう? 誰の病を癒やそうとしたのだろう?

広大な河川敷でこれを見つける確率を思うと、涙が出そうになった。遠い昔に生きた誰かがこれをつくったのだ。おそらくは市井の人。その名が教科書に登場することはなくても、着実に人生を生き抜いた人。数百年の時を隔てて、その人とわたしは指に触れるガラスの冷たさを共有している。これこそ、わたしが最も惹かれる歴史の醍醐《だいご》味《み》ではなかったか。人知を超えた何ものかが、わたしに思い出させようとしているかのようだ。過ぎ去った時代のささやかなあれこれに、あれほど惹かれ、熱中していたことを。あの情熱は消えてはいない、ただ土に埋もれているだけだということを。

　そう言えば、今朝ヒースロー空港に着いてから今まで、わたしは一度も泣いていなかった。そもそも一人でロンドンへやってきたのはジェイムズから離れるため、たとえ短いあいだでも、心身を蝕《むしば》む苦悩を忘れるため、まともに呼吸するためだった。それが実現できていたのだ。ある程度の時間を文字どおりの泥沼で過ごしたにもかかわらず。

　このガラス瓶は大事に持っていよう、持っていなければならない。そう思った。かつての持ち主に親しみを感じたからというのもあるけれど、それだけではなかった。ジェイムズとの旅行プランにまったくなかった泥ひばりツアーで見つけたからだ。わたし一人でここへ来たから。石と石の隙間の泥に、この手を突っ込んだから。涙を流さなかったから。このガラス製の物体――壊れそうでいて壊れていない、原形を保っている、ある意味わたしに似ている――は、わたしだって勇敢になれる、冒険できる、一人で困難に立ち向かえる、その証明だ。だからポケットに入れた。

　頭上の雲はどんどん厚くなり、川が湾曲した先の、西のほうで稲妻が光った。バチェラー・アルフがメンバーに集合をかけた。「残念だが」と、声を張りあげる。「稲光が見えたらもう続けられないんだ。撤収しよう。希望者がいれば、明日また同じ時間に始めよう」

わたしは手袋を取りながらバチェラー・アルフのそばへ行った。慣れてきたところだったから、これでおしまいと聞いてがっかりせずにいられなかった。この調子で探索を続けようと意気込んでいたのだ。泥ひばりがやみつきになる人の気持ちがわかるような気がした。

「もし、あなたがわたしで」アルフに問いかけた。「この瓶のことをもっと知りたいと思ったら、どうします?」彼によれば典型的なバイアルに入っているはずの文字がないということだが、それでもなんらかの情報は得られるのではないかと思ったのだ。四本足で歩く熊らしき動物のエッチングが手がかりになるかもしれないし。

温かな笑みを浮かべた彼は、わたしが返した手袋をぱんぱんと払って、ほかの人たちの分と一緒にバケツに放り込んだ。「ああ、それならガラス器の製造に詳しい愛好家とかコレクターに見てもらったらどうだろう。研磨や成形の技術は時代と共に変化するから、いつ頃つくられたものかわかるかもしれない」

ガラス器の〝愛好家〟をどうやって見つければいいのか見当もつかないまま、わたしはうなずいた。「ロンドンでつくられたのかしら?」先ほどアルフと誰かの会話を小耳に挟んだのだが、その人が見つけたものはウィンザー城から流れてきており、お城はここから西へ四十キロのところに位置しているという。それならこの瓶だって、遠くから運ばれてきた可能性はある。それはいったいどこだろう。

アルフの片眉が上がった。「社名も何もないからねえ。場所を割り出すのは難しいと思うよ」頭上でゴロゴロと雷が鳴りだした。バチェラー・アルフは逡巡《しゅんじゅん》していた。知りたがりの初心者の力にはなりたい、しかし二人が濡れずに——安全に——帰還するのも大事だ、とふたつの思いの板挟みになっているのだろう。「いいかい」彼は言った。「大英図書館へ向かうんだ。地図室にいるゲイナーを訪ねて、わたしに言われて来たと言いなさい」彼は腕の時計を見た。「閉館までたいして時間がないな。すぐ出発したほうがいい。地下鉄に乗るんだよ。テムズリンクでセント・パンクラス駅まで行くんだ。それがいちばん早い——そして濡れずにすむ。図書館で雨宿りってのもなかなか乙なものだよ」

わたしは礼を述べると、嵐の到来まであと数分はあることを願いながら足早に歩きだした。スマートフォンで調べた結果、駅はほんの数ブロック先とわかって安堵《あんど》の息を吐く。そして観念した。この街で単独行動をするのなら、一日も早く地下鉄の乗り方を覚えなくては。

土砂降りの雨の中、駅舎を出ると、すぐそこに大英図書館の建物が見えた。わたしは駆け出した。合わせたシャツの襟元を握り締め、せめて内側は濡らすまいとしたが無駄だった。靴は——河原のぬかるみに突っ込んだせいで——それでなくてもずぶ濡れだ。図書館にたどり着き、窓に映った自分の姿を見るとため息が出た。このなりでは、ゲイナーとやらに追い払われてしまうかも。

　通行人や旅行者や学生たちがロビーにひしめいている。みんな雨宿りをしているのだ。自分だけが、ここにいるべき正当な理由を持っていないような気がしてならない。多くの人がバックパックやカメラを携帯しているのに比べ、わたしはポケットに得体の知れないガラス瓶を入れてきただけ。会おうとしている相手の姓も知らなければ、その人が本当にここの職員なのかどうかもわからない。もうやめようか、とちらりと思った。サンドイッチでもつまみながら、そろそろきちんとした旅行プランを立てたほうがいいのでは。

　そんな考えが頭をよぎると同時に、わたしはかぶりを振った。それはいかにもジェイムズが言いそうなことだった。窓に叩きつける雨音を聞きながら、わたしは意志の力を振り絞って理性の声に耳を塞いだ。ケンブリッジへの願書を破ったときも、実家の事務仕事を始めたときも、この声に促されたのだった。今はそれに耳を傾ける代わりに、自問した。歴史かつてのキャロラインならどうしただろう。薬指のダイヤモンドに目がくらむ前の、歴史に熱中する学生だったキャロラインなら。

　階段へ足を向けると、そこには観光客らしきグループが座り込んでいた。床にそれぞれの傘袋を放り出して、大きく広げたパンフレットをみんなで覗き込んでいる。そばに総合受付のようなデスクがあったので、歩み寄った。若い女性職員が濡れ鼠《ねずみ》のわたしを見ても驚かないので、ほっとする。

　ゲイナーという人に会いたいんですが、とわたしが言うと、彼女はくすりと笑った。

「こちらには千人以上の職員がおります。部署はおわかりですか?」

「地図室です」そう答えると、にわかに自分の目的がまっとうなものに思えてきた。案内係はパソコンを操作してうなずいた。ゲイナー・ベイモントは四階地図室の相談受付カウンターにおります、と言ってエレベーターを指し示す。

　数分後には、わたしは地図室の相談受付のそばにたたずんでいた。カウンターの向こうにはわたしと同年配とおぼしき鳶《とび》色の髪の美女がいて、片手に鉛筆、片手に虫眼鏡を持ち、難しい顔でモノクロ地図に見入っている。少しすると彼女は立ち上がり、伸びをした。わたしに気づいて驚いている。

「お邪魔してすみません」静まりかえった部屋だったから、わたしは囁き声で言った。「ゲイナーさんはこちらにいらっしゃいますか?」

　彼女はわたしと目を合わせてにっこり笑った。「いますとも。わたしがゲイナーです」彼女は虫眼鏡を置き、ほつれ毛を撫でつけた。「どういったご用件でしょう?」

　いざ彼女の前に立つと、こんな頼み事をするのは気が引けた。複雑に絡み合った線と極小の文字で埋め尽くされた地図を睨《にら》んで、彼女は大事な調べものの真っ最中だったに違いないのだ。「もしあれでしたら、出直しましょうか」そうしてくれと言われるのをわたしは半ば期待していた。追い払われ、その結果、今日はもっと生産的な活動をせざるを得なくなるのを。

「とんでもない。この地図は百五十年前のものなんですよ。今さら五分やそこらほったらかしておいたところで、なんにも変わりません」

わたしがポケットに手を入れると、ゲイナーは訝しげな表情になった。ずっしり重い羊皮紙の古文書を運び込む学生たちには慣れていても、びしょ濡れの女がポケットに入るぐらいの小物を持ってくるのは珍しいのだろう。「先ほど河原でこんなものを見つけたんです。泥ひばりのツアーに参加して――アルフという人が案内してくれたんですが――あなたに見てもらうといいと彼に言われて。お知り合いですか?」

ゲイナーがにっこり笑った。「父です」

「え!」思わず大きな声を出してしまい、近くにいた利用者に睨まれた。まったく、バチェラー・アルフときたら。教えておいてくれればよかったのに。「あの、ほら、ここに小さなマークが入ってるんですが――」わたしは指で示した。「――これだけなんです。たぶん熊だと思うんですけど。なんとかしてこの瓶の出どころがわからないものかと」

ゲイナーは首をかしげた。「こういうのに興味を持つ人はあまりいませんね」言いながら手のひらをこちらへ差し出すので、瓶を渡した。「歴史学者でいらっしゃる? それともリサーチャー?」

わたしは微笑した。「プロじゃありません。違います。だけど古いものにはわりと興味があるほうかも」

ゲイナーが目を上げてこちらを見た。「気が合いますね。仕事柄ありとあらゆる種類の地図を見ますけど、いちばん好きなのは古い街の地図なんです。同じ場所が時と共に変化する、そこにいろんな解釈の余地があって」

場所と、それから人も変化しますね。心の中でそうつぶやいたのは、自分自身の変化を感じていたからだった。わたしの中の満たされていなかった部分が、今は冒険の可能性を察知している。長らく忘れていた昔のものごとに対する興味が、ふたたび頭をもたげようとしている。

ゲイナーがガラス瓶を明かりにかざした。「こういう感じの古い薬瓶、前にも見たことがあります。もう少し大きめだったけど、何が入っていたのかわからないのが、なんだか気持ち悪いなあなんてね。血だったかも、ヒ素だったかも、なんて、子どもみたいに想像したりして」彼女はエッチングに目を近づけて、小さな動物を指でなぞった。「確かに熊みたい。ほかに文字も何もないのは珍しいけど、個人の店で使われていたのかもしれませんね。薬局とかで」彼女はため息をつくと、瓶を返して寄越した。「父は善意の人なんです。だけど、どうしてわたしのところへ行けなんて言ったのかしら。ごめんなさい、それの素性はちょっとわたしにもわかりかねますね」彼女は目の前の地図に視線を戻した。わたしとの短い会談はこれでおしまいだと、やんわり伝えようとしている。

行き止まりだ。がっかりしてわたしはうつむいた。時間を割いてもらった礼を言い、瓶をポケットに戻してきびすを返した。だがすぐに彼女が声をかけてきた。「お名前、うかがってもいいかしら？」

「キャロラインです。キャロライン・パースウェル」

「アメリカから？」

わたしは微笑んだ。「アクセントでわかっちゃうんですね。ええ、そうです」

ゲイナーがペンを手にして地図に向き直った。「それじゃキャロライン、ほかにわたしで力になれることがあったら、あるいはその薬瓶のことで何かわかったら、連絡をもらえると嬉しいわ」

「わかりました」落胆したわたしは、もう瓶のことも泥ひばりという冒険のことも忘れようと心に決めた。運命的な出会いなんて、やっぱりそうそうあるものではないのだ。

7

イライザ　一七九一年二月五日

お腹が痛くて目が覚めた。こんな痛み、初めてだ。寝間着の中に手を入れて、ぎゅうっとお腹を押さえた。皮膚が熱っぽくて、ちょっと腫れてるみたいな感じがする。鈍い痛みがさらに広がりだして、あたしは歯を食いしばった。

お菓子を食べすぎたり、夏にうちの庭で蛍を追いかけ回したりするとお腹が痛くなることはあった。けど、こんな感じじゃない。これは、もっと下のほう。用を足したいときみたいな。そう思ったから、あたしは急いでおまるのところへ行った。で、終わったんだけど、痛いのは治らない。

ああ、これからすごく大事な用があるのに！　奥さまがあたしにここまで大事な用を任せてくださったことは今までなかった。お皿を洗うより、プディングを焼くより、封筒に封蠟を垂らすより、うんと大事。具合が悪いから起きられませんなんて、絶対に言えない。

そんなこと言ったら、奥さまはどんなにがっかりなさるだろう。田舎で父さんや母さんと働いてるときだったら、そういう言い訳も通った。馬のブラッシングとか豆の収穫とかを頼まれたんだったら。だけど、今日はだめ。ここはアムウェル家の煉瓦造りの立派なお屋敷なんだから。

のろのろと布団から出て、あたしは顔を洗った。お腹の気持ち悪さは忘れるって決めた。屋根裏部屋を整えてから、寝台の足元で寝てる猫を撫でた。名前のない太ったトラ猫を撫でながら、小さな声でひとりごとを言う。声に出せば、ほんとなんだって、もっと思えるような気がして。「今日、あたしは旦那さまに毒入り卵をお出しするのよ」

寝台のそばにかけてあるドレス。そのポケットから卵の入った瓶を出して、あたしは胸に抱いた。寝間着を着ててもガラスの冷たさが伝わってくる。手に力を込めて、さらにしっかりと抱く。大丈夫、手は震えていない。ちっとも震えてなんかいない。

あたしは勇気を出せる子だもの。少なくとも、いくつかのことに関しては。

おととし、十歳だったあたしは母さんと二人、馬車に乗って、スウィンドン村から大都会ロンドンへやってきた。それまでロンドンには来たことがなかったけど、ごみごみしてるとか、きらびやかなお店がいっぱいあるとか、話には聞いていた。「おれらみたいな田舎もんにはすげない街さ」農場をやってる父さんは、よくそんなふうにぶつくさ言っていた。

でも、母さんの意見は違った。二人きりのとき、ロンドンの話をたくさんしてくれた。ロンドンには鮮やかな色――教会の尖塔《せんとう》の金色や、女の人たちのドレスのクジャクみたいな色――があふれてることや、珍しいものを売るお店がいっぱいあること。あとは、チョッキを着た異国の動物たちが動物使いに連れられて通りを歩いてるとか、ほかほかのアーモンドチェリーパンを売る屋台に何十人もお客さんが並んでるとか。

家畜と、苦い実しかつけない野生の木に囲まれて暮らすあたしなんかには、想像もつかない世界だった。

母さんの考えははっきりしていた。農場の手伝いなら上の息子たち四人がいるんだから、この子はいずれロンドンへ出す、ロンドンで仕事を斡旋《あっせん》してもらうのがいい、って。若いうちに田舎を出ておかないと、畑と豚小屋しか知らずに終わってしまうのを母さんはよくわかってたんだと思う。両親は何カ月もそれで揉《も》めてたけど、母さんは折れなかった。まったく、少しも、折れなかった。

出発の朝は、みんな涙、涙だった。父さんとしてはけっこう役に立つ手が減るのが残念だったろうし、母さんは末っ子の巣立ちが寂しかったんだろう。「心臓を引き千切られるようだよ」あたしの荷物に入れてくれたばかりの膝掛けを馬車で広げながら、母さんは泣いた。「だけど、あんたにはわたしみたいな人生を送らせたくないからね」

目指すは使用人登録所だった。馬車が街中へ入ると母さんはあたしにぴったり体を寄せてきた。あんなに悲しげだった声が弾みはじめてる。「最初はね、神さまに置かれた場所から始めなきゃならない」母さんはあたしの膝をぎゅっと押さえてそう言った。「そこからだんだん上がっていくんだ。台所の下働きだろうが見習いメイドだろうが、始まりは何だってかまわない。そもそもロンドンは魔法が起きる場所だからね」

「魔法が起きる場所？　どういう意味？」尋ねるあたしの目は、見えてきた都会の景色に釘付けだった。空は真っ青に澄み渡っている。あたしは、自分の手のタコが小さくなりだした気がした。

「ロンドンでなら、しようと思えば何だってできるって意味だよ。うちの農場じゃあ、先が知れてる。柵に囲われてるからね。豚もそうだし、母さんだってそうだった。だけどロンドンは違う。利口な人間なら、魔法使いみたいに自分の力を発揮できる。貧乏人の娘だって、何かになりたいと本気で望めばちゃんと変身できるんだよ」

「青い蝶々《ちょうちょう》みたいだね」夏の野原で見るサナギを思い出して、あたしはそう言った。何日かするとそれが煤みたいに真っ黒になるから、中の生きものが萎《しな》びて死んじゃったのかといつも思う。でも、その黒い色はだんだん薄れていって、びっくりするぐらい青い羽の色が透けて見えるようになる。そのあとすぐに羽がサナギを破って、蝶が飛び立つ。

「そうそう、蝶々みたいにね」母さんがうなずいた。「どんなに偉い男の人でも、サナギの中で何が起きているかはわからない。ほんとにね、魔法としか言いようがないんだ、ロンドンで起きることは」

それを聞いてあたしは、その魔法のことをもっとよく知りたいと心から思った。着いたばっかりのこの街を、早く探検したくてたまらなくなった。

使用人登録所であたしが女の人二人に検分されるあいだ、母さんはじっと立って待っていた。女の人の一人はアムウェル夫人で、夫人はピンク色のサテンのドレスを着て、レースの縁取りのついた帽子をかぶっていた。あたしは目を奪われたみたいになってしまった。だって、ピンクのサテンのドレスなんて見たのは生まれて初めてだったから。

あたしはアムウェル夫人のお眼鏡にかなったようだった。夫人は、顔と顔がくっつきそうなところまで腰をかがめて、あたしに話しかけた。それからすぐに、また涙ぐんでる母さんの体に腕を回した。嬉しい気持ちでいっぱいのあたしの手を取って、夫人は大きなマホガニーの机のところへ行き、係の人から書類を受け取った。

書類に夫人がいろいろ書き込んでるのを見て、あたしは思った。手が震えて、ペンをぐらぐらさせずにいるのが大変そうだなって。字はぐにゃぐにゃ曲がってたけど、あたしにしたら、別にどうでもいいことだった。その頃のあたしは読み書きができなくて、文字なんて全部同じにしか見えなかったから。

母さんと涙の別れをしたあと、奥さまとあたしは大きな馬車に乗り込んで、奥さまが夫のミスター・アムウェルと暮らすお屋敷へ向かった。最初は洗い場で働くことになっていたから、あたしはキッチンメイドのサリーに引き合わされた。

何週間かはサリーにびしばし指導された。鍋の正しい磨き方も、じゃがいもの中身を傷つけずに芽を取り除く正しい剝《む》き方も、あたしはわかっていないらしかった。正しいやり方を見せてもらうあいだ、あたしは文句なんか言わなかった。だって、アムウェル邸での暮らしが気に入っていたから。屋根裏に自分だけの部屋をもらえるなんて、母さんの話を聞いたときには全然期待していなかった。しかも部屋からは表の通りが見下ろせて、そこではいつも何かしら楽しいことが起きている。椅子駕籠《かご》がすごい速さで通っていったり、荷運び人が箱の山を担いで走っていたり、恋人同士になったばかりなのかな、若い男女が並んで何度も同じところを往復していたり。

やがてサリーにも認められる仕事ができるようになり、あたしは料理の下ごしらえを手伝わせてもらえることになった。ちょっとだけ、母さんが言ってたみたいに、上へ行けたような気がした。それで、将来の夢を持った。いつかあたしもロンドンの街でばりばり仕事をしたい、じゃがいもや鍋より重要な何かを、扱う人になりたい、って。

ある朝、干した香草を丁寧に大皿に並べていたら、家政婦がせかせかと階段を下りてきた。奥さまがあたしをお呼びだって言う。あたしは震えあがった。何かへまをやらかしたに違いなかった。とぼとぼと階段をのぼりながら、怖くて怖くて何度も足がすくみそうになった。アムウェル家に雇われてまだふた月足らずなのに。早くも暇《いとま》を出されたと知ったら、母さんはどんなに嘆き悲しむだろう。

だけど、淡い青で統一された奥さまの応接間へあたしが入っていったあと、ドアを閉めた奥さまはにこにこ笑ってらした。あたしは書き物机の前の、奥さまの隣に座るよう言われた。奥さまは本を開き、白い紙とペンとインク壺を並べた。それから本の中の単語をいくつか指さして、書いてごらんなさいとおっしゃった。

ペンを持つのには慣れていなかった。すごく緊張した。けど、本を手元へ引き寄せて、できるだけそれとそっくりになるよう、一生懸命に書いた。奥さまが頬杖《ほおづえ》をつき、眉を寄せて、じーっと見ていた。言われたのを書き終わったら、奥さまはまたいくつか選んだ。じきにあたしは、けっこう上手になったって自分でも思えるぐらいになった。奥さまもそう思ったみたいで、満足そうにうなずいてらした。

次に奥さまは紙を脇へやり、本を手に取った。わかる言葉はある？　と訊かれて、あたしは首を横に振った。すると奥さまは、短めの単語——彼女、荷馬車、プラム——を指さして説明してくれた。文字を並べたら言葉になって、言葉を並べたら文章になって、考えたことや話したいことを表せる、ってことを。

魔法みたいだとあたしは思った。魔法はほんとはあちこちで起きていて、わかる人にはわかるんだろう。

これが授業の第一回だった。そのあと、何回まで続いたか数えきれない。一日に二回あることもあった。というのも、登録所であたしが気づいた奥さまの症状が、悪くなるいっぽうだったから。手の震えがひどすぎて奥さまはもうお手紙が書けなくなっていて、あたしが代わりに書かないといけなくなったのだ。

台所で働く時間はどんどん短くなって、しょっちゅう奥さまに呼ばれて応接間へ行った。それがほかの使用人たちには面白くないみたいだった。とりわけサリーには。でもあたしは気にしなかった。だって、あたしの雇い主はアムウェル夫人でサリーじゃないし、ガナッシュボールやリボンや、暖炉の前でのペン習字レッスンの味を占めてしまったあたしは、今さら辞退する気になれなかった。

すらすら読み書きできるようになるまでは何カ月もかかった。田舎から出てきた子じゃないみたいにしゃべれるようになるのには、もっとかかった。でも奥さまはすばらしい先生だった。話し方は優しいし、あたしの手をそっとご自分の手で包み込んで書き方を教えてくれたし、ペンが滑ってしまったらあたしと一緒になって笑ってくれたし。田舎の家への未練はきれいさっぱりなくなった。恥知らずと言われるかもしれないけど、正直なところ、うちの農場はもう見たくなかった。二度と見たくなかった。このままずっとロンドンにいたいと思った。奥さまのきれいな応接間で、ずっと勉強していたいと思った。

奥さまと書き物机の前で長い午後を過ごした日々。ほかの使用人たちに妬《ねた》まれることぐらいしか困りごとがなかった毎日。あたしの最高の思い出のひとつだ。

　でもやがて、変化が訪れた。今から一年前、あたしの丸かった顔がちょっとほっそりして、胴衣をきつく感じるようになった頃、その視線を無視するのはもう無理だと思いはじめた。

　あたしをじろじろ見ているのはミスター・アムウェル。奥さまの夫、旦那さまだった。理由はよくわからないけど、旦那さまは何かとあたしに目を向けるようになっていた。それは奥さまも感じ取っているようだった。


　そろそろ取りかからないと。お腹の痛みはさほどでもなくなった。台所で動き回ってるのがよかったのかも。とにかく助かった。ネッラの指示どおりにするには、気持ちも体もしっかりしてないとだめだもの。手が滑っても奥さまの応接間でなら笑えるけど、今日は悲惨なことになる。

　小さなほうの二個がフライパンでジリジリと音をたてだして、脂がエプロンに飛んだ。白身のはじっこが小さく泡だって反り返るのを真剣に見つめ、その部分が奥さまの好きな蜂蜜色になると皿に移した。布巾をかけて、離れたところに置いておく。そしてネッラに言われたとおり、グレービーソースに取りかかる。

　ソースが煮詰まってきて、あたしは思った。引き返すなら、今しかない。縫いつけられてない糸は、今なら抜ける。もしこのまま続けたら、あたしはタイバーンで絞首刑に処されて見世物になった人たちの仲間になる。罪人に。そう考えたら鳥肌が立った。奥さまに嘘を言おうか——卵に入ってた毒が弱すぎたみたいです、って。

あたしは首を横に振った。そんな嘘をつくのは臆病者だし、それじゃあ旦那さまは生きたままだ。計画——奥さまが練った計画——が、あたしのせいでおじゃんになる。

今日はほんとはあたしが台所にいるはずじゃなかった。先週、サリーが病気の母親を見舞いたいからと数日の暇乞いをしたのだ。奥さまはすぐさま許可して、そのあとあたしを応接間に呼んだ。でもペン習字や手紙の書き方のレッスンじゃなかった。奥さまは、知る人ぞ知る薬屋の話をなさった。そしてあたしは、バック・アレー三番地の扉を開けて樽の中に手紙を入れること、手紙には薬を取りに行く日時も書くこと——薬とはもちろん、毒薬であること——を教えられたのだ。

自分の夫に毒を盛る理由をあたしは尋ねなかった。ひと月ほど前に起きたあの出来事のせいなんだろうって、薄々わかっていた。あれは、新年になってすぐのことだった。その日、奥さまは朝からランベスの温室にお出かけになっていた。

留守のあいだに仕分けしておくようにと、あたしは数十通の手紙を渡されていたんだけど、頭痛がひどくて全然はかどらなかった。昼前ぐらいに、泣いてるところを旦那さまに見つかってしまった。部屋で休むようにと強く言われて従って、少ししたら旦那さまが飲みものを持ってきた。楽になるっておっしゃるからその薄茶色の液体を飲んだら、ゲホゲホ咳《せ》き込んで息が苦しくなった。たまに奥さまがちびちび飲んでるブランデーってものに似てるからあれなのかもしれないけど、こんなものを好きこのんで飲む人なんているんだろうかと思った。

頭痛が治ることを願いながらあたしは、陽《ひ》の射《さ》し込む静かな自分の部屋で眠った。目が覚めたら、脂の匂い――獣脂蠟燭の匂い――がして、おでこにひんやりした奥さまの手を感じた。頭痛は消えていた。どれぐらい眠っていたのと奥さまに問われて、わかりません――横になったのは午前中ですと、正直に答えた。今は夜の十時半よと奥さまはおっしゃった。つまりあたしは十二時間ぐらいも眠ってたことになる。

夢は見た？　そう訊かれてあたしは首を振ったけど、ほんとはうっすら記憶がよみがえりはじめていた。確かにあたしは夢を見た。旦那さまがこの部屋にいる夢だった。旦那さまは、寝台のいつもの場所で丸くなってた猫を抱え上げて廊下へ出した。それからドアを閉めて、あたしのほうへ来た。そばに座ると、あたしのお腹に手を置いて話しかけてきた。二人でどんな話をしたんだったか、それは思い出せない。旦那さまの手が上へ向かって移動しだしてみぞおちまで来たあたりで、階下《した》から下僕の声が聞こえてきた。お客さまがいらしたのに旦那さまの姿が見えないと騒いでいたのだ。

あたしはこの話を奥さまにしたけど、夢なのか現実なのかわからないこともつけ加えた。

奥さまは気遣わしげなお顔で枕元にずっといてくださった。空っぽのコップを指さして、あれは旦那さまがあなたに飲ませたの？　とおっしゃるから、はい、と答えた。奥さまは前屈《まえかが》みになってあたしの手にご自分の手を重ねられた。「旦那さまにこれを飲まされたのは初めて？」

あたしはうなずいた。

「今の気分はどう？　痛いところはない？」

あたしは首を振った。どこも痛くなかった。

奥さまはじっとコップを見てからあたしに毛布をきれいにかけ直すと、おやすみなさいとおっしゃった。

奥さまが行ってしまわれてから、猫の小さな鳴き声に気づいた。中に入れてくれと、廊下で鳴いているのだった。

いよいよだ。あたしは大きいほうの卵を一個ずつ、そうっと手に取った。ガラスでできているかのように、ものすごく注意深く扱った。卵を割るのに力加減をこれほど考えたことはなかった。フライパンはまだまだ熱いから、黄身もすぐに固まりはじめた。毒を吸い込んじゃいそうで、近くに寄るのが怖かった。だから腕をうんと伸ばして焼いたけど、田舎で木登りしたときみたいに肩が痛くなってきた。

焼き上がったのを二枚目のお皿に移して、グレービーソースをたっぷりかけた。四個分の殻をゴミ箱に捨て、エプロンを撫でつけ――毒入りはお盆の右側、って頭の中で何度も確認しながら――台所を出た。

旦那さまと奥さまはもう席に着いていて、近々出席なさる晩餐会《ばんさん》についで静かに話し合ってらした。「バトフォードさんがおっしゃってましたけど、彫刻作品をたくさん展示なさるとか。世界各地からお集めになったそうですよ」

ぼそぼそと応じながら旦那さまは、あたしが食事室へ入っていくとこちらを見た。「やあ、来たぞ」

「すばらしい作品ばかりなので乞うご期待、ですって」奥さまは鎖骨を手でこすった。そのあたりが赤くなっている。なんだかそわそわしてるみたいだ。毒入り卵を運んでるのはこのあたしなのに。あたしはちょっとむっとした。怖いからって言って自分では毒を手に入れてもいないんだから、もっと落ち着いていればいいのに。

「ほう、そうかね」旦那さまはあたしから目を離さずに奥さまに相づちを打った。「持ってきなさい。さあ、早く」

旦那さまの後ろから近づいて、お盆の右側のお皿を注意深くテーブルに置く。そのとき旦那さまがあたしの脚の後ろに手を伸ばしてきて分厚いスカートの裾をそっと持ち上げた。膝の後ろを撫でた手が、太腿のほうへ上がっていく。

「いいねえ」旦那さまはやっと手を引っ込めてフォークを持った。触られたところがむずむずする。見えない蕁麻疹《じんましん》が出たみたいに。あたしは旦那さまから離れて、もうひとつのお皿を奥さまの前に置いた。

奥さまがあたしに向かってうなずいた。奥さまの鎖骨のあたりはまだ赤い。目は暗くて悲しそうで、後ろの壁紙のロゼット模様みたいに薄ぼんやりしている。

あたしは食事室の隅に控えて、待った。石みたいに固まって、待った。次に起きる事態を。

8

キャロライン　現在　火曜日

夜中に目が覚めたとき、枕元の時計は午前一時を示していた。わたしはひと声呻くと、ぼんやり光る赤いライトから顔を背け、寝返りを打った。けれど眠りに戻ろうと努力するうち、胃のあたりが気持ち悪くなりだした。体が火照《ほて》って汗も出てきた。上掛けを剝いで唇の上の汗をぬぐい、室温を確かめるため立ち上がった。パネル表示が華氏ではなく摂氏だったから、自分でうっかり高い温度に設定してしまったのだろう。カーペットの上をすり足で進んだわたしは、途中で思わず壁に手をついた。

突然、吐き気が込み上げてきたのだ。

バスルームに駆け込み、便器に向けて激しく嘔吐した。ぐったりしながら、二度、三度と吐き続けた。

空っぽになった胃はなんとか落ち着き、やっとまともに息ができるようになった。カウンターの上のタオルを取ろうとしたとき、小さな固いものに手が当たってそれが倒れた。あのガラス瓶だった。ホテルへ戻ってきたあと、バッグから出してカウンターに置いたのだった。このままにしておくと、また倒してしまいそうだ。わたしは瓶を持ち出すと、スーツケースの底に割れないよう収めてからバスルームへ戻り、歯を磨いた。

よくある外国での食あたりよ。そう心の中でつぶやいた。が、すぐに濡れた手で口を覆った。その手は震えていた。食あたり……じゃないかもしれない。昨日も二度ほど胸のむかつきを覚えたけれど、その前に何か食べたわけではなかった。あの不調は食べもののせいにはできない。

笑えないジョークみたいだと思った。もし妊娠しているのだとしたら、想像していた状況とあまりに違いすぎる。ジェイムズと一緒に妊娠を知る瞬間を、わたしは早くから夢想していた。二人で嬉し泣きして祝福のキスを交わして、育児日記《ベビーブック》を買いに走るだろうと。二人で一緒に喜ぶはずだったのだ。なのにわたしは今、一人きり。夜の夜中にホテルのバスルームで、妊娠していないことを願っている。ジェイムズとの子どもをわたしは望んでいない。今は、望んでいない。待ち望んでいるのは、生理の訪れを告げる下腹部痛。

部屋へ戻ってカモミール・ティーをいれた。ゆっくり飲んでベッドに入り、三十分ほどじっとしていると、吐き気はようやく治まった。検査薬を使う気にはどうしてもなれなかった。あと二、三日は待ちたい。きっと、旅の疲れとストレスのせいで遅れているだけ。

たぶん今夜中に、でなければ明日には、きっと始まる。祈るような気持ちでそんなふうに考えた。

胃の不快感は消えても、時差のために眠れなかった。ジェイムズがいるはずだった右側へ手を伸ばして、ひんやりしたシーツをぎゅっとつかむ。いっときだけ、自分の気持ちを否定できなかった。わたしは心のどこかで思っている。ジェイムズに会いたい、寂しい、と。

いいえ、だめ。ぱっとシーツを放して左へ寝返りを打ち、隣に広がる空っぽの空間から顔を背けた。彼に会いたいなんて、寂しいなんて、思っちゃいけない。今は、まだ。

ジェイムズの裏切り自体もさることながら、心に重くのしかかっていることはほかにもあった。今のところ夫の不貞は親友であるローズにしか明かしていないが、眠れぬ夜にいろいろ考えていると、両親にも洗いざらい話してしまいたい気になってくる。でも、返金不可のホテル代を出してくれたのは両親だ。チェックインしたのはわたしだけ、なんてとても言えない。帰国して、今後のことをじっくり考えてから――結婚生活の行く末が見えてから――話すべきだろう。

ついにわたしは眠ることをあきらめた。ナイトテーブルの明かりをつけ、スマートフォンを充電器からはずす。ロンドンの見所について調べてみようと思い立ち、ブラウザアプリを起動した。とは言え、ウェストミンスターやバッキンガム宮殿といった有名どころに関しては、開く時間や入場料と共にすでに手帳にリストアップ済みで――どれにも惹かれないのだった。ホテルの部屋にいてさえジェイムズの不在を痛感しているのだ。隣に誰もいないのを気にすることなくハイドパークを散策できるわけがない。だからまったく行きたいとは思わない。

代わりに開いたのは大英図書館のウェブサイトだった。地図室でゲイナーと話をしたとき、オンラインデータベースの活用を勧める小さなチラシが近くにあった。時差ぼけはあるし体調はよくないし、こうなったらふかふかの寝具にくるまってちょっと調べものでもしてみようかという気になった。

目録検索の検索バーに、ふたつの単語を打ち込む。〝薬瓶　熊〟。結果が何件か表示されたが、内容はバラエティに富んでいた。最近出た生体力学の専門誌からの抜粋記事。黙示録的予言に関する十七世紀に出版された本。セント・トーマス病院に保管されていた十九世紀初頭の文書類。三番目のこれをクリックして、そのページが読み込まれるのを待った。

まず出てきたのは、文書が作成された日付――一八一五年から一八一八年にかけて――と、この資料に関する補足説明だった。それによればこれらの文書の出どころは病院の南病棟であり、職員が書いたものと入院患者が書いたものが混在しているという。

上のほうにある閲覧希望のリンクをクリックしながら、ため息をついた。どうせ、利用者登録をして紙ベースの資料を予約しろという文言が出てくるに決まっている。と思っていたら、デジタル化されたサンプルページが現れたので驚いた。瞬く間にスマートフォンに手書き文字が並びはじめる。

こんなふうに、目的を持って調べものをするのは十年ぶりだろうか。にわかに身の内にアドレナリンが駆けめぐるのをわたしは止められなかった。ゲイナーは、こうしたデータにいくらでもアクセスできる毎日を送っているのだ。そう思うと羨ましさで身もだえしそうになる。

画像が鮮明になるのと同時に、電話の受信通知が画面に出た。知らない番号だったが、発信者ＩＤはそれがミネアポリスからであることを示していた。わたしは眉をひそめ、ミネソタに知り合いがいただろうかと考えた。いや、いない。セールスだろう。着信を拒否すると、さらに深く枕に身を沈めて、サンプルページを読みはじめた。

はじめのほうは読み飛ばした。病院の管理者名簿や備品のリースの契約書や、署名入りの遺言状の写し――患者が死の床で署名したのだろう――などだったから。しかし四ページめで、ある単語が目に留まった。熊《ベア》。

手書きの文章の文字は乱れ、ところどころ掠《かす》れている。

一八一六年十月二十二日

男たちには迷路だった。ベア・アレーにあるものを彼らが見ればさぞかし驚いたことだろう。けれど、案内するわけにはいかなかった。

殺人者はその華奢な手を汚す必要はない。指一本触れずに死なせることができる。

もっとうまい方法がほかにある。薬瓶。食料。

薬剤師はすべての女の友だった。あの薬屋で女たちの秘密は生まれた。男たちを死なせたのは女たちであるという秘密。

ただ、思惑とは異なる結果となった。

薬剤師に非はない。当方にもない。

悪いのは夫。求めてはならないものを求めた夫。

署名はなかった。わたしの手が震えはじめた。熊と薬瓶。キーワードがふたつとも入っている。病を得て病院にいたこの人は、重大な秘密を明かすためにこれをしたためたのだ。今際《いまわ》の際の告白みたいなことだったのだろうか？

驚くようなものがあるベア・アレーとは？　迷路にたとえて、自分はすべて知っていると仄《ほの》めかしているんだろうか。もし迷路が実在したのなら、行き着いた先には貴重な何か——あるいは隠すべき何か——があったと考えるのが妥当だろう。

謎めいた言い回しの意味がわからず、わたしは爪を嚙んだ。

だがそれより驚いたのは、薬剤師のくだりだった。薬剤師は友であり、薬屋で秘密が生まれたと書かれている。秘密というのが、男たちが死んだことを指すのなら——当然、事故死などではない——すべての死に薬剤師が関わっているということだ。あたかも連続殺人犯のように。背筋がぞくりとして、わたしは思わず上掛けをたぐり寄せた。

この手記のようなものを、もう一度読む。途中でメッセージの着信を知らせるランプが光ったが無視してグーグルマップを開き、〝ベア・アレー　ロンドン〟と打ち込んだ。手記の冒頭に出てきた地名だ。

すぐに一件だけ検索結果が出た。ロンドンにベア・アレーは実在した。しかも信じられないことに、それはこのホテルの近く——目と鼻の先——だった。歩いても十分かそこらだろう。でも、この手記で言及されているのと同じベア・アレーだろうか？　二百年のあいだに通りの名前が変わっていたって何の不思議もない。

グーグルマップの衛星画像を見るとベア・アレーには大きなビルがひしめいており、地図上の社名の多くは投資銀行や会計事務所だった。仮にこれが問題のベア・アレーだったとして、探索に出向いて発見できるのはスーツ姿のビジネスマンの群れ、つまりは大勢のジェイムズのみ、ということになりそうだ。

ガラス瓶をしまってあるスーツケースをわたしは見やった。刻まれているマークが熊であるという見方にゲイナーも賛同してくれた。このベア・アレーとなんらかの関係があるのだろうか? 可能性は低いにしても、ゼロとは言い切れない——大いに興味をそそられる仮説だ。その吸引力に抗うのは難しい。

今は午前三時前。夜が明けたらコーヒーだけ飲んですぐベア・アレーへ行ってみよう。スマートフォンを置く前に、いちおう未読のメッセージを開いてみた。そしてわたしは息をのんだ。ジェイムズからだった。ぐっと歯を食いしばって、読みはじめる。

ミネアポリス・セントポール国際空港《MSP》から電話したんだが。苦しくて息もできないぐらいだよ、キャロライン。ぼくの心臓の半分がロンドンへ行ってしまったからだ。どうしても会いたい。これからヒースロー行きの便に乗る。着陸はそちらの時間で午前十時。税関を通るのに少しかかるとして十一時頃ホテルで会おう。

呆然としながら再度読んだ。ジェイムズがロンドンへ来る。わたしが会いたがっているかどうか、尋ねもしないで。一人になること、彼と距離を置くことが今のわたしには必要なのに、それは許されないのか。知らない番号からの電話は、ジェイムズが空港からかけていたのだ。公衆電話を使ったのだろう——彼のＩＤだとわたしが出ないとわかっていたから。

手がぶるぶる震えはじめた。夫の不貞を知ったときの衝撃がまた襲ってきたかのようだった。返信ボタンの上へ指を持っていく。やめて、来ないで。そう返そうとした。でも長いつき合いだから彼のことはわかっている。何かが手に入らないとなれば、倍の努力をしてでも手に入れる人だ。そもそもホテルの名前を知っているのだから、わたしに拒まれたってロビーで待ち続けるに決まっている。こちらが永遠にこの部屋に籠もっていられるわけもない。

眠れないなんて、もう言っていられない。十一時にジェイムズが現れるのなら、言い訳責めに遭うまであと数時間。ひびの入った夫婦関係を直視せずにいられるのはあと数時間。ベア・アレーの探索に割けるのは数時間だけ。

わたしはベッドから出て窓際へ行った。あたりをせかせかと歩き回りながら、ひっきりなしに空を見上げては光を探し求めた。

夜明けがこんなに待ち遠しかったことはなかった。

9

イライザ　一七九一年二月五日

旦那さまの様子が変わらないまま、一分、二分と過ぎるにつれて、あたしの勇気はしぼみはじめた。ここにネッラのカノコソウのお茶があればよかったのに。あれを飲ませてもらってからは、あの隠し部屋ですごくリラックスできたのを覚えてる。

ここまでは順調だった——卵を割って、熱したフライパンで焼いて、計画どおりうまくやれたと思う。卵の毒が回りだしたら旦那さまはあたしを罵《ののし》るかもしれないし、ネッラが言ってたみたいに、反り返って痙攣する旦那さまの様子が目に焼きついて一生忘れられなくなるかもしれない。けど、そんなのは怖くなかった。

そんなふうに怖くないものもあるけど、あたしだって何でもかんでも平気なわけじゃない。怖いのは旦那さまの亡霊だ。死んだあとに肉体から離れた魂。見えない魂が、壁や人の体を通り抜けたりするのは本当に怖い。

亡霊が怖くなったのは、あのときからだ。二カ月ぐらい前、サリーに暗くて寒い地下室に連れていかれて、ジョアンナという女の子の話を聞かされたとき。

怖いもの知らずだったあたしが、あれ以来、そうでもなくなった。魔法みたいなことって、いいことばっかりじゃないんだって知ってしまったから。

ジョアンナはあたしが来るちょっと前までアムウェル邸で働いていたらしい。あたしの一つか二つ上だったジョアンナは、病気になった——部屋から出られないぐらい重い病気に。だけど使用人のあいだではもっぱらの噂《うわさ》だった。彼女は病気なんかじゃなくて、お腹に赤ん坊がいて、お産が近づいているんだと。

サリーによれば、十一月の寒い朝、ジョアンナは産気づいた。メイドの一人に付き添われてまる一日、陣痛と闘い、いきみ続けた。でも産声はあがらなかった。赤ん坊は出てこず、ジョアンナは気を失い、二度と目覚めることはなかった。

あたしが使ってる屋根裏部屋——蜘蛛《くも》の巣だらけで隙間風が入ってくる——は、ジョアンナと赤ん坊が死んだ部屋と隣り合っている。サリーにそう教えられてしばらくした頃、夜中に壁の向こうからジョアンナの声が聞こえてくるようになった。あたしの名前を呼びながら泣いてるみたいだった。ときどき、水が流れるような音と、何かを叩くような音もした。赤ん坊が、ちっちゃな握りこぶしで母親のお腹を中から叩いて、出して出してって言ってるみたいだった。

「父親は誰だったんですか？」地下室であたしはサリーに訊いた。

サリーはじろりとあたしを見た。わかってるでしょ、とでも言いたそうな顔で。

あたしは勇気を出して奥さまに話した。でも奥さまは、この家に身重の使用人がいたことはないし、もちろん誰も死んだりはしていないとおっしゃった。ここでのあなたの立場をやっかんでサリーはそんなことを言ったのね、とか、何かを叩くような音はあなたの心臓がドキドキしているだけ――悪い夢でも見たんでしょう、とか。

あたしは言葉を返したりしなかった。けど、この耳で聞いたんだから確かだと思ってた。自分の名前を呼ばれてわからない人なんていないんじゃないだろうか。

ともかくあたしは今、食事室の壁を背にして立っている。旦那さまが卵を食べるのをじっと見ている。胸がドキドキして、壁に手をあてて体を支えてないと倒れてしまいそうだ。陽が高いうちに死んでくれないと。夜中に名前を呼ばれるのはもうたくさんだ。旦那さまの霊が抜け出ませんように、抜け出たとしてもここいらに長々ととどまったりしませんようにと、あたしは一生懸命祈った。

そんな魔法ってあるんだろうか。どうしてジョアンナの霊がまだこの世にいるのか、どうして彼女があたしを呼ぶのか、ちっともわからない。わからないけど、もうじき旦那さまの霊もそれに加わるかもしれないと思うと、たまらなく怖い。

あたしには平気なこともたくさんある。毒なんかは怖くない。だけど、さまよう霊、恨みを持った霊のことを考えると、怖くて怖くてあたしはもう立っていられなくなる。

二個めの卵を食べてる途中で、旦那さまが喉のあたりをかきむしりだした。「おい」と、悲鳴混じりに言う。「ソースに何を入れた？　ものすごく喉が渇くぞ」水差しの水を半分もがぶ飲みしている。あたしは部屋の隅っこでじっとしたまま、お皿を下げるタイミングを見計らった。

奥さまは目を大きく見開いている。薄黄色の胴衣をいじる手が震えてるように見えるのは気のせいだろうか。「あなた、大丈夫ですか？」

「これが大丈夫に見えるか？」旦那さまは吠《ほ》えるように言うと、赤く腫れだした唇を押さえた。「口の中が痛くなってきた。唐辛子を入れたのか？」顎についたソースを乱暴にぬぐったけど、手から力が抜けたのかナプキンはすぐ床に落ちた。そのときあたしにははっきりわかった。目に見えるようだった。旦那さまの怒りが恐怖に変わったのが。

「いいえ、旦那さま」あたしは言った。「いつもとまったく同じつくり方です。牛乳は搾りたてじゃありませんでしたけど」

「そいつが腐ってたんだ」旦那さまは咳き込み、また喉をかきむしった。

奥さまがご自分の卵をつつき、恐る恐るといった感じで一口食べた。

「こんなもの食えるか！」旦那さまはお皿を押しやって立ち上がった。勢い余って椅子が倒れて転がり、ヒナギク柄のカーテンをこすった。「気分が悪い！　早く下げろ！」あたしはさっと進み出てお皿を手に取った。一個まるまると、もう一個もほとんどなくなってるのを見て、ああよかったと思った。一個でも効果はあるってネッラは言っていたもの。

旦那さまが階段を上がっていく。重い足音が、食事室全体に響き渡ってるみたいに大きく聞こえた。奥さまとあたしは黙ってお互いの顔を見た。正直に言うと、ちゃんと計画どおりに事が運んだことにあたしはちょっとびっくりしていた。それから急いで台所へ行ってお皿をぬぐい、ためてあった濁り水の中へ突っ込んだ。

食事室では奥さまがちびちびお食事を続けてらっしゃる。落ち着いてらっしゃるのはよかった。でも、旦那さまがゲーゲー吐く音が階上からはっきり聞こえてくる。毒が回る前に吐き疲れて死んじゃうんじゃないかと心配になるぐらいだ。こんな音も呻き声も、あたしは聞いたことがなかった。いつまで続くんだろう？　それはネッラも言ってなかったし、あたしもそれを訊くのを思いつかなかった。

二時間たった。奥さまは階下に隠れている。あたしと書き物机の前に座って、急ぎじゃない手紙を二人で書いている。けど、なんにも起きてないみたいにこのままこれを続けてたら、絶対みんなに不審がられる。

旦那さまがお酒が大好きなこと、飲みすぎてしょっちゅうおまるに頭を突っ込んで吐いていることは、みんな知ってる。でも、こんな呻き声をあげることはなかった。これは明らかにいつもと違う。使用人の何人かは気がついてるに違いないとあたしは思った。だから奥さまとあたしは様子を見に行った。旦那さまがしゃべることもできなくなっているとわかると、奥さまはお医者さまを呼ぶよう下僕に命じた。

やってきたお医者さまは即座に、これは緊急事態ですと言った。患者の腹部は異様に膨らんでおり、このようなひきつけは自分は見たことがない、と。お医者さまから奥さまへの説明は専門用語だらけであたしにはよくわからなかったけど、ひきつけのすさまじさは誰の目にも明らかだった。まるで旦那さまのお腹の中に生きものが入ってるみたいだった。旦那さまの目は真っ赤で、蠟燭の炎を見るのもつらそうだ。

お医者さまと奥さまのひそひそ話は続いていた。と、旦那さまの顔がくるりとあたしのほうへ向いた。真っ黒な穴みたいなふたつの目が、まっすぐにあたしを見た。あたしの心の中を見た。ばれた、とその瞬間に確信した。悲鳴を飲み込んであたしは部屋を飛び出した。ちょうどそのとき、お医者さまが患者の股のあたりを触診して、旦那さまが獣の遠吠えみたいな恐ろしい声で呻いた。霊が体から抜け出たんじゃないだろうか。

でも、廊下で震えてたら、ぜいぜいと苦しげな息づかいが聞こえてきたから、まだだったんだってわかった。

「膀胱《ぼうこう》が破裂しそうなほど膨らんでいる」お医者さまは部屋を出ながら奥さまに言った。「吐いて苦しむことはこれまでもあったんですな？」

「ええ、何度も」それは嘘じゃないけど、でも奥さまは本当のことを言ってない。あたしはドアを出てすぐの壁にもたれて、奥さまの言葉と死にゆく人の切れ切れの息に耳をそばだてていた。「お酒を飲みすぎるのが夫の悪い癖なんですの」

「それにしても、あの膀胱の膨れようは尋常じゃない……」お医者さまは言いよどんだ。珍しい症状に頭を悩ませ、役人に知らせるべきかどうか迷ってるのかもしれない。階下のあちこちにあたしたちが置いたウイスキーの空き瓶を、お医者さまはちゃんと見ただろうか？

好奇心を抑えきれずに、あたしは足を踏み出し、開けっぱなしのドアから中を覗いた。腕組みをして指をしきりに上下させてるお医者さまが、あくびをかみ殺すのが見えた。奥さんが家で待っていて、もうじき夕飯が始まるのかもしれない。しばらくためらってから彼は言った。「牧師さまをお呼びなさい、アムウェル夫人。今すぐに。ご主人は朝まではもたないでしょう」

奥さまは手で口を押さえた。「ああ、そんな」本当に驚いている様子だった。

奥さまに言われてあたしは玄関でお医者さまをお見送りした。ドアを閉めて後ろを向くと、奥さまが待ってらした。

「暖炉のそばで座りましょう」奥さまが囁き、二人でいつもの場所へ行った。奥さまはあたしたちの膝に毛布を掛けると、ノートを出し、ノリッジに住むお母さまへの手紙を口述しはじめた。「母上さま」と、まずおっしゃった。「夫が重い病に冒され……」

あたしは言われたとおり、そのまんまを書いた。ほんとのことじゃないとわかっていても。書いても書いても――六ページになり、八ページになった。中身は同じことの繰り返しだ――奥さまの話は終わりにならず、あたしは書き続けた。二人とも、動きたくなかった。階上へ行きたくなかった。時計は十二時近くを指している。外はとっくに暗くなっていた。

でも、手紙書きも永遠には続かなかった。突然、股から何かどろっとしたものが出たみたいな、妙な感じがしてあたしはびっくりした。ちょうどそのとき、下僕が階段を一段飛ばしで駆け下りてきた。目は大きく見開かれて、涙で濡れていた。「奥さま」彼は叫んだ。「ひ、非常に残念なご報告をしなければなりません。旦那さまが息を引き取られました」

奥さまが毛布を投げ捨てて立ち上がった。あたしもそれに倣《なら》った。でもとたんに恐怖に凍りついた。温もりとへこみの残る座面が赤く染まってる。とれたてのリンゴみたいな真っ赤な色に。あたしはあんぐり口を開けたまま思った。死はあたしのこともつかまえようとしてるんだろうか？　あたしは必死に息を吸って、吸った空気を出さないようにがんばった。

階段へ向かいかけた奥さまを、大声で呼び止めた。「待って——待ってください。あたしを一人にしないで」

間違いない。あたしは恐ろしい魔法を、呪いを、かけられてしまった。旦那さまの霊魂は肉体から出はしたけど、ジョアンナと同じで、ここを去ってはいないんだ。旦那さまの死と同時にあたしの体から血が流れ出るなんて、ほかにどんな理由があるだろう。

あたしはぼろぼろ涙をこぼしながら床にくずおれた。「あたしを置いていかないでください」もう一度、懇願した。

奥さまは不思議そうにあたしを見た。あたしがここで一人きりになることは幾度となくあったんだから、訝しく思われてもしかたない。でも今だって生温かいものが流れ出てるのが自分でわかる。床に膝をついたまま、あたしは今しがたまで二人で座っていたソファを指さした。血染めの座面をじっと見るあたしのまわりで、たくさんの蠟燭の火影が嘲るように躍っている。そのひとつひとつに、旦那さまが隠れているんだ。

10

ネッラ　一七九一年二月七日

二月の七日、大麦の樽にまた新たな手紙が入っていた。

読む前にその上質な羊皮紙——わたしの萎びた手の皮膚みたいに薄い——を顔に近づけ、香水の香りを深く吸い込んだ。サクランボに、ほのかなラベンダーと薔薇の香りが混じっている。

イライザの手紙同様、乱れのない曲線から成る美しい文字が並んでいるところからして、書き手は礼儀をわきまえた教養ある人物かと思われる。自分と同年配の女性が頭に浮かんだ。家政をとりしきる商人の妻。友人には優しく義理堅い、だが社交家ではない。よく行く場所は公園と劇場、だが娼婦《しょうふ》ではない。豊かな胸とどっしりした腰回り。母親。

しかし、さまざまな想像を脇へ置いて手紙を読み進むうち、口の中が乾きだした。ひどく変わった手紙だった。書き手はみずからの希望を明らかにせず、暗示するにとどめている。わたしはそれをテーブルに落とすように置くと、蠟燭をかざしてもう一度読んだ。

二人一緒のところを下僕が目撃したのです。門番小屋で。

二日後、集まりがあり、彼女も出席いたします。肉体の欲求を高めるようなお薬はございますでしょうか。明朝十時にうかがいます。

愛人の腕の中で息絶えるのです。独り寝のわたしは静寂の中、そのときを待ちます。

隠された手がかりを求めて、わたしはクマネズミを腑《ふ》分《わ》けするかのように仔細《しさい》に、一行一行、分析してみた。下僕がいて、門番小屋がある。ということは資産家である。あまり気が進まない。長年の経験から、金持ちは総じて気まぐれであるのをわたしは知っている。そしてこの人は、性欲を昂進《こうしん》させるものが欲しいという。彼——おそらくは夫——を、愛人の腕の中で死なせるために。その方法はどこか倒錯しているようにわたしには思われ、この手紙自体にも違和感を覚える。

しかも、実行まで二日しかない。じゅうぶんとは言いがたい準備期間である。

けれどイライザのときも最初こそしっくりこなかったものの、蓋を開けてみればすこぶる順調に事は運んだ。今回の手紙にもまた引っかかりを感じてしまうのは、わたしの心身が弱っているからではないか。そう考えれば説明がつく。今後は手紙を受け取るたび、胸がざわつくのかもしれない。早く慣れるべきなのだろう。光の入らない部屋に慣れたように。

それに、この手紙が示唆しているのは裏切りである。そもそもわたしが毒薬を売るようになったきっかけはそれだった。女たちの密《ひそ》かな決意を後押しし、彼女たちの名を日誌に記し、彼女たちを守り支えるようになったきっかけは。身体的なものであれ精神的なものであれ、患者の苦痛を我がことのように感じ、寄り添えるのが良い薬剤師である。この女性の社会的立場はわたしには実感できないが――バック・アレーには門番小屋もなければ下僕もいないから――胸の内は目に見えるかのようだ。苦悩するのはどんな女も同じ。身分も何も関係はない。

だからわたしは、気づくと外出の支度に取りかかっていた。いちばん厚い外套《がいとう》を着て、予備の靴下を持った。向かおうとしている先はぬかるみの多い湿地で、好んで行きたい場所ではないが、ツチハンミョウ――この依頼主の特殊な要望に最も適した原材料――がよく捕れるのだ。

勝手知ったるシティの、入り組んだ街路を足早に歩く。行き交う椅子駕籠や路面の馬糞《ばふん》をよけ、店や家を出入りする人々の群れをかき分けて、目指すはサザーク、ウォルワースにほど近い畑である。テムズ川にかかるブラックフライアーズ橋へは目を瞑《つむ》ってでも行けるのだが、今日は地面に石がたくさん転がっているのが危険だった。野良犬が何かの死骸を齧《かじ》っていたり、破れて異臭を放つ魚の包みに蠅《はえ》がたかっていたりする道を、わたしは用心しつつ急いだ。

ウォーター・ストリートのはずれ、川はもう目の前というところで、道を挟んだ二軒の家が玄関階段の掃き掃除をしていた。灰と埃の雲に包まれ、わたしは小さく咳をした。咳は止まらず、発作に襲われたようになって腰を折り、膝に両手をついた。

そんなわたしに注意を払う人はいなかった。よかった。行き先や名前を訊かれるのはなんとしても避けたかったが、心配は無用だった。誰もが自分の用事や商売や子どものことで手いっぱいである。

肺は懸命に酸素を取り込み、やがて喉の痛みも治まりだした。湿った唇をぬぐうと、手に緑色がかった粘液がついたのでぎょっとした。川に突っ込んだ手を抜いたら藻がくっついてきたといった様相である。それを地面に振り捨てて靴で踏みにじり、何もなかったことにしてわたしは背筋を伸ばした。ふたたび川へ向かって歩きだす。

ブラックフライアーズ橋のたもとまで来たとき、道の反対側を歩いていた男女が歩み寄ってくるのに気づいた。男性のほうが険しくすぼめた目でじっとこちらを見ている。わたしの後ろにいる誰かを見ているのだと思いたかった。女性は肩から布を吊《つ》るして赤ん坊を抱いており、歩きにくそうだ。赤ん坊はクリーム色の上等な毛布にすっぽりくるまれていて、わたしのところからは卵形の柔らかそうな頭しか見えない。

わたしは視線を下げ、歩を進めた。が、橋の階段に足をかけたとたん、肩に手が置かれた。

「失礼ですが」言われて振り向くと、あの三人がいた。父、母、赤ん坊。絵に描いたような家族連れ。「大丈夫ですか？」夫は帽子を取り、首元のスカーフをゆるめた。

「あ——ええ、大丈夫です」わたしはもごもご答えた。手すりは氷のように冷たかったが、握る力をゆるめなかった。

彼はほっとしたように息をついた。「そうですか。いや、先ほどひどく咳き込んでらっしゃったから。家の中で暖かくしていたほうがいいですよ」彼は、わたしがのぼりかけていた階段を見上げた。「まさか、橋を渡ってサザークへ行くおつもりですか？　この寒さの中……」

毛布にくるまれてにこにこ笑っている赤ん坊を、わたしはできるだけ見ないようにした。

「慣れていますから」

妻のほうが同情的な表情を浮かべ小首をかしげた。「わたしたちと一緒に舟で渡りましょう。船頭を雇いますから。重いこの子を抱いて歩くのは大変ですもの」彼女は赤ん坊を見下ろしてから、河原で客待ちをする船頭の一人を目顔で示した。

「ありがとうございます。でも本当に大丈夫ですから」わたしはなおも言って、階段に足をかけた。彼らが立ち去ってくれることを祈りながら親切な夫婦に笑みを向けたとき、喉の奥がむずむずしだした。こらえきれずに横を向いて咳をしていると、また肩をつかまれた——さっきよりも強い力で。

それは妻の手だった。険しい顔をしている。「どうしても川を渡らないといけないのなら、お願いだから舟に乗ってください。階段をのぼるのは無理です。ましてや橋を渡るなんて。さあ、行きましょう」彼女は片手で赤ん坊の頭を支え、もう片方の手をわたしの背中にあてがうと、船頭の待つほうへ歩きだした。

わたしは観念し、小舟に乗り込んだ。暖かな毛の毛布を膝にかけられると、いっときの安らぎに感謝する気持ちが湧いてきた。

岸を離れてまもなく赤ん坊がむずかりだし、母親が乳房を含ませた。小舟はゆらゆら揺れながら、冷たい水を切って進んでいく。ここで気分が悪くなってはいけないと、わたしは船べりから少しだけ身を乗り出した。すると数瞬、自分が麗しい親子連れと一緒に舟に乗っている理由を忘れた。すぐに思い出したけれども。ツチハンミョウ。門番小屋。下僕。情欲を昂進させるもの。

「船酔いしましたか?」夫が問う。「今日は少し波が高いですからね。それでも徒歩で渡るより楽なのは間違いないですよ」

わたしはうなずくことで同意を表明した。この胃の不快感には覚えがあった。悪阻《つわり》によく似ている。二十年も前のことだが、今もはっきり思い出せる。月のものが来ないと思うより早く、胃のむかつきが始まったのだった。そして疲れやすくなった。でも、ただの疲れではないとわかっていた。二粒並んだ種の、どちらが黄色い百合《ゆり》の種でどちらが白い百合の種か、わたしには断言できる。それと同じで、自分のお腹に子どもがいることも断言できた。悪阻や倦怠感《けんたい》がありつつも、当時のわたしは、世界中の幸せを独り占めしたかのように舞い上がっているとまわりには見えたことだろう。実際、フレデリックの子を宿していたあの日々ほど人生で幸せだったことはなかった。

母親はわたしに微笑みかけると、眠る赤ん坊を乳房から離した。「抱いてみます?」言われて、わたしは赤くなった。知らず知らず赤ん坊を凝視していたらしい。

「ええ」これもまた、考えるより先に答えていた。

赤ん坊をわたしの腕に移しながら、ベアトリスというんですと彼女は言った。「喜びをもたらす者という意味」

しかし赤ん坊の重みが腕にかかり、ぬくもりが幾重もの布を通して伝わってきたとき、わたしの胸に生じたのは喜びとはほど遠い感情だった。すべすべした肌。小さな寝息。けれどわたしは墓を抱いているのだった。喪《うしな》われた者の、もぎ取られた宝の、墓標を。喉を締めつけられる心地がして、この舟に乗ったことを後悔しはじめた。

『愛人の腕の中で息絶えるのです。独り寝のわたしは静寂の中、そのときを待ちます』。

わたしをここへ導いた手紙の文言が、呪いの響きを帯びて脳裏によみがえる。

こちらの不穏な心持ちを感じ取ったか、赤ん坊が目を覚ましてきょろきょろあたりを見回した。お腹はいっぱいのはずなのに、顔をくしゃくしゃにして、今にも泣きだしそうである。

とっさにわたしは赤ん坊を上下に揺すり、よりしっかりと胸に抱き寄せた。「よしよし」両親の視線を感じながら囁く。「よしよし、いい子ね、ほらほら、大丈夫よ」ベアトリスはじっとわたしを見つめだした。わたしの奥深くを、秘密を、わたしを苦しめるものを、覗き込もうとするかのように。

残念ながら、この子にはわたしの内なる腐敗は見えない。この小さな頭には、わたしを苛《さいな》む重圧は理解できない。みずからが火をつけた復讐の炎は今やロンドン中に燃え広がり、わたしは死ぬまで多くの他人の秘密を抱え続けなければならないのだ。

こうしてわたしが暗い思索にふけるあいだも、舟は波を越え、ゆっくりと対岸へ近づいていく。けれど視線はブラックフライアーズ橋に吸い寄せられる。喜びをもたらす人、愛らしいベアトリスを抱いているというのに。橋を水上高く持ち上げる巨大な石のアーチを見上げて、束の間わたしは夢を見る。あそこから一歩足を踏み出せばあっけなく解放される、自由になれる、と。

身を翻し、氷のような水の飛沫《しぶき》に包まれる。呪わしい仕事も数多《あまた》の秘密を抱える人生も、一瞬で終わる。絶望も腐敗も、即座に消えてなくなる。そしてわたしは愛《いと》しいわが子に会える。あの子がどこにいようとも。

ベアトリスを小さく揺すりながら祈った。この子がこんなどす黒い想念にとらわれることはありませんようにと。わたしとて、もし自分の子が生きていれば――そうであれば十九歳。年頃の娘になっている――そびえる橋に憧れのまなざしを向けたりはしなかった。決して。

橋から視線を引き剝がすようにして、ふたたびベアトリスの清らかな顔を見つめた。汚れも傷もない。生まれつきの痣《あざ》さえない。愛らしい二重顎がもう少しよく見えるよう、クリーム色の毛布をわずかにずらす。指に触れる感触から察するに、この毛布は母親と父親の服を合わせたよりも高価なものに違いない。〝ねえベアトリス〟わたしは目でもって語りかけた。言葉を介さずとも、きっと伝わると信じたかった。〝あなたのお父さんもお母さんも、心からあなたのことを愛しているのよ〟

そう伝えながら、わたしは叫びだしそうになっていた。自分の子宮が空っぽであること、無用の長物であることを、今ほど痛感したことはなかった。同じ言葉をわが子にもかけてやれたらどんなによかっただろう。父さんも母さんも心からあなたのことを愛しているのよ、と。でも、たとえ娘が生きていたとしても言えなかった。なぜなら、それは半分しか本当ではないから。

震える手でベアトリスを母親に返したときには、岸はもう、すぐそこだった。

翌日の早朝、わたしはやっとの思いで寝床から這い出した。前日のツチハンミョウ採集とそれを炒《い》る作業がひどくこたえていた。冷えたために左膝がこわばり、舟を下りてから長く歩いたせいか両くるぶしが腫れている。手の指も皮が剝けて血だらけだが、こちらははじめからわかっていた。ウォルワース近くの畑で捕ったツチハンミョウは百匹ではきかないだろう。その一匹一匹をわたしは巣から引っ張り出し、愛する家族から引き離してきたのである。

調子の悪いときには、竈の火とそこで沸かすアヘン入りの湯がひときわありがたく思える。金持ちの客が来るのは一時間後だから——気持ちは落ち着かないが——それまでは体を休められそうだ。

ところが竈の脇の壁に頭を預けたと同時に、隠し扉を叩く音がした。あまりに突然で、わたしは危うく叫んでしまいそうになった。それから慌てて記憶をたぐった。この時間に誰か来るはずだっただろうか？　疲れのせいで失念していたのか？　樽に入れられた手紙を見落としたのか？　例の客は十時に来るのだから、まだ早すぎる。時計がここまで大幅に遅れるわけもない。

ヨモギかナツシロギクか、その手のありふれた生薬を買いに来た客だろう。わたしはひと声呻いて身を起こそうとした。が、重い体はまるで流砂のように下へ下へと落ちようとする。扉がふたたび叩かれた。さっきよりも強く。さらなる痛みをもたらしてくれた侵入者を、わたしは胸の内で罵った。

扉まで行き、相手を確かめようと壁の裂け目を覗く。

そこにいるのはイライザだった。

11

イライザ　一七九一年二月八日

扉が開いてネッラの小柄な体が現れた。ものすごくびっくりした顔をしてる。「驚かせてごめんなさい」と、あたしは言った。

「とにかく入って」ネッラは胸を押さえて大きく息をついた。あたしはその場で足踏みして、靴底の水気を落としてから中へ入った。隠し部屋の様子は数日前とまったく同じだけど、匂いが違った。土。湿った土の匂いがする。不思議に思って棚の上を見回した。

「昨日の新聞で見たわ」目が合うとネッラが言った。こけた頰の陰が今日はいちだんと濃くて、炭の色をしたごわごわの髪がところどころおかしな向きに跳ねている。「アムウェル氏がついにお酒で命を落としたって。どうやらうまくいったみたいね」

あたしは誇らしく思いながらうなずいた。毒入り卵がどんなふうに効いたか、早くネッラに話したくてうずうずしてたから、先に新聞を読まれてしまったのはちょっと残念だった。「効き目はすぐに現れました」あたしは言った。「いったん苦しみだしたら、あとはひどくなる一方」

ただ、問題がひとつ残った。あたしは思わずお腹に手をやった。旦那さまが死んだときから痛みだしたあたりに。確かに旦那さまは予定どおり死んだけど、その霊魂がお屋敷の中にさまよい出て、同時にあたしの体から血が出はじめた。それで、ネッラの店に行かなきゃと思った。ネッラなら、旦那さまの霊を払う薬を調合してくれるに違いないから。

それに、薬瓶やいろんな道具が並ぶこの部屋を、あたしはすごく気に入っていた。魔法だの呪いだの、そんなものはないってネッラは言うかもしれないけど、絶対あるとあたしは思う。旦那さまはただ死んだんじゃない。姿を変えたんだ。サナギの中で蝶々が変身するみたいに。旦那さまをただの死人に戻せるのはネッラの薬だけだ。あたしの出血を止められるのも。

だけど、まだそれは言えない。一度、魔法を否定されてるから。しつこい子だとか――頭がおかしいんじゃないかとか――思われたくない。それであたしは、別の作戦を立ててきた。

ネッラは腕組みをして、上から下まであたしのことをじろじろと見た。あたしの目の前にあるネッラの指の節は腫れてて、サクランボみたいに赤くて丸い。「あの卵が役に立ったのはよかったけれど」と、ネッラは言った。「目的が果たされたにもかかわらずあなたはまたここへ来た。それも、いきなり。いったいどういうわけかしら」責めてる口ぶりじゃなかったけど、どことなく迷惑そうだった。「奥さまにも夫と同じ運命をたどってもらおうというんじゃないでしょうね?」

「とんでもない」あたしは大きく首を振った。「奥さまはすごくよくしてくださいます」

不意に空気が動いて、土の匂いが強くなった。「何の匂いですか?」

「これよ」手招きされて、床に置かれた陶製の甕《かめ》のほうへ行った。あたしの腰ぐらいまである深い甕に、黒い土がいっぱい入ってる。興味津々で覗こうとしたら、ネッラの手に阻まれた。「これ以上近づいちゃだめ」そう言うと、ネッラはよれよれの革のミトンをはめ、小さい鋤《すき》みたいな道具で土をかき分けだした。土の中に、固そうな白っぽいものが埋まっている。「トリカブトの根。別名オオカミ殺し」

「オオカミ……殺し」石に似てるけど、首を伸ばしたら、小さな瘤《こぶ》がいくつか突き出てるのが見えた。ジャガイモとか人参みたいに。「オオカミを殺すためのもの?」

「昔はね、そうだった。ギリシャ人はこれの毒を矢じりに塗ってオオカミを狩ったらしいわ。でも今じゃ誰もそんなことはしない」

「オオカミじゃなくて人を殺すんですね」すぐわかったから、勢い込んで言った。

ネッラが眉を上げてあたしを見た。「あなたみたいな十二歳も珍しいわね」ネッラは甕に向き直ると、根っこの上に土をそっと戻した。「ひと月かけてこれを細かく砕くのよ。

辛いホースラディッシュソースにひとつまみ加えれば、ものの一時間で息が止まるわ」ネッラは小首をかしげてあたしを見た。「まだ質問に答えてくれてないわね。わたしにまだ何か用があって来たの？」彼女はミトンを取って椅子にかけ、膝の上で両手を組んだ。

「アムウェルのお屋敷にいたくないんです」あたしもテーブルについて、小さな声で言った。嘘じゃない。本当のことを全部は言ってないけど。あたしは咳をした。とたんにぬるりと血が出るのがわかった。昨日洗濯室からくすねた布を小さく切ってあてがってるから、下着が汚れる心配はないけれど。

ネッラは訝しげにまた首をかしげた。「奥さまはよくしてくださるんでしょう？　仕事もあるでしょうに」

「奥さまはノリッジのご実家に二、三週間滞在することになって、今朝発《た》たれました。黒ずくめの馬車に乗って。ご両親と――」奥さまが出発前にあたしに書かせた何通かの手紙。そこに書いた言葉をそのまま口にした。「ご両親と共にしめやかに喪に服するために」

「それならあなたが奥さまの分まで家事をしないといけないでしょう」

あたしは首を横に振った。奥さまはお留守で旦那さまは死に、サリーが田舎から戻ってきた。だからあたしはほとんどすることがない。「あたしは奥さまのお手紙を書くだけですから。奥さまも、ご自分がいないあいだあたしはお屋敷にいなくてもいいとおっしゃってました」

「あなたが奥さまの手紙を代筆するの？　だから字が上手なのね」

「奥さまは手が震えるんです。書くことはもうほとんどできません」

「そうだったの。で、しばしのお暇をもらえたわけね」

「田舎に——スウィンドンに里帰りしたらと奥さまには言われました。少し休んだほうがいいと思われたんでしょう」

ネッラが眉を上げたけど、これは本当だった。あたしが床に突っ伏したあと、奥さまは椅子についた血に気づいてあたしを抱き寄せた。あたしは旦那さまの霊が怖くて怖くて、涙が止まらなかった。でも奥さまは落ち着いていて、微笑を浮かべてるようにさえ見えた。どうして事実に気づかないんだろうとあたしは思った。旦那さまが死んだ直後にあたしの体から血が出たんだから、旦那さまの霊の仕業に決まってるのに。旦那さまの霊が、あたしのお腹に取り憑《つ》いたに決まってるのに。

「泣かなくていいのよ」奥さまは囁いた。「これは自然なことなの。月の満ち欠けと同じようにね」

　自然なことであるわけない。血はまだ止まらないんだもの。あれから二日もたつのに。奥さまはジョアンナのことでも間違ってた——彼女は確かにあたしの隣の部屋で死んだ——だから今度のことも、間違ってるんだ。

「だけどあなたは里帰りしなかった」言われてあたしはネッラに注意を戻した。

「遠いから」

ネッラは疑わしげな顔で腕組みをした。嘘がばれてる。里帰りしない理由がほかにあるって、見抜かれてる。ネッラが時計を見た。そのあと扉のほうを見た。誰かが来るのを待ってるのか、それともあたしが帰るのを待ってるのか。わからない――けど、血が出てることは明かせないんだから、ほかの理由を言わなくちゃ。早く言わなくちゃ。

あたしは両手をぎゅっと握りこぶしにして、ここへ来る道々練習した台詞《せりふ》を言おうとした。声が震えそうだ。しくじったら、きっと追い払われてしまう。「ここであなたのお手伝いをさせてもらえませんか」ひと息に言った。「オオカミを殺す根っこを砕く方法とか、卵を割らずに毒を入れる方法とか、あたし、勉強したいんです」しばらくネッラの反応をうかがってたけど、表情に変化はなかった。それであたしは勢いづいた。「弟子にしてください。短いあいだだけど。奥さまがノリッジから戻られるまでだけど。でも、役に立つよう一生懸命やります。誓います」

ネッラが微笑んだ。目尻に皺が寄ってる。奥さまと変わらないぐらいの年かと思ってたけど、もしかしたら四十を過ぎてるか、ひょっとしたら五十代だったりするのかもしれない。「手伝いは必要ないのよ、せっかくだけど」

あたしは挫けなかった。第二の案を用意してあるんだ。「じゃあ、薬瓶の整理をします」あたしは棚を手で示した。「ほら、ラベルの文字が薄くなってるのがあるでしょう。

だけどあなたは手が痛そう。だからあたしが濃く書き直します」応接間で奥さまの手紙を書いてきた長い時間、長い日々は伊達《だて》じゃない、字のきれいさには自信がある、そう思いながらあたしは言った。「絶対、がっかりはさせませんから」

「いいえ、イライザ」ネッラは言った。「それは結構よ」

胸が張り裂けるかと思った。それで気づいたけど、この案まで断られるとはあたしは全然予想してなかったのだった。「どうして？」

ネッラはさもおかしそうに笑った。「弟子だか助手だか知らないけど、それになって、毒薬のつくり方を覚えたいって？　普通の女たちが夫や雇い主や兄弟や求婚者や運転手や息子を殺すための薬を？　ここはね、お嬢ちゃん、お菓子屋さんじゃないの。木イチゴをつぶしてチョコレートの空き瓶に入れるのとはわけが違うのよ」

あたしは唇を噛んだ。ほんの数日前に毒入り卵を焼いて旦那さまに食べさせたのはあたしよって言いたかったけど、我慢した。奥さまの口述筆記をするうちにわかったけど、人って、口にできないことが本当はいちばん言いたいことだったりするものなんだ。少ししてあたしは静かに言った。「ここがお菓子屋さんじゃないのはわかってます」

ネッラはもう笑ってなかった。「どうしてこんな商売に興味を持つの？　わたしの性根は真っ黒よ。あの竈の灰ぐらい黒い。それには、若いあなたには理解できない理由があってね。たった十二歳のあなたが、いったいどんな目に遭ったというの？　こんなことに首を突っ込みたがるなんて」ネッラは両手を広げて部屋全体をぐるっと示した。そして最後に、オオカミ殺しが埋まった甕を見た。

「それにね、考えてもみて。寝台がひとつきりの、ようよう一人が寝られる狭い部屋に二人入ったらどうなる？　プライバシーも何もあったものじゃない。この仕事はね、身も心もいっときだって休まらないのよ、イライザ――常に何かを煮込んだり炙《あぶ》ったり浸したり。夜っぴて作業しないとならないの。夜のしじまとピンクの壁紙に囲まれて眠れるお屋敷とは違うの。あなたは使用人に過ぎないかもしれないけど、今あなたが暮らしてる部屋のほうが、きっとここよりはるかに快適だと思うわよ」ネッラは息をつくと、あたしの手にそっと自分の手を重ねた。「こんなところで働きたいなんて言わないで。ほかに夢はないの？」

「それは、あります」あたしは言った。「海の近くで暮らすこと。ブライトンの街の絵を見たことがあるんです。砂浜にお城みたいな家が建ってて。いつかあそこに住んでみたいです」あたしは手を引っ込めて顎を触った。針の先ぐらいのおできができてて痒《かゆ》かったから。ほかにもう何も思いつかなくて、あたしはため息をつくと、全部話してしまうことにした。「お屋敷には旦那さまの霊がついてるんです。奥さまの留守中にあたし一人でいたら、きっと怖い目に遭わされます。今よりももっと」

「ばかおっしゃい」ネッラは呆《あき》れたようにかぶりを振った。

「ほんとなんです！　お屋敷には別の霊もいます。ジョアンナっていう、あたしの前に働いてた女の子。その子はあたしの隣の部屋で死にました。毎晩泣き声が聞こえるんです」

信じられないというようにネッラが両手を広げた。ばかじゃないのとでも言いたそうに。

引き下がるもんかと思いながら、あたしは先を続けた。「これからもずっと奥さまにお仕えしたいと思ってます。奥さまがロンドンへ戻られたらあたしもすぐお屋敷へ帰ります。あなたにご迷惑はかけたくないです。ただ、お屋敷から霊を追い払う薬とか術とか、教えてもらいたくて。そうすればジョアンナの泣き声を聞かなくてよくなるし、旦那さまももうあたしにかまわないでいてくれるだろうし。もちろんそれ以外のことも勉強したいです。それに、少しはお手伝いもできると思います」

ネッラはまっすぐにあたしの目を見た。「よく聞いて、イライザ。わたしたちが吸っている空気から霊を除く薬なんてないの。仮にあるとして、もしもわたしがそれをつくれていたら、今ごろわたしは大金持ちになってお城みたいな家に住んでいたでしょうよ」テーブルについた傷を爪でなぞりながらネッラは言った。「思ってることを正直に話すのは勇気がいったでしょう。偉かったわね。でも、ごめんなさい。あなたを助けてあげることも預かることも、わたしにはできない」

がっかりして体中から力が抜けていった。こんなに頼み込んでるのに、助けてもらえないだけじゃなくて、奥さまが戻られるまでここに置いてもらうのもだめなんて。でも、ネッラの口ぶりは弱々しかった。あたしはそこにすがった。「幽霊って、いると思いますか？奥さまにはまったく信じてもらえないんです」

「いないと思うわよ。あなたたち子どもは、夜中に白い雲みたいなのが見えた、幽霊だ、なんて騒ぐけど。考えてもみて——死んだ人がみんな幽霊になって住んでいた家に居着くんだったら、ロンドン中が白い雲に覆われっぱなしになってしまうじゃないの」ネッラが言葉を切ったとき、竈の火が爆《は》ぜて大きな音がした。「ただね、かつて生きていた人の気配を感じることは確かにあるわ。だけどそれは幽霊じゃなくて、わたしたちの想像の産物」

「じゃあ、隣の部屋でジョアンナが泣いてるのは……あたしが想像してるだけ？」そんなのあり得ない。あたしはジョアンナに会ったこともないんだから。

ネッラは肩をすくめた。「わたしにはなんとも言えない。あなたのことはよく知らないけど、でもまだ子どもだもの、突拍子もないことを思いついても不思議はないでしょうね」

「十二歳です」ついに我慢できなくなって、反抗的な言い方をしてしまった。「そんなに子どもじゃありません」

あたしの目をじっと見ていたネッラは、渋い顔をして立ち上がった。そして部屋の奥にある大きな戸棚の前へ行った。並んでる本の背表紙に指を走らせてたけど、目当てのものが見つからないらしく、別の段の扉を開けた。そこにも本が入ってるけど、かなり雑に積み上げられている。ネッラは山の下のほうにある一冊に手をかけ、引っ張り出した。

それは小さくて薄っぺらくて、本というよりパンフレットみたいだった。ぺらぺらの表紙の端っこがちょっと破れてる。「母のものだったの」ネッラはその本をあたしに渡しながら言った。「母が開いてるのは見たことがないし、わたしも必要なかったから読んでないけれど」

褪せた赤紫色の表紙をあたしはめくった。そして口絵を見たとたん息をのんだ。女の人がカブやイチゴやキノコを山のように産み落としてる絵だ。むき出しの乳房のまわりに描かれてるのは魚と子豚。「何の本ですか？」頬が熱くなるのを感じながら尋ねた。

「『秘術の手引き』。ずっと昔、死ぬ前年だったかしら、母が誰かにもらったの。産婆と治療師のための秘術が満載、と書かれているわね」

「でもお母さんも魔法は信じてなかったんでしょう？」

ネッラはかぶりを振ると、日誌のところへ行ってページを繰りはじめた。眉間に皺を寄せて、前のほうの何かを捜してる。項目を指でなぞってたけど、あるところでうなずいた。

「ああ、これこれ。ほら、見て」あたしに見えるよう日誌の向きをひっくり返して、その部分を指さす。

一七六四年四月六日　ミズ・ブレイリー　野生蜜　1／2ポンド　患部に

「蜂蜜を1／2ポンド使ってる」ネッラが言った。

あたしは目を丸くした。「そんなに食べさせたんですか？」

ネッラは〝患部に〟というところを示した。「そうじゃなくて、皮膚に塗ったのよ」咳払いをしてから説明を続ける。「ミズ・ブレイリーは、わたしとひとつふたつしか違わなかったはず。今のあなたともね。ここへやってきたのは真夜中過ぎだった。彼女の泣き声でわたしたちは目を覚ました。幼い男の子を抱いていてね……その子は数日前にやかんの熱湯で火傷《やけど》を負っていたんだけど、そのときの詳しい状況なんて母は訊かなかった。そんなことより患者の状態のほうが大事だから。火傷したところが膿《う》んで、ほかにもあちこちに水疱《すいほう》ができはじめていた。菌がじわじわ全身に広がろうとしていたの。

男の子を抱き取った母は自分の胸で熱の高さを感じ取ると、このテーブルに寝かせて服を脱がせた。蜂蜜の瓶を開け、患者の体に塗り広げた。男の子は泣きわめき、母親も涙を流していたわ。柔らかな皮膚が受ける痛みがどれほどのものか、母親にはわかったんでしょう。人に痛みを与えないとならないって、これほどつらいことはないのよ、イライザ。本人のためにはそれがいちばんだとわかっていても」

ネッラは目元を押さえた。「母は親子を帰さなかった。三日間。そのあいだずっと、二時間ごとに母が蜂蜜を塗ったわ。きっかり二時間ごとに、一度たりとも忘れずに、三日間よ。あれはもう、わが子を看病する母親そのものだった」ネッラは日誌を閉じた。「膿《うみ》は出なくなり、広がりつつあった水疱も消えたわ。あのあと、おそらく痕《あと》も残らず完治したはずよ」ネッラはあたしにくれた『秘術の手引き』を指さした。「母がその本を開くことがなかったのはね、イライザ、大地の恵みでもって命を救うことが可能だからよ。秘術を使わなくても」

あたしは想像した。今あたしが座ってるこのテーブルに、蜂蜜にまみれて横たわる小さな男の子を。そうしたら急に、幽霊のことなんか持ち出した自分が恥ずかしくなった。

「とは言え、霊について知りたいというあなたの気持ちは理解できるわ」ネッラはそう続けた。「いずれにせよ、命を救うこととそれとは別の話。裏表紙の内側に本屋の店名が載ってるわ。所在地も。たしか――ベイシング・レーンだったかしら。魔法や超常現象に関連した本が揃ってると聞いたことがある。店が今も続いてるかどうかわからないけど、お屋敷から霊を追い払う薬がそんなに欲しいのなら、行ってみる価値はあるかもしれないわね」ネッラは棚の扉を閉めた。「少なくとも、ここよりは」

両手でしっかり本を持ったら、汗ばんできた手のひらにひんやりした重みが感じられた。これは魔法の本。こういうのをたくさん売ってる店がある。その場所もここに書かれてる。今日ここへ来たのはまったくの無駄足だったたって、さっきまでは思ってたけど、そうでもなかったみたいだ。あたしは期待に胸を高鳴らせて、すぐにその店へ行ってみようと決めた。

そのときだった。不意に扉を叩く音がした。素早く四回叩かれた。ネッラがまた時計を見て、呻くような声を漏らした。あたしは椅子から立ち上がって帰ろうとした。でもネッラが扉のほうへ行きながらあたしの肩に手を置いて、そっと椅子に押し戻した。

心臓がすごくどきどきした。ネッラが小声であたしに耳打ちした。「手の調子がよくなくてね、今来たお客さんに渡す薬もまだ容器に入れられずにいるの。悪いんだけど、これだけ手伝ってもらえないかしら」

あたしは力強くうなずいた——魔法の本屋はいつでも行ける。

ネッラが、節の赤く腫れた手で扉を開いた。

12

キャロライン　現在　火曜日

午前六時過ぎ、コーヒー片手に早朝の街へ出た。目指すはベア・アレーだ。澄んだ空気を深々と吸い、ジェイムズをどう迎えようかと考える。別のホテル、できればロンドン市外のホテルを取ってと頼もうか。それとも結婚の誓いをプリントアウトして、〝生涯、互いに誠実であることを誓います〟の文言のどこが理解できないのか答えてもらおうか。何をしてもらうにしろ、彼が喜ばないであろうことをわたしは言わなければならない。それだけは確かだ。

考えごとに没頭していたために、ファーリンドン・ストリートを渡るとき信号を見落として、危うくタクシーにひかれそうになった。手を上げて運転手に謝りながら、心の中でジェイムズに毒づいた。あなたのせいで死にかけたじゃない。

ファーリンドン・ストリートの両側には、コンクリートとガラスでできた堂々たるビルが建ち並んでいる。案の定だ。ベア・アレー近くのこのあたりには名だたる企業が集結しており、とても二百年前の何かが残っているとは思えない。目的地はまだ半ブロック先だが、ベア・アレーはきっと私道に毛が生えた程度の通りなんだろうと、わたしはあきらめにも似た心持ちになった。

やがて、それが見えてきた。高層ビルの谷間に隠されたような路地、その入口に掲げられた小さな標識。白地に黒い文字で〝ベア・アレー　EC4〟とある。業務用車両の専用通路にしか見えない。中身のあふれたゴミ箱がいくつも放置され、黒ずんだ舗道にはタバコの吸い殻やファストフードの容器が散乱している。落胆がずっしりとわたしの胸にのしかかった。殺人薬剤師の住居跡、なんて案内板は期待していなかったけれど、もう少し興味をそそられる光景が見られるかと思っていた。

そこへ足を踏み入れると表通りの喧噪はたちまち遠ざかり、わたしは気づいた。近代的なビルの裏手には、煉瓦造りの古い建物がずいぶん残っているのだ。前方に延びる路地の全長は二百メートルほどだろうか。ざっと見回したところ、男性が一人、壁にもたれてタバコを吸いながらスマートフォンを見ているだけで、ほかにひとけはまったくない。それでも怖さは感じなかった。ジェイムズとの対峙《たいじ》を前にして、アドレナリンがいつも以上に出ているのかもしれない。

何かないかときょろきょろしながら、煉瓦のビルの谷間をゆっくり進んだ。けれど目につくのはゴミばかりだ。いったい何を探しているのと自問する。あのガラス瓶が、あるいは名も知らぬ薬剤師が、この路地に関係していたという証拠？　そもそも、そんな人物が実在したかどうかもわからないのに。病院に残っていたあの文章を書いたのは、今際の際に錯乱した患者だったかもしれないのに。

しかし薬剤師が実在した可能性はゼロではない。だから、若くて冒険心旺盛だったキャロラインがよみがえろうとしている。役立つことのなかった学位、引き出しに突っ込んだままの卒業証書のことをわたしは思った。学生時代のわたしは、過去に生きた市井の人々の暮らしに魅了されていた。無名の、教科書になど登場しない人々。そうした中の一人――とある女性――をめぐる謎に、今、行き当たっているのだ。

正直に言えば、この冒険に惹かれる理由はもうひとつあった。インボックスに入れっぱなしの案件を、いっときでも忘れさせてくれるものをわたしは求めている。休暇の最終日みたいに、いずれはその時が来るとわかっていながら、少しでも先延ばししたいと思っている。お腹に手を当ててわたしはため息をついた。そう、生理が来ないという事実から、わたしは目を背けたがっている。

落胆したまま、突き当たり近くまで来たときだった。右手に鉄製の門扉があるのに気づいた。高さが百八十センチほど、幅は一メートル強、古びてところどころ折れたり歪《ゆが》んだりしている。門の向こうは草ぼうぼうの四角い空き地で、広さはバスケットボールのコートの半分ぐらい。錆《さ》びた水道管だの金属板だのが打ち捨てられて、いかにも野良猫たちの住処《すみか》になっていそうだ。隣接するビルの外壁がまわりを囲んでいる。人気の高い商業地の一画にこんな空き地があるのが不思議だった。不動産開発には縁もゆかりもないわたしでも、これはずいぶんもったいないことなんじゃないだろうかと思う。

石積みの柱二本に挟まれた門扉、その鉄柵に顔をくっつけんばかりにして中を覗き込みながら、わたしは想像をたくましくした。ここに薬剤師が住んでいたのかもしれない。彼女がこの土を踏み、歩いていたかもしれない。打ち捨てられたこの場所は二百年前のままなのかもしれない。まわりの建物も相当古そうだけど、いつ頃からあるんだろうか。

「迷子の猫でも捜してるのかい？」後ろでしゃがれ声がした。慌てて門から顔を離して振り向いた。五メートルほど先に青い作業着を着た男の人がいて、にやにや笑いながらこちらを見ていた。建設作業員だろう。火のついたタバコをくわえている。「ごめんよ、びっくりさせちまったかな」

「い、いえ」わたしはどぎまぎしてしまった。薄暗い路地で鍵のかかった門の中を覗いていたことに対して、どんな言い訳をすれば説得力を持つだろうか。「あの、夫がすぐそこにいるんです。この古い門の前でわたしの写真を撮りたいらしくて」自分で自分の言葉にうんざりする。

彼はわたしの見えない夫を捜すかのように後ろを振り返った。「そりゃ、邪魔して悪かった。しかしこう言っちゃなんだが、よくこんな気味悪いとこで写真なんか撮るなあ」彼は小さく笑うとタバコを一口吸った。

彼が距離を保ったまま近づいてこようとしないので、ほっとした。それから周囲のビルの窓を見上げて思った。危険なわけはなかったのだ。ここは奥まった路地ではあるけれど、人の目に囲まれているのだった。

いくらか気が楽になったわたしは、この見知らぬ人との遭遇を利用させてもらうことにした。ひょっとしたら何か情報が得られるかもしれない。「そうですよね、ちょっと気味が悪いですよね。どうしてこんなところに空き地があるのかしら?」

彼は捨てたタバコを踏み消すと腕組みをした。「さあなあ。二、三年前にビアガーデンができるなんて話もあったんだ。そりゃいいと思ってたら、許可が下りなかったんだと。こっからじゃ見えないけども、あのあたりに通用口があるようだから――」彼は空き地の左のほうを指さした。わたしの背丈より高い木が数本、葉を茂らせている。「地下の倉庫かなんかに続いてて、持ち主が出入りする必要があるのかもな。それでここを空けときたいんじゃないか?」不意に彼のポケットで何かがブーブー鳴りだした。取り出されたのは小さなトランシーバーだった。「呼ばれちまったよ。常にどこかで水道管が設置や修理を待ってるんだ」

なるほど彼は配管工らしい。「お引き留めしてすみませんでした」

「なんのなんの」彼は手を振りながら歩きだした。力強い靴音が完全に消えてしまうまで、わたしはじっと耳を澄ましていた。

それからくるりと門に向き直った。柱の石がひとつ欠け落ちていたのでそこに足をかけ、伸び上がって左を見た。配管工の彼が指さしたほうを。目線が高くなった分、さっきよりは見えやすいはず。わたしは目をすがめ、茂る枝葉を見通そうとした。

一本の木の向こうに、煉瓦の外壁にはめ込まれた大きな板らしきものがある。板の下のほうは背の高い雑草に隠れている。と、弱い風が吹いて木の枝が小さく揺れ、板の端近くに赤っぽいものがちらりと見えた。錆びた取っ手？

わたしは息をのんだ。危うく足を踏みはずしそうになる。確かにあれは扉だ。しかもあの様子からして、相当長いあいだ開かずの扉だったのは間違いない。

13

ネッラ　一七九一年二月八日

来訪を怖《おそ》れていた相手がとうとうやってきて、わたしは扉を開けた。その姿は逆光に輪郭だけが浮かび上がり、顔は薄いベールで覆われていた。スカートの嵩《かさ》高さと、襟元のレースの繊細さだけは見て取れた。彼女がためらいがちに中へ一歩足を踏み入れると、ふわりとラベンダーが香って蠟燭の明かりがその全貌を明らかにした。

思わず声をあげそうになり、わたしは手で口を押さえた。一週間のうちに二度までも、異例の客を迎えることになろうとは。一人目は子どもだったが、今度は大人である。一見しただけで、場末の薬屋よりケンジントンあたりの豪邸の応接間が似合う人だと知れる。深緑の地に金糸で百合の花が刺繡《ししゅう》されたドレスは、この部屋の四分の一の場所を占め、彼女がちょっと向きを変えれば薬瓶の半分が床に落ちてしまいそうで恐ろしい。

その人がベールと手袋を取り、テーブルに置いた。イライザは訪問者に驚いたそぶりも見せず、素早く手袋を火の近くへ移した。乾かすためだ。当然そうするべきだったのだが、わたしはそれに思い至らず、ただ突っ立って目の前の客を見つめるばかりだった。裕福かつ高い身分の人であることはもはや疑う余地がない。

「ずいぶんと暗いんですのね」彼女は鮮やかに赤い唇を歪めた。

「すぐ竈に薪《まき》を足しましょう」イライザがすらすらと言った。ここへ来るのは今日が二度目だというのに、この子は何かとわたしを出し抜いている。

「どうぞ、おかけください」わたしは椅子を示した。

客は優雅な身のこなしで腰を下ろすと、長く震える息を吐いた。頭の後ろから小さなヘアピンを抜き取って後れ毛を整え、またピンを差す。

茶碗を手にして進み出たイライザが、それを注意深くテーブルに置いた。「温かいペパーミント水でございます」そう言うと、膝を曲げてお辞儀をした。

それを見ながらわたしは当惑していた。よくもまあ予備の茶碗を見つけたものだ。しかもペパーミント葉まで。イライザの椅子はないが、床に座るか、あの秘術の手引きを読むかしていてくれるだろう。

「お手紙、拝見しました」わたしは客に言った。

彼女は眉を上げた。「どこまで書いていいものか悩みました。万一、あれが世間の目に触れでもしたらと思うと」

わたしが金持ちに関わりたくない理由のひとつは、それだった。世間は彼らのことを知りたがる。とりわけ秘密を。「あれでじゅうぶんでした。ご用意したものはきっとお気に召すことと思います」

キーキーと何かが軋む音がして振り向くと、イライザが木箱を床に引きずっているのだった。向かい合う客とわたしの横手にそれを据えて腰かけると、膝の上で両手を揃えて言う。「イライザと申します。ようこそいらっしゃいました」

「こんにちは」少女の姿にまなざしをやわらげて客は応じた。「存じませんでしたわ。二人でこちらをやっていらっしゃるのね」彼女はわたしを見て言った。「娘さん?」

ああ、かたわらに娘がいたらどんなによかっただろう。いやしかし、そうであればこんな暮らしはしていなかった。隠れて毒を売りさばくような暮らしは。わたしは返答に詰まった。「ときどき手伝ってもらっているんです」イライザが前触れもなく最悪のタイミングで現れたことを、わたし自身認めたくなかった。けれどここに椅子が二脚しかないのには意味があるのだった。それを考えると、にわかに後悔の念が湧いてくる。イライザに同席を許したのはやはり間違いだった。慎重であることを旨として生きてきたのだ。この客とのあいだでなされるやり取りをこの子に聞かせてはならない。「イライザ、あなたは席をはずしていて」

「いいえ」強い調子で客が言った。何事も思いどおりにすることに慣れている人の口調だった。「このペパーミント水はとてもおいしいわ。あとでおかわりをいただきたいの。それに、子どもの存在は……慰めになります。わたくしには子どもがおりません。欲しくて欲しくて、いろいろと——」彼女は言いよどんだ。「いいえ、何でもありませんわ。お年はいくつ、お嬢さん？　おうちはどこかしら？」

わたしはひどく驚いた。広大な地所を有する大金持ちの奥さまに違いないこの女性と自分に共通点があったとは。お腹が大きくなる日、子宮を内から小さく蹴られる日を、どちらも待ち望んでいたのである。しかし彼女にはまだ時間が残されている。目元の肌の質感から察するに、まだ三十になるかならないかだろう。遅すぎることはない。

「十二です」イライザが答えた。「出はスウィンドンです」

にこやかにうなずく客の横でわたしは、一刻も早くこの取引を終わらせたいと思っていた。わたしは棚の前へ行き、羊の角でつくられた小さな容器を取り出した。イライザを手招きし、テーブルの上のボウルに入っているツチハンミョウの粉末を、これに移すよう指示をする。思ったとおり、彼女の手つきはわたしよりもしっかりしていた。

蓋をする前にテーブルに置き、客に見てもらった。光沢のある緑色の粉が煌めきながら彼女を見つめ返している。とても細かい粉末だから、もしもつまみ上げれば指のあいだから水のように流れ落ちる。「カンタリスです」わたしは囁く声で言った。

客は目を見開いた。「こんなに近づいて、危険じゃありませんの？」彼女が座ったまま前方へ体をずらすと、嵩《かさ》高いスカートの大きな衣擦《きぬず》れの音がした。

「ええ、触らないかぎりは」

イライザが伸び上がって容器を覗いている。客は、驚きの覚めやらぬ顔でうなずいた。

「話に聞いたことはありますわ。パリの娼家で使われるとか……」彼女は容器をわたしに向けてわずかに傾けた。「これができあがるまでどれくらいかかりますの？」

テムズ川を渡ったときのこと——咳の発作の苦しさや、母親が赤ん坊に、ベアトリスに、乳を含ませていた光景などが、いっぺんに脳裏によみがえった。「今日の朝方まで、一昼夜かかりました」わたしは大きく息をついた。「ツチハンミョウを捕ってきておしまいというわけにはいきません。火にかけて炒って、すり潰すんです」狭い部屋の隅の乳鉢と乳棒を手で示す。鉢の直径は彼女の胴まわりと同じぐらいだろうか。

わたしがまだその名を知らぬ女性は、粉末入りの容器を持ち上げ、明かりにかざした。「食べものか飲みものに混ぜるのですね？　本当にそんなに簡単なんですの？」

わたしは左右の足首を交差させて椅子にもたれた。「興奮させる何かを、とのご要望でしたね。カンタリスはまず血液を下腹部に——」イライザが耳をそばだてているのに気づいて言葉を切った。彼女のほうへ振り向く。「あなたは聞かないほうがいいわ。表の部屋へ行ってなさい」

ところが客がわたしの手を押さえてかぶりを振った。「このお薬はわたくしのものですわね？　どうぞ続けてくださいな。この子にとっても勉強になるでしょう」

ため息をつき、わたしは言葉を継いだ。「その高まりは長く続きますが、やがて腹痛が始まり、口の中に水疱ができはじめます。色の濃い飲みもの――糖蜜酒など――にこれを加えて、よくかき混ぜてください」わたしは注意深く言葉を選んだ。「全量の四分の一なら彼が生きていられるのは長くてひと晩、半分なら一時間といったところでしょう」

長い沈黙が流れた。聞こえるのは扉近くで時を刻む時計の音と、薪がパチパチ爆《は》ぜる音のみ。この客を待つあいだに感じていた胸騒ぎが、より大きくなって戻ってきた。彼女はその手を飾る結婚指輪をいじりながら、わたしの背後の竈をぼんやり見つめ、躍る火影を瞳に映している。

やがて彼女は顎を高く上げた。「彼を死なせるわけにいきませんわ。彼が死んでしまえば、子をなすことは叶《かな》いませんもの」

この粉の危険性が正確に伝わっていなかったのか。わたしの声は震えはじめた。「これは人を死に至らしめる毒です。死なない程度に量を減らすというのは不可能――」

彼女は手でわたしを制した。「あなたは誤解なさっていてよ。もちろんわたくしは人を死に至らしめる毒を求めています。ただし、相手は夫じゃありませんわ」

わたしはぎくりとなった。これ以上聞く必要はなかった。

この手の依頼が初めてというわけではない。二十年以上のあいだには、ほかの女を殺すために毒を求めてくる客も幾人かはいた。いずれの場合もわたしは言下に断った。いかなる事情があろうとも、この手で同性を苦しめたくはなかった。母がバック・アレー三番地に薬屋を開いたのは、女たちの心身を癒やすためだった。その方針を、わたしも最後まで貫くつもりである。

もちろん、嘘をつく客がいる可能性は否定できない。真の意図を告げずに毒を手に入れ、姉妹や娼婦を殺そうとする客。しかしそれを阻止する術がわたしにあるだろうか？　不可能だと思う。それでもわたしの知るかぎり、ここから出た薬が女性に対して使われたためしはない。一度たりとも。今後も、わたしがそうと知りながら承諾することは死ぬまでないと断言できる。

それをどうやって伝えればいいのか――どうやって取引を断ればいいのか――思案した。彼女を見れば、暗い目をしている。この人は断られるのを察しているのだ、と思ったときだった。彼女はわたしの沈黙を利用した。狐《きつね》がウサギに跳びかかるように、わたしの弱点につけ込んだ。肩を怒らせ、挑むように言った。「何かご不満？」

気を取り直したわたしは、言うべきことを言った。「わたしを探し当ててくださったのは光栄です。けれど女性の命を奪うおつもりなら、この薬はお渡しできません。当店は女性を守り癒やすためにあるんです。それが礎《いしずえ》ですから、覆すわけにはいきません」

「なんのかのと言ったって、あなたは殺人者じゃありませんか。守り癒やすなんてよくも言えたものだわ」彼女はカンタリスの入った容器を見やった。「夫の愛人がどんな女か教えましょうか?　虫けらよ。まるで娼婦のような――」

説明は続いたが、その声はしだいに遠ざかって、部屋がゆっくりと回りはじめた。同時に、遠い昔の、思い出したくない記憶が鮮明によみがえってきた。わたしもかつて愛人だった。そのときは自分でそうとは知らなかったが。この人の言葉を借りれば、虫けらであり、まるで娼婦のようだったのだろう。日陰者だった。愛されていたのではなく、単なる慰み者だった。フレデリックが仮面をかぶっている――蜘蛛の巣さながらに嘘を張りめぐらせている――と知ったときの衝撃は忘れられない。自分が欲望のはけ口でしかなかったという事実はあまりに苦すぎて、飲み込めなかった。

それが彼の最大の罪であったら、まだよかった。彼がわたしにした最悪の仕打ちであったら。無意識のうちにわたしは、腹部に手をやっていた。

この無情な女性は、これ以上わたしの時間を割くほどの相手ではない。こちらの来歴を、彼女をここへ導くことになった忌まわしい原点を、語って聞かせようとは思わない。部屋が回り続けるうちに、彼女のしゃべりがようやく終わった。平らで安定したテーブルに、おぼつかない手を突っ張って、わたしは自分を支えた。

数秒後、あるいは数分後だったのかもしれないが、イライザに肩を揺さぶられているのに気づいた。「ネッラ」イライザが囁いた。「ネッラ、大丈夫ですか?」

視界が晴れてきた。テーブルの向こうで二人が眉をひそめている。こちらへ身を乗り出しているイライザはわたしのことを心配している。でも客である女は、欲しいものが手に入らなくて拗《す》ねている子どものようだ。

イライザの手に慰められたわたしは小さくうなずき、よみがえった忌まわしい記憶を頭から振り払った。「ええ、大丈夫」答えてから、客のほうを向く。「誰を救い、誰に危害を加えるか、決めるのはわたしです。あなたにこの薬は売りません」

彼女は呆気《あっけ》にとられたような顔でわたしを見た。生まれて初めて、ノーと言われたかのように。そうして、けたたましい笑い声をあげて言った。「わたくしはカーター・レーンに住むクラレンスですのよ。わたくしの夫は──」言葉を切り、カンタリスの入った容器を見やった。「わたくしの夫は、クラレンス卿」こちらをじっと見つめて、わたしが驚くのを待っている。けれどあいにく満足は得られなかった。「事態は切羽詰まっているのよ。どうしてわかってくださらないのかしら」彼女はそう続けた。「手紙にも書いたように、明晩、晩餐会が開かれます。夫の従妹であり愛人でもあるミス・バークウェルも出席しますわ」クラレンス卿夫人は胴衣の裾をつかみ、唇を引き結んだ。「彼女は夫に夢中で、夫ものぼせ上がっているのです。放っておくわけにいきません。わたくしは確信していますの。わたくしに子どもができないのは、夫がすべてを彼女のために使い果たしてしまうからだと。このお薬はいただいてまいります」彼女は腰近くに縫い込まれているポケットに手を入れた。「おいくら？　お望みの額の二倍、お支払いしましてよ」

わたしは首を横に振った。この人からお金をもらいたいとは思わない。もらうつもりはさらさらない。同様に、女性――愛人であろうとなかろうと――の名を日誌の犠牲者欄に記すつもりもさらさらなかった。「いいえ」椅子から立って足を踏ん張った。「お断りします。どうぞお引き取りください」

クラレンス卿夫人が立ち上がり、二人の目線の高さが同じになった。

イライザが顔を何度も左右に振り向けてわたしたちを見比べた。木箱に座ったまま体をこわばらせ、唇を固く引き結んでいる。弟子入りを志願してきたときには、まさかこんな状況に遭遇するとは想像していなかったはずである。これでこの子の気も変わるだろう。

突然、夫人の手が大きく動いた。お金を落としたのかと思ったが、そうではないとわかってわたしは戦慄《せんりつ》した。彼女はくだんの薬を取ろうとしていた。テーブルの真ん中に置かれた、栓のまだされていない容器を。同時にもう片方の手でポケットの口を開けている。わたしの意向にかまわず、煌めく緑の粉を持ち去ろうとしているのだった。

わたしは容器に飛びついた。夫人の指がかかる寸前にひったくったが、勢いあまってイライザにぶつかり、彼女は危うく木箱から落ちかけた。とっさに思いついた方法はひとつしかなかったから、それを実行した。カンタリスを容器ごと背後の竈に放り込んだのだ。

鮮やかな緑の炎が上がり、瞬時に毒は灰燼《かいじん》に帰した。わたしは呆然とそれを見つめた。

あれだけ手間暇かけて完成させたものが、こんなにあっけなく消えてしまうとは。手をぶるぶる震わせながら、ゆっくりと振り向く。クラレンス卿夫人は上気した顔に驚きの表情を貼りつけ、イライザはその目を卵さながらに丸くしてわたしを見ていた。

「なんということを――」夫人が口を開いた。「信じられない――」彼女は忙しなくあたりに視線をめぐらせた。同じ容器、同じ毒薬がないか、探しているのだ。「あなた、気は確か？　晩餐会は明日なのよ！」

「あの粉はもう残っていません」わたしは言い、扉を手で示した。

夫人はわたしをひと睨みするとイライザのほうを向き、「手袋」と、尊大に言った。イライザは弾《はじ》かれたように立つと、干してあった手袋を慎重な手つきで取り上げて渡した。夫人は指を一本一本、ゆっくりと深く差し入れて手袋をつけた。そうして何度かため息をついたあと、ふたたび口を開いた。「もう一度、つくってちょうだい」

処置なしだ、この人は。わたしは両手を投げ上げた。「どこかのお医者でも買収なさったら？　なぜまだわたしにやらせようとするんです？　これだけお断りしているのに」

彼女は顔の前にベールを垂らした。繊細に絡み合うレースはわたしに毒ニンジンの葉を思い出させた。

「ばか言わないで」レース越しに鋭く言い返された。「ロンドン中の医者と名の知れた薬剤師、一人残らず思い浮かべたに決まっているでしょう。でもわたくしはね、捕まりたくないの。だからここしかないと考えたんじゃありませんか」彼女は言葉を切り、ドレスの乱れを整えた。「あなたなら信頼できると思ったのだけれど、見込み違いだったようね。とは言え、今さら予定変更はできません」手袋をはめた手を見下ろし、一本二本、指を折る。「あの粉は一日でつくったとおっしゃった?」

わたしはわけがわからず眉をひそめた。この期に及んで、それが何だというのだ?

「ええ」

「よろしい」クラレンス卿夫人はそう言った。「明日、また参ります。新たにつくる時間はたっぷりありますわね。あなたが愚かにも火に投じたあれと、まったく同じものをいただくわ。明日の一時半に」

わたしは唖然《あぜん》として彼女を見つめた。イライザに手伝ってもらって、この人を扉の外へ押し出そうかとまで考えた。

「その時点で、お願いしたものが用意されていなければ」夫人は続けた。「あなたには急いで荷物をまとめることをお勧めしますわ。なぜって、わたくし、まっすぐ治安判事のところへ行って、蜘蛛の巣だらけで猫いらずしか置いていない小さな薬屋のことを話しますから。店先は物置みたいだけれど、壁の裏側までちゃんと調べてくださいとお願いするわ。このむさ苦しい穴蔵で行われていたことすべてが明るみに出ますわね」彼女はショールでしっかりと肩をくるんだ。「わたくしたちは貴族ですよ。軽く見ないでいただきたいわ」

彼女は扉をぐいと引いて外へ出ると、叩きつけるようにそれを閉めた。

14

キャロライン　現在　火曜日

ジェイムズが到着するまでの数時間であの扉を調べるのは無理だとしても、昨日芽生えた好奇心がいっそう大きく膨らむのが自分でもわかった。情報が少しずつ集まってきているように思える。まずガラス瓶、次にベア・アレーに言及した患者の手記、そして新たに手に入ったパズルのピースが、路地の奥の扉だ。時間ができたら必ずまた来ようとわたしは決意した。

ベア・アレーから大通りへ向かうあいだに太陽が雲に隠れた。ひんやりと翳《かげ》った路地を歩きながら想像をめぐらせる。薬剤師が実在したとして、その姿形はどんなだっただろう。思い浮かぶのは初老の女性。ぼさぼさの白髪頭で、長年大釜の前にいるせいで毛先がだいぶ傷んでいる。黒いマントを翻し、石畳の路地を足早に行く。いやいや、とわたしはかぶりを振った。魔女じゃないんだから。ハリー・ポッターじゃないんだから。

それからわたしは病院に保管されていた手記のことを考えた。男たちが死んだと書いてあった――複数形だ。漠然としすぎているけれど、もし薬剤師のせいで複数の人が亡くなったのなら、ネット上に何か記録が残っているかもしれない。

ファーリンドン・ストリートへ出たところでスマートフォンを引っ張り出し、ブラウザを開いた。検索バーに〝ロンドン　薬剤師　殺人　一八〇〇年代〟と打ち込む。

結果は種々様々だった。十八世紀ロンドンにおける粗悪なジンの大流行を論じた記事。一八一五年制定の薬剤師法を解説するウィキペディア。骨折に関する学術誌からの抜粋。そして二ページ目。ロンドンの古い裁判所――オールド・ベイリー――の裁判記録。今のところこれがいちばん有望かもしれない。画面をスクロールして読みかけたものの、それは恐ろしく長く、そもそもわたしはスマートフォンでのドキュメント検索のやり方をわかっていないのだった。データ容量が大きすぎたせいか、ほどなくブラウザがフリーズしてしまった。わたしは悪態をつき、画面を上へスワイプしてアプリを終了した。

ため息が出た。ちょっと検索しただけで解決などするわけないのだ。ジェイムズなら、それはきみの検索能力が足りないからだよと言っただろうか。学生時代に真面目に教科書を読んでいれば少しはましだったんじゃないか、図書館で小説ばっかり読んでいないで、と。

図書館。わたしはぱっと顔を上げると、通りかかった人に最寄りの駅を尋ねた。ゲイナーが今日も出勤していることを願いながら。

地図室に足を踏み入れるわたしは、前回みたいな濡れ鼠ではなかった。ゲイナーはすぐ見つかったが、パソコンの前で利用者の相談に乗っている最中だったから、それが終わるまで待った。

しばらくしてカウンターへ戻ってきた彼女は、わたしを見るとにっこり笑った。「お帰りなさい！　ガラス瓶のこと、何かわかった？」と朗らかに問い、そのあとわざとしかめ面をして見せた。「それとも、また泥ひばりをやって、わたしに突きつける新たな難題を見つけたとか？」

彼女との距離が一気に縮まるのを感じながら、声をたてて笑った。「どちらもはずれ」そしてわたしは、病院に保管されていた書き手不明の手記のことを話した。大量殺人に関わった薬剤師が存在したかもしれないことを。「書かれたのは一八一六年。その中にベア・アレーという名前が出てくるんだけど、同じ名前の通りがたまたまホテルの近くにあって、今朝、行ってみたんです。でも、たいした収穫はなかった」

「立派な研究者の卵ね」おどけた口ぶりでゲイナーは言った。「わたしがあなたでも、同じことをしたと思うわ」彼女は目の前に散らばっていたファイルをまとめ、脇へ片づけた。

「ベア・アレーか。確かにあの瓶のマークは熊みたいではあったけど、そのふたつを結びつけるのはちょっと強引かもしれないわね」

「ですよね」わたしはカウンターに腰をもたせかけた。「自分でも思います、こじつけが過ぎるんじゃないかって。だけど……」言いよどんだとき、ゲイナーの後ろにある本の山に目がいった。「だとしても、ひょっとしてってこともあるでしょう？　調べてみる価値があるかもしれませんよね？」

「じゃああなたは、その薬剤師が実在の人物だったと考えてるわけね」ゲイナーは腕組みをして、問いかけるような表情でこちらを見た。

わたしはかぶりを振った。「自分でも何を考えてるのかよくわからなくて。だからここへ来たってわけ。ないかと思って。一八〇〇年代はじめ頃の。あのあたり――ベア・アレーのあたり――の古い地図がないかと思って。一八〇〇年代はじめ頃の。あと、単純なインターネット検索にしても、あなたのほうがきっと上手でしょう。ロンドン、薬剤師、殺人とかのキーワードで検索してみたんだけど、めぼしい情報は出てこなくて」

ゲイナーの目が輝きだした。初めて会ったときに聞いていたけれど、古い地図が心底好きらしい。羨ましい、とわたしは不意に強く思った。明日になれば、またそれだけ農場の仕事に戻る日が近くなる――歴史とは何の関係もない仕事に。

「そうね、昨日と違って、それならお役に立てるかも」彼女は言った。「いいものがあるの。こっちこっち」彼女は一台のパソコンの前へわたしを連れていくと、座るよう手で示した。なんだか十年ぶりに歴史学専攻の学生に戻ったみたいだ。

「手始めはなんと言っても、一七四六年に完成したジョン・ロックの地図よ。目的の時代よりちょっと古いけど、ここまで正確にロンドンを表した地図はこのあと一世紀以上出てないわ。ロックはね、これを世に出すため調査に十年かけたんですって」ゲイナーがデスクトップのアイコンのひとつをクリックすると、連なる白黒の升目が画面いっぱいに現れた。「それぞれの区画をズームアップしてもいいし、目当ての固有名詞を打ち込んで表示させることもできるわ。病院で見つかったという手記にベア・アレーと書かれていたんだから、まずはそれを入れてみましょうか」

　エンターキーが押されたと同時に、この地図上で唯一のベア・アレーが大きく映し出された。「位置の確認のために、周辺を見ておくわね。東側のここにセント・ポール大聖堂があって、テムズ川が南。どう？　今日あなたが行ったところはここだった？」

　わたしは眉を寄せた。自信を持って、そうだとは言えなかった。なにしろ二百五十年以上も前の地図だ。いろいろな通りの名前を見ても、どれも覚えがない。フリート・プリズン、ミール・ヤード、フリート・マーケット。「うーん、どうかしら」自分が情けなかった。「地図ってあんまり得意じゃなくて。覚えてるのはファーリンドン・ストリートぐらい。あれは大きな通りだったから」

「それでじゅうぶん。じゃあ、このロックの地図に現在の地図を重ねるわよ」彼女がさらにいくつかのアイコンをクリックすると、最初の地図に重なる形で二枚目が表示された。「ファーリンドン・ストリートは、ほら、ここね。古いほうではフリート・ストリートになっている。つまりどこかの時点で名前が変わった。それは別に驚くことじゃないわ」

現在の地図を見れば、わたしにもそのあたりの地理はわかった。タクシーにはねられそうになった交差点まで判別できた。「そうそう！」思わず声をあげて身を乗り出した。「わたしが行ったのはこのベア・アレーで間違いないわ」

「よかった。それじゃ、古地図に戻ってもう少し周辺を見てみましょう」ゲイナーは現在の地図を消し、ロックの地図の上のベア・アレーを最大まで拡大した。

「あら、面白い」彼女は言った。「ほら、見える？」と、ベア・アレーから突き出た小道を指さす。髪の毛一本ぐらいの細さだが、バック・アレーという名前がついている。

さっきから始まっていた腹部の鈍痛を忘れてわたしは言った。「ええ、見えますけど。これがどうして面白いの？」しかし、問いが口をついたとたんに心臓が高鳴りはじめた。あの扉。

「とっても細くて短いでしょう？」ゲイナーは言った。「ロックは道路のサイズを地図に忠実に反映させてるの。たとえば幹線道路をいちばん太くするとか。この道はおそらく、ささやかな通路みたいなものだったでしょうね。バック・アレーと名付けられたのもうなずけるわ」彼女は何度かマウスをクリックしてふたたび現在の地図を重ねた。「そしてこの道は現在は存在していない。珍しいことじゃないわ。この時代にあった道の多くはその後、形や長さが変わったり、建物が建ったために消えたりしているの」彼女がこちらをちらりと見たので、わたしは手を口元から離した。無意識のうちに爪を嚙んでいたのだ。

「何か気にかかっているみたいね」彼女はそう言った。

二人の目と目が合った。この人に頼りたい、胸の内を聞いてもらいたい。そんな抗いがたい欲求に一瞬だけ駆られて涙が出そうになった。目の奥が熱くなるのを感じながら、しかしわたしは両手を腿の下に敷き、パソコンに顔を戻した。ジェイムズはまだロンドンに来ていない。この時間はわたしのものだ。彼のことでめそめそするために使うのはやめよう。

もう一度地図を見ながら考えた。あの扉のことをゲイナーに話すべきだろうか。ベア・アレーから枝分かれしたささやかな路地、今はないバック・アレー。まさにその場所で、曰《いわ》くありげな扉を見たことを。でも配管工が言っていたように、あれは倉庫か何かの通用口に過ぎないのかもしれない。「別に、何もないわ」わたしはゲイナーに笑いかけてから、画面に目を戻した。「ベア・アレーは二世紀を生き延びたけれど、バック・アレーには運がなかったということね。建物が建ったのかしら」

ゲイナーはうなずいた。「よくある話よ。ロックの地図の百年後を見てみましょうか」彼女はまた何度かクリックして新たな地図を重ねた。濃さも形もさまざまな影が無数に散らばっている。「十九世紀後半に政府の陸地測量部が作成したものよ」ゲイナーは言った。「斜線の部分は建物が建っているところ」

ゲイナーはしばらく画面を睨んでいた。「うん、やっぱりこのあたりは一八〇〇年代半ばまでにかなり建て込んできてるわね。十八世紀に存在したバック・アレーは十九世紀には消えている。でも——」測量部による地図の一点を彼女は指さした。「ほら、このふたつの建物のあいだにあるジグザグの線。バック・アレーの位置とほぼ一致してるわ。十九世紀に入ってからも、バック・アレーは通路に近い形で残っていたのかもしれない。今となっては確かめようがないけれど」

わたしはうなずいた。地図に関する知識は乏しくても、ゲイナーの言わんとするところは理解できた。同時に、確信めいた思いがいちだんと強くなった。元のバック・アレーを示す、十九世紀の地図上の小さなジグザグ、これはきっと今日見つけた扉と関係がある。扉の場所と一致する路地の存在がふたつの古地図で確認できたのだ。これにはきっと何か意味がある。

ガラス瓶を発見して以来初めて、夢想を広げることを自分に許した。わたしは重要な歴史上の謎を解く手がかりをつかんだのかもしれない。あの扉の向こうに何かが眠っているかもしれない、入院患者の手記と瓶と薬剤師に繫《つな》がる何かが。それを発掘してゲイナーに知らせたらどうなるだろう。歴史家たちに広くシェアする価値があると彼女は言うかもしれない。もしかしたらわたしはどこかの研究プロジェクトに呼ばれるかもしれない。もしかしたら、大英図書館で短期の仕事をすることになるかも……

わたしは大きく息をつくと、自分を戒めた。順番に、論理的に、事実を追っていかなければ。先走ってはいけない。

「けっこう使えるのよ」ゲイナーが言う。「地図のクロスレファレンスって。でもあなたが知りたいのが薬剤師のことだとしたら、あんまり役には立たないかも」

そんなことないわとは言えなかった。「それなんだけど」第二の――たぶん、より重要であろう――リクエストへと話を進めるつもりでわたしは質問した。「この薬剤師が実在したことを確かめたい場合、どんな方法を採るのがいちばんいいと思う？　さっきも言ったけど、インターネット検索では何も得られなかったの」

当然だという顔でゲイナーはうなずいた。「インターネットはきわめて有益なツールではあるけれど、たとえばグーグルみたいな検索エンジンに使われるアルゴリズムって、研究者にとっては最悪なのよ。古い記録文書や新聞記事が読めるようにはできていないの。たとえそれらがデジタル化されていてもね」パソコンの画面に向き直った彼女は新たなアイコンをクリックし、〈ブリティッシュ・ニュースペーパー・アーカイブ〉のホームページを呼び出した。「見てて。ここにはイギリスのほぼすべての新聞の記事、二百数十年分が収められている。その薬剤師に関する記事があればそれも入っているはずだけど、見つけるコツは、適切なキーワードを使うこと。あなたはどんな言葉を使ったんだっけ?」

「一八〇〇年代、薬剤師、殺人、ロンドン」

「いいと思うわ」ゲイナーはそれらを打ち込み、エンターキーを押した。ほどなく表示された検索結果はゼロだった。「次は時代を省いてみましょうか」

それでも結果は同じだった。

「システムが故障してるとか?」

ゲイナーが笑い声をあげた。「こういうのが楽しいんじゃない——時間と手間がかかればかかるほど、得られるものは大きいわよ」別のキーワードで検索に取りかかる彼女のかたわらでわたしは、今の言葉から聞き取った二重の意味について考えていた。わたしは確かに薬剤師についての情報を求めている。でも、求めているものはもうひとつあるのだった。夫婦関係の軋み、子どもを授からないつらさ、仕事のやりがいのなさ、それらの解決方法をわたしは求めているのだ。無数の断片《ピース》が自分の周囲に散らばっている光景が頭に浮かぶ。眼前には、解決へと続く長く険しい道が延びている。取っておきたいピースと捨てたいピースを、選り分けなければその道を進むことはできない。

ゲイナーが小さく悪態をついた。表情にも苛立《いらだ》ちが表れている。「だめだ、なんにも出てこない。あなたの検索がうまくいかなかったのも当然だわ。それじゃ、次の手」彼女は検索バーに薬剤師とだけ入れると、画面の左にある詳細検索の欄で条件を絞り込んでいった。時期は〝一八〇〇年から一八五〇年〟、地域は〝イングランド、ロンドン〟。

数件の記事がヒットした。ある記事の見出しが目に入り、心臓が跳ねた。『詐欺および殺人の罪で逮捕　ミドルセックス州にて』。しかし日付は一八二五年。たぶん新しすぎる――と思いつつ読み進めばそれは、男性薬剤師が馬を盗んだ挙げ句殺された事件だった。

わたしはがっくりと肩を落とした。「もう打つ手なし?」

ゲイナーは、きゅっと結んだ唇を片側へ寄せた。「新聞記事の検索をあきらめるのはまだ早いわ。薬剤師というキーワードにこだわるのをやめて、ほかの言葉、たとえばベア・アレーとかで試してみてもいいかもしれない。だけど、調べる方法はほかにいくらでもある。たとえば、この図書館が所蔵する手稿《マニュスクリプト》のデータベース……」話の途中で彼女はマウスを操作して、新たなウェブページを開いた。「マニュスクリプトって、本来は日記や家族史みたいな手書きされた個人的な記録を指すんだけど、ここには印刷物もあるのよ――タイプ打ちされたり印刷されたりした日誌なんかが」

学生時代に学んだことを思い出して、わたしはうなずいた。

ゲイナーはペンを手に取ると指に挟んでくるくる回しはじめた。「そういう資料が何万、何百万とあるわけ。ただし、難点がひとつあってね。新聞記事はデジタル化されているから即座に画面に呼び出せる。でもマニュスクリプト資料は閲覧の申し込みが必要なの。リクエストして、順番が回ってくるのを待って、それからやっと実物が見られるってわけ」

「つまり、これ以上深掘りするには時間がかかると」

ゲイナーは渋い顔をして重々しくうなずいた。患者に深刻な告知をする医師みたいだ。

「そう。週単位、月単位じゃないにしても」

なんだか大層なことになってきた。しかも今のところ、この薬剤師にまつわる話はほとんど仮説でしかない。そんな人物は実際にはおらず、調べるのに費やした時間も労力も全部無駄になる可能性だってある。戦意を喪失してわたしは椅子にもたれかかった。人生のどんな局面においても、わたしは真実と虚構の見分けをつけられない人間らしい。

「元気出して」ゲイナーが自分の膝でわたしの膝をつついた。「あなたがこういうことが好きなのはよくわかったわ。わたしね、ここに入職して一週間ぐらいは何がなんだかわけがわからなくて右往左往していたの。でも古地図への愛だけは職員の誰にも負けてなかった。わたしたちみたいな人間は協力し合わなきゃ。あきらめずにがんばって突き止めましょうよ」

突き止める。自分が何を突き止めようとしているのか――そもそも、突き止めるべき何かが存在するのか――それは定かではないけれど、どうしても見過ごせない事実がひとつ、確認できた。あの扉のある場所がバック・アレーと一致しているという事実。問題の薬剤師があそこで仕事をしていたかどうかは別にしても、二百年前の人たちだけが知る道が、今もひっそりロンドン市中に存在する、ただそれだけでもわたしが心奪われるのにはじゅうぶんだった。

ゲイナーはたぶん、そうと知っていて、あきらめるなと言ったのだ。あの扉の向こうはどうなっているんだろう――崩れた煉瓦に埋め尽くされ、ネズミが走り回り、蜘蛛の巣だらけである可能性が高そうだ。けれど、数日前までのわたしと違って今のわたしは知っている。何かの中を覗くという行為が必ずしも愉快であるとは限らないことを。だからこそ、ジェイムズとの先行きを深く考えるのを避けてきたし、ローズのほかは両親にも誰にも彼の不貞を明かさずにきた。そもそも薬剤師にこだわりだしたのも、発端は自分の気を紛らわせるためだったのだ。

ゲイナーと電話番号を交換したわたしは、マニュスクリプトの閲覧なり新聞記事のさらなる検索なり、頼みたいことが出てきたらまた連絡すると約束した。

図書館を出るとき時刻を確認すると、九時を回ったところだった。そろそろジェイムズが着く頃だ。調べものの空《むな》しい結果に落胆しつつも、ロンドンの暖かな空気を胸いっぱいに吸い込み気持ちを奮い立たせて、わたしは地下鉄の駅を目指して歩きだした。顔を背けるという選択はもうできない事柄と、真正面から向き合うために。

心乱れる日々ではありながら、ロンドンへ来てから――二百年前の謎とめぐり合ってから――は、生きている実感があった。何年も忘れていた感覚だった。謎解きは続けよう、暗闇を突き進み、中にあるものすべてをしっかりと見届けよう。わたしはそう心に誓った。

15

イライザ　一七九一年二月八日

クラレンス卿夫人が飛び出すみたいにして帰っていったあと、狭い部屋が急に蒸し暑く感じられるようになった。お屋敷の台所にいるみたいな感じ。さっきのネッラと卿夫人のやり取りはほんとに怖かった。あたしの腕にはまだ鳥肌が立ってる。

ネッラは相当疲れているんだろう。重労働をしたうえに、あんな人に一方的に命令されたりして。額に深い皺が寄ってるし、頬の陰がいちだんと濃く見える。まだうっすら煙が立ちのぼる竈の前の椅子で、ぐったりと体を傾けてるネッラ。苦悩が、こぼれたお酢みたいに顔いっぱいに広がってる。

「クラレンス卿の愛人を殺す?」ネッラがつぶやいた。「それとも絞首台に吊るされる?」彼女は首をめぐらせて竈のほうを見た。カンタリスの燃え残りを捜すみたいに。「どっちもごめんこうむりたいわ」

「もう一回、毒薬をつくらなきゃ」意見を訊かれたわけでもないのに、気がついたら言葉が出てしまってた。「そうするしかないです」

ネッラはあたしを見た。目つきがなんだか普通じゃない。「女を殺すの？　わたしはね、女たちを救うために今日までやってきたのよ。母から受け継いだもののうち、そこだけは曲がりなりにも維持できていたのよ」

ネッラが日誌を見せてくれたからあたしは知ってるけど、そこには注文した人の名前、死んだ人の名前、日付、毒の名前、全部書かれてる。旦那さまの名前も、あたし自身の名前も、きっともう書かれてる。つまり、もしネッラがあの毒薬をつくらず、クラレンス卿夫人が腹いせに判事に告げ口したら、あたしのことが明るみに出てしまうんだ。

あたしだけじゃなく、日誌に載ってる女の人、全員のことが。

あたしは日誌を指さした。「ミス・バークウェルって人が死んでも、その名前を書かずにすませる方法はあるでしょう？　もしもこれが見つかって捕まったら、あたしはどうなるんですか？　ここに名前が書かれてる女の人たちは？」

ネッラは日誌を見下ろして眉をひそめた。あたしが言ったようなことは全然考えてなかったらしい。クラレンス卿夫人の脅しが本気じゃないとでも思ってたんだろうか。ネッラは最後の何行かにゆっくりと目を通した。

「もう無理なのよ」しばらくして彼女は囁き声でそう言った。「ツチハンミョウを捕ってきて、朝までかかって炒ってすり潰して。精も根も尽き果てた。彼女が明日来たら正直に言うわ、あちこち具合が悪いんだって。証拠を見せろと言われたら、服に隠れてる腫れものを見せる。そういうわけだから、あれはもう、つくりたくてもつくれないのよ」

もしかしたら、これはチャンスなのかも。旦那さまの霊は怖いし、もうひとつ、ネッラの仕事や日誌がばれて捕まる恐れまで出てきたけど、うまくやれば両方避けられるかも。

あたしは空になった茶碗を流しに持っていき、濯《すす》ぎながら言った。「じゃあ、あたしがやります。やり方を教えてくれたら、あたしがツチハンミョウを捕ってきて炒ってすり潰します」考えたら、汚れ仕事を請け負うのは慣れっこだ。嘘だらけの奥さまの手紙を代筆しても、ネッラの代わりに毒虫を潰しても、あたしは絶対誰にも話さない。そこは信じてもらえるはず。

ネッラが黙っているので、とっくにきれいになってる茶碗を濯ぎ続けた。ネッラは今はちょっと落ち着いてるようだけど、あたしの申し出を前向きに考えてくれてるからなんだろうか。それとも、あきらめて運命を受け入れることに決めてしまったんだろうか。

「ツチハンミョウのいる畑は川の向こうよ」ようやく口を開いてくれた。でも、そこへ行くことを考えるだけで疲れるとでもいうように、椅子の上で前屈みになってる。「ずいぶん歩かないとならないんだけど、一人で行かせるわけにいかないわ。あなたが行くなら、わたしも力を振り絞ってでも行かないと。陽が沈んだら出発しましょう。ツチハンミョウの活動が鈍くなるから夜のほうがよく捕れる」ネッラは何度か咳をしてスカートで手を拭った。「それまでの時間を有効に使いたいわ。あなた、瓶のラベルを書き直してくれるって言っていたけど」彼女はわたしを横目で見た。「それは必要ない。ラベルがあってもなくても、何をどこに置いたかは覚えているから」

「ごちゃごちゃになっちゃったら、どうするんですか？　順番が違っちゃったら」

ネッラはまず自分の鼻を、それから目を、指さした。「匂いを嗅いで、目で見て確かめる」テーブルの真ん中にある日誌を手で示して彼女は言った。「でも、やってもらいたいことはあるわ。日誌の中に、字が薄くなってきてるところがあるでしょう。書き直したいんだけれど、わたしは手がだめだから」

あたしはいちおう日誌を手元に引き寄せたけど、納得できない顔をしてたと思う。だって、日誌の名前や日付のほうが棚の薬瓶より大事なんて、わけがわからないもの。むしろ逆のことをあたしは頼まれるかと思ってた。毒薬を買った人の名前が載ってるから日誌を燃やして、とか。

「これを書き直すのがどうしてそんなに大事なんですか？」

ネッラは身を乗り出し、一七六三年からの記載があるページを開いた。左下のほうを手で撫でている。何か液体がこぼれたのか、読めなくなってる文字がたくさんある。彼女は羽根ペンとインク壺をあたしのほうへ押しやった。言われるままにあたしはペンを手に取ると、掠れた文字を新しいインクでなぞりはじめた。オキザリス、ニガウリ、ベニバナ——薬の原材料名も、人の名前と同じように丁寧になぞる。

「この女性たちの多くは」囁くようにネッラが言った。「その名はここにしか記されない。彼女たちがこの世に生きたしるしは、これだけなの。放っておけば歴史から消されてしまう女性たちの存在を、形にして残すと母に誓ったの。世間は女に冷たいわ……生きた証《あかし》を残せる場所は、女にはほとんどない」あたしは一行なぞり終えて、次の行に移った。「けれど、この日誌の中に彼女たちは確かに存在している——その名前も成した仕事も、ちゃんと記録されている」

思ってたほど楽じゃなかった。自分で書くのと違って、ほかの人の文字をゆっくりゆっくりなぞるのは大変だ。もっと上手にできるはずだったんだけど。でも自分では納得いかないけど、ネッラは気にしてないみたい。だったらあたしも肩の力を抜こう。そう思ったら、ちょっと早く手が動くようになった。

次にネッラが開いたのは、わりと新しいページだった。なんらかの原因で紙と紙がくっついたのを無理に剝がしたみたいで、読みにくくなってる箇所がある。あたしは最初の行にまず目を通した。〝ミスター・ベチェム　クリスマスローズ十二グラム　一七九〇年十二月七日　依頼主：ミズ・アリー・ベチェム（妹）〟

あたしは仰天して、〝妹〟のところを指さした。

「その依頼はよく覚えてるわ」文字をなぞりはじめたあたしにネッラは言った。「ミズ・ベチェムのお兄さんは欲を張りすぎた。妹が見つけた彼の手紙には、一週間後に父親を殺すと書かれていたそうよ。広大な地所を自分のものにするために」

「お父さんを殺させないためにお兄さんを殺した？」

「そう。覚えておくといいわ、イライザ。人間、欲張ってもろくなことにならない。これがいい例よ。誰かが命を落とすことになるのは避けられない、ミズ・ベチェムはそう覚悟した。問題は、それが誰かということ」

　あたしはミズ・ベチェムの名前、アリーという文字を、ゆっくり丁寧になぞった。がさがさの紙の上で、ペンはすらすら動いた。まるで、ペンが知ってるみたいだ。ミズ・アリー・ベチェムの名前と彼女が成し遂げた大仕事を記しておくことは大事なんだって。

　そのあとで、同じ名前がまた目に飛び込んできた。何日もたってない、十二月十一日に彼女はふたたび来店している。

「このとき彼女に売ったのはカノコソウ。母親のためだった」ネッラは言った。「息子に先立たれたんだもの。それも突然。だから心を病んでしまったのね。カノコソウに毒性はまったくないわ。ヒステリーなんかに処方するの」

「お母さん、気の毒に。それが効いたんだといいですね」

　ネッラは日誌を手で示して、作業を続けるようあたしに促した。「カノコソウはとてもよく効くわ。まあ、いちばん効く薬は、息子が何を企《たくら》んでいたか教えてあげることだと思うけれどね。娘がそれを明かしたかどうかは、今もってわたしにはわからない。でも彼女の秘密は大丈夫、ちゃんとこうして守られている」ネッラは日誌の縁を指でなぞって、それからぱらぱらぱらとページを繰った。

ネッラが毒のほかにも薬を売ってる理由《わけ》がこれでわかった。ミズ・ベチェムみたいに、両方必要な人もいるんだろう。

ただ、まだわからないのは、そもそもなんでネッラが毒を売るようになったのかってこと。こないだあたしがここへ来たときネッラは言っていた。子どもだったネッラがお母さんを手伝ってた頃は、この隠し部屋はなかったって。そのあと、どんな理由があってこんな場所をつくって、恐ろしい薬を生み出すようになったんだろう。近いうちに勇気を出して訊いてみよう。あたしは心にそう決めた。

カノコソウのところを書き終えると、ネッラは前のページに戻った。一七八九年。あたしがよく覚えてる年だ。母さんとロンドンに出てきてアムウェル邸で働くようになった年だから。でも、このページはどこも傷んでなさそうだ。あたしが何かする必要があるんだろうか。

「わあ、あたしがロンドンに出てくるちょっと前です」とりあえず、そう言ってみた。

「あなたに見せたかったの。知ってる名前が見つかるわよ」

すぐさまゲームが始まった。日付や薬草名をできるだけ目に入れないようにしながら、あたしは名前だけを見ていった。ひょっとして、母さんとか？

あった。ミセス・アムウェル。

「えっ！」ものすごく驚いた。「奥さまだ！」急いで続きを読む。奥さまは以前にも誰かを毒殺してるんだろうか？「タイマソウって？」あたしは日誌のそこを指さして訊いた。

「この店にある薬草の中でも、薬効の高さじゃ一、二を争うわね。でもカノコソウと同じで、害を及ぼすことはいっさいないわ。震えや痙攣には特に効く」ネッラは言葉を切ってじっとあたしを見た。あたしが黙っていると、先を続けた。「おたくの奥さまはね、手の震えが始まった頃にここへ来ているのよ。あなたが奥さまの手紙を代筆してるって今日聞くまで、わたしも忘れていたんだけど」ネッラは遠くを見るような目をして、奥さまの名前のところを指でなぞった。「お医者はまったく役に立たなかったみたい。何人ものお医者に診てもらったそうよ。ほかに打つ手がなくなって、わたしのところへ来たというわけ」ネッラがあたしの手に自分の手を重ねた。「ミセス・アムウェルがここへ来たのはそのときが初めて。それまでも、お友だちから話だけは聞いていたらしいけど」

あたしはすごく悲しい気持ちになった。奥さまがあちこちのお医者さまに助けを求めていたなんて、全然知らなかった。手が自由にならないことを奥さまがどう思ってるかなんて、考えたこともなかった。

「タイマソウは効いたんですか?」薬草の名前を間違えないよう、日誌を見直してからあたしは訊いた。

ネッラはすぐには答えず、困ったような顔をしてじっと手を見た。「前にも言ったでしょう? ここは魔法の館じゃない。大地の恵みはもちろん有益だけれど、完全無欠とはいかないわ」ネッラは顔を上げると、何かを振り払うみたいに頭を振った。「でも、それでよかった。もしもタイマソウがじゅうぶん効いていたら、奥さまがあなたに手紙の代筆をさせることはなかった。あなたがここに座って、わたしの日誌を手直しすることもなかった。この日誌の大切さはさっき話したわね。覚えてる?」

ネッラを感心させようと思って、あたしは彼女が少し前に言ったのを真似《まね》して答えた。

「この日誌が大切なのは、ここに書かれなければ忘れられてしまう女性たちの名前が記録されているから。彼女たちが生きた証がここにはあるから。ほかのどこにもなくても」

「大変よくできました」ネッラはうなずいた。「さあ、もう少し進めてしまいましょう。日暮れが近いわ」

どうしてわかるんだろう? 窓はないし、時計のほうなんてちらりとも見てないはずだけど。でも質問してる暇はなかった。ネッラはもう別のページを開いて、書き直す箇所を指さそうとしていた。

あたしは張り切って作業に戻った。新しい先生に褒めてもらう気満々だった。

日が暮れるとあたしはマントをつかみ、手袋を引っ張り出した。ツチハンミョウの巣が藪《やぶ》にあろうと土の中だろうと、これをつけてれば大丈夫。そう思いながらしっかりと手袋をはめた。

すでに手は痛い——力を込めて字を書いたせいだ——けど、次の冒険が楽しみでたまらなかった。

あたしが目を輝かせてるのを見て、ネッラは眉を上げた。「手袋、終わったときも今のままの状態だと思わないでよ。これは汚れる仕事なんだから」

あたしたちは一時間以上歩いた。そしてようやくたどり着いたのは、あたしの背より高い生け垣で道と区切られてる畑だった。闇が濃くなるにつれてどんどん寒くなってきた。あたしがもしツチハンミョウだったら、とっくに南の海辺の村に引っ越ししてたと思う。でもネッラが言うには、ツチハンミョウは寒いところが好きらしい。それと、ビートみたいなデンプン質の根菜。甘いごちそうを食べてそこでそのまま寝てしまうんだって。

銀色の月明かりだけが頼りだった。それぞれが麻袋を持つと、あたしはネッラの動きをひとつも見落とすまいと暗がりに目を凝らした。ネッラは地面に四つん這いになった。葉脈の目立つ葉っぱが束になってる場所を見つけると、干し草をかき分け、ビートの丸い根っこを手で確かめた。

「きっと、いるわ」土を掘りながらネッラは言った。「葉を好んで食べるけど、夜のこの時間になると土中に身を隠すの」いきなり、つやつやした小さな虫が引っ張り出された。ほんとに小さくて、ネッラの親指の爪ぐらいしかない。「注意点がひとつあるから、気をつけて」もがく虫をネッラは袋に入れた。「決してツチハンミョウを押さえたり潰したりしないこと」

あたしは靴の中でつま先をもぞもぞさせた。畑に来たばっかりなのに、寒さでもう足が痺《しび》れてきた。「押さえないで引っ張り出すって、どうやって?」やる気が急にしぼみはじめた。「見つけたら、逃げられる前に捕まえないといけないでしょう? 少しは押さえないと無理じゃないですか」

「ちょっと一緒にやってみましょう」ネッラは自分の隣の地面を叩いて、あたしに座るよう促した。体の痛みや不具合をあんまり感じてないみたいなのは、寒さで麻痺《まひ》してるのかもしれない。「わたしが掘ったところに手を入れてみて。もう一匹いるはずよ。足が動くのを感じたから」

あたしは震えた。てっきり道具――網とか鋤とか――を使うんだと思ってたのに、手袋をはめただけの手で掘るなんて。だけど言われたとおりにした。暗くてよかったと思った。しかめっ面をネッラに見られずにすむもの。ビートの根は固くて丸くてすべすべしてた。

そのまわりを探ってたら、手の上を何かが這うのを感じた。すごくすばしっこそうだ。あたしは覚悟を決めると土の中で手首を返し、それを包み込んだ。土ごと引き抜いてネッラに見せようとしていると、緑の縞《しま》模様のある虫があたしたちに挨拶するみたいに土から這い出してきた。

「うまいじゃないの」ネッラは言った。「初の獲物ね。袋に入れたらしっかり口を縛っておくのよ。そうしないと大好きなビートのねぐらにすぐ帰っちゃうから。わたしは隣の列から始めるわ。全部で百匹は必要だから、数を数えながらやってね」

「百匹？」たった一匹が中でもぞもぞ動いてる自分の麻袋を、あたしは見下ろした。「あたしたち、ひと晩中ここにいることになっちゃいますよ」

ネッラは首をかしげてあたしを見た。月の光が彼女の左目だけに反射して、左と右、違う顔がふたつあるみたいに見える。「あなたって不思議な子ね、イライザ。ツチハンミョウを――たかが虫を――捕るだけの労苦に文句を垂れるくせに、人を殺すことはなんとも思わないなんて」

あたしは身震いした。思い出させないでほしかった。旦那さまの霊が今もあたしに取り憑いて、血を流させてること。

「確かにこれは重労働よ」ネッラは言った。「最近ますますきつくなってきたわ。さあ、とにかく始めましょう」

夜が更けていった。でも時間はよくわからない。月が空全体の四分の一ぐらい移動したけど、それを時計代わりにできるほどあたしは賢くはない。

「七十四」後ろのほうでネッラの声がした。干し草を踏むサクサクという音も聞こえる。

「そっちは?」

「二十八匹です」捕れるたびにあたしは合計数を頭の中で何度も繰り返してた。袋に手を突っ込んで数え直す羽目になるのは絶対避けたかったから。

「そう! じゃあ、おしまいにしていいわね。二匹余分もあることだし」ネッラは立ち上がるあたしに手を貸してくれた。膝も手も痛くてたまらなかった。

ネッラの腕にすがるみたいにして道へ向かって歩きだしたけど、すぐにあたしは恐ろしいことに思い当たった。「こんな時間に乗合馬車は走ってませんよね。まさか、帰りも歩くとか?」無理だ。絶対に無理。

「あなたには健康な二本の足があるわよね?」ネッラはそう言ったものの、あたしが恨めしそうにしてるのを見ると笑みを浮かべた。「そんな顔しないで。あそこの小屋で休んでいきましょう。暖かくて静かよ。朝いちばんの乗合馬車で帰ればいいわ」

他人の納屋に忍び込むのは畑で虫を捕るよりいけないことのような気がしたけど、あたしは喜んでネッラについていった。一刻も早く体を休めたかったから、鍵のかかってない扉をくぐるときには、うきうきしてたと言ってもいいぐらいだ。木の小屋の中は、ネッラが言ったとおり暖かくて静かで暗かった。あたしは田舎の家の納屋を思い出した。今のあたしを母さんが見たらなんて言うだろうって考えたら身の縮む思いがした。夜中に毒虫の入った袋を握り締めてうろうろしてるんだから。

少しして暗さに目が慣れてくると、奥に手押し車があるのがわかった。もっと近くには野良仕事に使う道具がいろいろあった。右手の壁際に干し草の俵がいくつか並んでいて、ネッラが歩み寄ったのはそこだった。俵のひとつに彼女はもたれかかった。

「ここがいちばん暖かいのよ」と、あたしを手招きする。「少し床に敷けば寝床にもなるし。ただしネズミには気をつけて。この場所を快適に感じるのはネズミも同じらしいわ」

あたしは扉を振り返った。怒ったここの持ち主が追いかけてくるんじゃないかってハラハラするけど、しかたない。ネッラに倣ってあたしも自分の居場所をこしらえた。足と足が触れそうな距離で二人が向かい合わせになる。ネッラが外套の下から小さな包みを取り出した。パンとチーズと、革製の水筒。中身はたぶん水。それを渡されたとたんに気がついたけど、あたしはすごく喉が渇いてた。ツチハンミョウがかさかさ袋を鳴らすかたわらで、あたしはごくごく水を飲んだ。

「好きなだけ飲みなさい」ネッラが言った。「小屋の裏に樽があって、雨水がいつもいっぱいなの」そうか、ネッラはここを休憩所として使ったことがあるだけじゃなく、ほかにも何か使えるものはないかとあたりを探索したんだ。

やっと水筒を口から離したあたしは濡れた唇をスカートの裾で拭った。「必要な材料を手に入れるのに人の畑に入ることって、よくあるんですか?」

ネッラは首を横に振った。「めったにないわね。わたしが必要とするたいていのものは、人の手の入っていない自然のままの大地が提供してくれるから。自然というのはね、自身の持つ害毒を実に上手に隠しているのよ。ベラドンナの花、見たことがあるでしょう? 繭《まゆ》みたいな形の花はとても可憐《かれん》で美しい。でも実は猛毒を持っている。そんなのはめったにないと人は思うかもしれないけれど、同じようなものはそこらじゅうにごろごろしているのよ。秘密は隠すべきだと自然は知ってるの。だからたいていの人は、自分たちが耕す畑の土や、キスを交わす四阿《あずまや》に伝う蔓《つる》が、毒を持ってると言われても信じない。わかる人にしかわからないのよ」

自分たちがもたれてる干し草の山をあたしは見やった。もしかするとネッラは、干し草みたいにありふれたものから毒を取り出す方法も知ってるのかもしれない。「そういうことは全部、本から学んだんですか?」 ネッラの店に本がたくさんあったのを見てたから、あたしはそう言った。読み込まれてぼろぼろになってるのもあった。短期間だけ弟子にしてもらおうなんて考えた自分が、ばかに思えてきた。ネッラはきっと、何年も何十年もかけて今の知識を身につけたに違いないんだ。

ネッラはチーズを囓《かじ》り、ゆっくりと嚙んだ。「いいえ。母からよ」

素っ気ない返事だった。この話を終わりにしたがってるみたいな。だけどあたしはますます知りたくなった。「お母さんは隠し部屋を持ってなくて、毒も売ってなかったんですよね？」

「そうよ。言ったと思うけど、秘密もなければ悪いこともしていない人がこそこそ隠れる必要はないんだから」

あたしは自分と奥さまのことを思った。旦那さまが階上で苦しんでるあいだ、扉を閉めた応接間に隠れて、手紙を書くふりをしてたあたしたち。

「母は善良な人だったわ」ネッラは弱々しい息を吐いて言った。「毒薬を処方したことなんて一度もなかった。あなたも今日、日誌の古いページを見て気づいたでしょう。母が売ったのは心身の不調を癒やす薬だけ」

ついにネッラが過去を打ち明けてくれるのかと思って、あたしは居住まいを正した。で、勇気を出して訊いてみた。「自分で売らない毒のことを、お母さんはどうやってあなたに教えたんですか？」

ネッラはまっすぐあたしの目を見た。「良薬も、量が多すぎたり扱い方を誤ったりすれば毒になる。どれぐらいの量なら、どんな扱いをすれば、危なくなるか。それを母はわたしに教え込んだの。わたしや顧客の安全を守るために。だいたいね、人に対して毒を使わなかったからって、母がその方法を知らなかったことにはならないでしょう」ネッラはいっそう深く俵に身を預けた。「だからなおさら母は偉かったと思うわけ。牙さながらの歯を持ちながら他者を襲わない賢い犬と同じで、知識という武器を持ちながら、母は一度たりともそれを行使しなかった」

「でも、あなたはお母さんと違って――」言葉が勝手に出てしまって、あたしは慌てて口をつぐんだ。ネッラはお母さんと違って、知識を武器として使おうと決めた。それははっきりしてるけど、でも、理由は？

「そう、わたしは違った」ネッラは膝の上で両手を組み、あたしの目をまっすぐに見た。「ねえイライザ、わたしからもひとつ質問させて。旦那さまの前にお皿を置きながら、あなた、どんなことを思っていた？　今日この人は死ぬと知りながら、卵料理を旦那さまに出したとき」

あたしはじっくり考えた。あの朝のことは、ついさっき起きたことみたいに思い出せる。食事室にあたしが入っていったときの、旦那さまのねっとりした視線。あたしと無言でわかり合ってた奥さまの優しい目。膝の後ろをべたつく指で触られたこと。指が太腿まで上がってきたこと。思い出したのはそれだけじゃなかった。奥さまの留守中に、旦那さまはあたしにブランデーを飲ませた。もしお客さまが来なかったら、下僕が階下で騒ぎださなかったら、あのあとどうなっていたんだろうか。

「あたしは自分を守ろうとしてるんだって思いました」あたしはそう答えた。

ネッラは大きく何度もうなずいた。先に立って森の中を進みながら、その調子でついてらっしゃいってあたしを励ますみたいに。「何から自分を守ろうとしていた？」

あたしはごくりと唾を飲んだ。ほんとのことを言っていいんだろうか。奥さまが夫をなぜ殺そうとしたのか、あたしがなぜそれを手伝ったのか、ネッラには話してなかった。だけど、こっちが先に質問したんだから、あたしのことだってちゃんと話さなきゃ。「旦那さまがあたしのことを触るようになって、それがすごくいやな感じの手つきで」

またネッラはゆっくりうなずいた。「わかったわ。でも、ちょっと考えてみて。旦那さまに触られるのがものすごく不快……それって、たとえば通りすがりの人にそうされるのと、どう違うのかしら？　全然知らない人に触られたからって、殺そうとまでは思わないんじゃない？」

「知らない人のことははじめから信じてませんよね。だけど旦那さまのことはあたし、信じてました。立派なご主人だって信じてたんです。ちょっと前までは」言葉を切って、息を整えた。そしてジョアンナのことを思った。「あのお屋敷には秘密があったんです。旦那さまはひどいことをして、それを隠してたんです。きっとあたしもひどいことをされるって、怖くなりました」

ネッラがこちらへ体を傾けてあたしの足をぽんぽん叩いた。満足そうな顔をしてる。

「まず信頼がある。そして裏切りが生じる。ふたつは必ず組になってるの。信頼していない人には裏切られようがないでしょう?」あたしがうなずくと、ネッラはまた俵にもたれた。「あなたが今話してくれたのと同じ思いを、わたしから毒を買っていったすべての女性がしてきたのよ、イライザ。同じ苦悩の道をわたし自身もたどってきたわ」

思い出したくないことを思い出したみたいにネッラは顔をしかめた。「わたしだってね、最初から毒を売ろうとしていたわけじゃないのよ。生まれながらの殺人者でもあるまいし。ある出来事がきっかけだった。ずっと昔、わたしには愛する人がいたの。彼の名前はフレデリック」ネッラはそこで急に言葉を切った。やっぱり話すのはやめることにしたのかと思った。でもネッラは咳払いをすると、先を続けた。「正式に求婚される日をわたしは楽しみにしていた。結婚しようと彼はしょっちゅう口にしていたから。まったく、たいした役者よ。そして大嘘つきだった。あとになってわかったんだけど、同じ台詞を彼は何人もの女に言っていたのよ」

えっ、と声をあげてから、慌てて口を押さえた。「どうしてわかったんですか?」自分よりずっと年上の女の子たちがするひそひそ話に首を突っ込んでるみたいな気分になりながら、あたしは訊いた。

「悲しい話よ、イライザ」ネッラは足であたしの足をつっついた。「でも今のうちによく聞いておいて。ツチハンミョウを粉にし終えたら、あなたは帰るんだから。そして二度とわたしの店へは足を向けない。これはわたしの仕事、わたしの苦役。瓶に詰めて売るのは一人でやるわ」がっかりとわくわく、ふたつの気持ちが等分に湧いてきて胸が苦しくなったけど、あたしはうなずいた。話の続きが聞きたかったから。

それでネッラの話が始まった。ひと言口にするたびにネッラの皮膚に痛いおできがひとつ増えるみたいな、そんなしゃべり方だった。でも同時に、言葉にすることで何かを解き放とうとしてるみたいな感じもした。あたしはまだ十二歳だけど、こんなふうに二人で干し草の俵にもたれてると、ネッラに友だちと認めてもらえてるような気がしてくる。

「母が死んだとき、わたしはまだまだ若かった。あれから二十年たつけれど、悲しさは今も消えていないわ。身近な人を見送った経験はある？」

あたしは首を振った。旦那さま以外、あたしの知ってる人で死んだ人はまだいない。

ネッラは大きく息をついた。「あれはいやなものよ。身も心も疲れ果てて、寂しくてたまらなくてね。そんなある日のこと、フレデリックという青年が店へやってきて――当時はまだ毒を売る店じゃなかった――妹のリッサの出血を促す薬が欲しいと言った。彼女はひどくお腹を痛がっていて、月のものが半年来ていないというのね」

あたしは眉を寄せた。月のものって、どういう意味なんだろう。でも、お腹が痛い感覚はあたしにもわかる。「それまで、うちの店に足を踏み入れた男性はいなかった」ネッラは続けた。「でも彼は必死だった！　それに、お遣いを頼める姉妹や母親がリッサにいないのなら、彼を追い返すわけにいかないでしょう？　マザーワートのチンキ剤を出したわ。通経薬よ」

「マザーワート」あたしはオウム返しに言った。「母親向けの薬ですか？」

ネッラはにっこり笑うと、説明してくれた。百年以上前にカルペパー――偉大な治療師――が、母親になりたての女性たちを明るい気分にさせる薬草として世に広めたものらしい。子どもを産んだあとしばらくはみんな気鬱になりがちなんだそうだ。「でもね」ネッラはさらに言った。「マザーワートには子宮を刺激して中のものを外へ出させる働きもある。だから、妊娠していないことが明らかな人にしか使ってはいけないの」

ネッラは俵から麦わらを一本引き抜くと、自分の指に巻きつけはじめた。指輪みたいに。「次の週にフレデリックがまたやってきた。そして朗らかに礼儀正しくわたしに礼を言うの。おかげさまで妹はすっかりよくなりましたって。わたしはあっという間に虜《とりこ》になった。これが愛というもの、そう思い込んだわ。でもね、今にして思えば、わたしはただ、母を亡くした悲しさを忘れたいだけだったのかもしれない。夢中にさせてくれる何かを無意識のうちに求めていたのかも」

ネッラは息を吐いた。「フレデリックもわたしに惹かれたようだった。しばらくすると彼は結婚を口にしはじめたわ。一日が過ぎるたび、彼との約束がひとつ増えるたび、わたしの中のあれやこれやが息を吹き返すようだった。家を子どもでいっぱいにしようと彼は約束してくれた。きみの新しい店をつくろうと彼は約束してくれた。きみのお母さんの思い出を宿した、ピンクのガラスのショーウィンドーがある店を、と。想像してみて、そう言われたらどんな心地がするか……愛以外、なんとそれを呼べばいい?」ネッラは手を見下ろした。干し草がきれいに指に巻きついている。それをネッラはいきなりはずすと、膝に落とした。

「やがてわたしは身ごもった。防ぐ方法を知らなかったのかと人は思うかもしれないけれど、とにかく結果的にそうなった。母を亡くした悲しみのまだ癒えないわたしに、胎内に宿った新しい命は大きな希望を与えてくれたわ。この世のすべてが母みたいに息絶えたわけじゃない、そう思えるようになった。子どもができたみたいとフレデリックに告げたのは、冬のはじめのある朝だった。彼は大喜びして、再来週、聖マルティヌスの日に結婚しようと言った。わたしの妊娠をほかの人に知られる前に、と。あなたはまだそんな年だけど、イライザ、未婚の親から生まれた子どもが後ろ指を指されがちなのはわかるでしょう?」

胸がドキドキしはじめた。ネッラに子どもがいるなんて聞いてなかった。その子は今、どこにいるんだろうか。

「お察しのとおり、わたしのお腹に子どもがいたのは短いあいだだったわ。よくあることよ、イライザ。でもね、だからつらくないなんてことはまったくなかった。あなたが同じ経験をしないことを心から祈るわ」ネッラは足を引っ込めて腕組みをした。続きを話す前に、防御の体勢を取ろうとしてるみたいだった。「それが起きたのは夜中だった。フレデリックは実家へ帰るために翌日から一週間ロンドンを離れることになっていたから、その夜は一緒に過ごしたわ。彼が食事をつくってくれたり、棚の修理をしてくれたり、自作の詩を読んで聞かせてくれたりしてね……最高に幸せな夜だった。最高に幸せな夜だとわたしは思っていた。帰り際に彼は長いキスをして、来週また来るよと囁いた」ネッラはぶるりと身を震わせて、しばらく黙り込んだ。「数時間後、お腹が痛くなりだして、わたしは流産した。それはもう、言葉にはできない痛さよ。ただただフレデリックに抱きしめてほしかった。寝台から起き上がることもできないまま、ひたすら一週間が過ぎるのを待ったわ。彼が帰ってくればこの苦しみを分かち合える、それまでの辛抱だ、そう思った。でも彼は現れなかった——二週間が過ぎ、三週間が過ぎても。そうするうちに、とてつもなく恐ろしい疑いがわたしの頭に浮かびはじめた。流産したのが、彼の顔を見た最後の夜だった——それはひどく妙なことじゃないか、ってね。

店の棚や引き出しに何があるか、フレデリックはよく知っていたわ。そしてさっきも言ったように、どんなに穏やかな生薬も過剰に摂《と》れば命取りになる。それでわたしは、何点かの在庫と日誌を照らし合わせてみた。すると恐ろしいことに、マザーワートが異常に減っていたのよ。フレデリックはマザーワートの効能を知っていたわ。妹のリッサにわたしが処方したから。つまり彼は、わたしがつくったチンキ剤をわたしに対して使用した。わたしたちの子どもに対して。あの夜の料理に薬を混ぜてわたしに摂取させるのはたやすいことだったでしょう。確信は日ごとに深まっていったわ。マザーワートが――母親の憂《うれ》いを払い、喜びをもたらすはずのマザーワートが――このわたしの子宮から子どもを奪い去ったのよ」

喉の奥が締めつけられるみたいになってヒリヒリしだした。あたしは質問したかった。フレデリックがネッラに気づかれずに売りものをいじったり、食べものなり飲みものなりにこっそり混ぜたり、ほんとにそんなことができたのかどうか。でも、訊けなかった。これ以上、いやなことを思い出させるのは気の毒だ。

「それでねイライザ、ある日とうとう扉がノックされたんだけど、来たのは誰だったと思う?」

「フレデリック!」あたしは身を乗り出した。

「いいえ。彼の妹のリッサよ。ただし……実は妹じゃなかった。彼女はためらうことなくわたしに言ったわ。フレデリックの妻です、と」

あたしは呆気にとられてかぶりを振った。ネッラの記憶にある光景が今、目の前で繰り広げられてでもいるかのようだった。「ど、どうやって、あなたを見つけたんですか?」

「女性専門の薬屋があるのは知っていたのよ。ほら、そもそもフレデリックをお遣いに来させたのは彼女だったじゃない。マザーワートが必要だったとき。そして彼女は、夫の悪い癖も知っていて、本当のことを教えてほしいとわたしに懇願するの。流産してまだひと月足らずよ。出血も心の痛みも続いていたから、わたしはつい何もかもぶちまけてしまった。そうしたら彼女が言ったわ。あなたが初めてじゃないんです、ってね。そのあと、棚に並ぶ薬草や生薬について質問を始めた。あなたにも話したこと――量が過ぎればたいていの薬は人を死に至らしめること――を教えたら、なんと彼女はマチンを所望するのよ。ごく少量なら熱冷ましになるし、ペストにだって効果はある。だけどもちろん、殺鼠剤よ。おたくの旦那さまにも使ったわね」

ネッラは両手を大きく広げた。「一瞬だけ迷って、わたしは致死量のマチンを彼女に渡した。お金は取らずに。そして、どうすればうまく味をごまかせるか助言した。フレデリックがわたしに対して取ったのと同じ方法を取るよう教えたわ。わたしの仕事はこうして始まったわけ。最初はリッサだった。フレデリックだった。

リッサが帰っていったあと、わたしはなんだか気が晴れたような気がしたものよ。復讐はそれ自体が薬になるんだと知った」ネッラはコホコホと咳をした。「フレデリックは次の日に死んだわ。新聞に出ていたのよ。医者の見立ては心臓麻痺」

ネッラの咳はだんだんひどくなって、止まらなくなった。胸を押さえてすごく苦しそうに咳き込んでる。しばらくすると前のめりになって喘《あえ》ぎながら、また話しはじめた。「母、子ども、恋人。みんないなくなってしまった。そのあと――水が漏れるみたいに、じわじわと少しずつ、噂が広がっていった。リッサが最初に誰に教えたのか、その人が次に誰に話したのか、わたしにはわからない。けれどそれは、ひそひそと囁かれ、女から女へと伝わっていった。そのうちに毒を求める客が手紙を置いていくようになり、それが主たる生業になると、秘密の部屋をつくらざるを得なくなった。汚してしまったとは言え、母が遺した店だもの。閉めてしまおうとは思わなかったわ」

ネッラは彼女のかたわらの干し草を叩いた。「一人の男のせいで、この体から子どもが流れていくのを見なければならなかった。わたしの場合はとりわけひどいけれど、女はみんな、男からむごい仕打ちを受けているものよ。程度の差こそあれ。あなただってそうだったでしょう？」傾きだした体を支えようとするみたいに、ネッラは床に片手をついた。「わたしは薬剤師だもの。苦しむ女性がいれば、癒やす薬を売るのが務め。だから長年、店を訪れる彼女たちの要望にこたえてきた。彼女たちの秘密を守ってきた。彼女たちの重荷を共に背負ってきた。もし、流産したあとふたたび出血していれば、子宮がこれほど傷ついていなければ、とうにやめていたかもしれない。だけどね、今月も来ない、来なかった、そう思うたび、フレデリックの裏切りと、彼がわたしから奪ったものを思い出すのよ」

わけがわからず、暗がりであたしは眉根を寄せた。出血してればよかったってこと？

きっとネッラは疲れすぎて間違った言葉を言ってしまったんだろう。

ネッラはあくびをしながらゆっくりと横たわった。話はそろそろおしまいみたいだ。ネッラは今にも寝てしまいそうだけど、あたしは全然眠くない。

「もちろん、永遠に続けるわけにはいかないわ」囁くような声になってる。「わたしはずいぶん弱ってしまった。昔はね、思っていたのよ。みんなのために骨を折ることは、自分自身の癒やしにもなるんじゃないかって。でも、それは間違いだった。わたしはだめになる一方。関節の腫れと痛みは日増しにひどくなるしね。扱う毒が知らず知らずのうちに蓄積されて、内側からわたしを蝕みだしたのに違いないわ。そうかと言って、ここまで築いてきたものを壊すわけにいかないじゃない？　あなたもクラレンス卿夫人の話を聞いてたでしょう……わたしみたいな薬剤師はほかにいないのよ」

ネッラはまたひとつ咳をして、唇を舐めた。「おかしな話よね。さんざん他人を救ってきたのに、自分のことだけはどうしようもないなんてね。大事なものを喪ったときのあの苦しみは、どうやっても消えない。二十年たっても」すごく小さな声だったから、よく聞こえなかった。いつの間にか眠り込んで悲しい夢でも見て、寝言を言ってるんじゃないだろうか。「この手の苦痛に効く薬はないのよ、イライザ」

16

キャロライン　現在　火曜日

〈ラ・グランデ〉のロビーへ足を踏み入れたわたしは、にわかに緊張しはじめた。地下鉄の中ではもっぱら薬剤師のことを考えていたけれど、喫緊の課題が目前に迫ると、ベア・アレーもガラス瓶も図書館の資料も頭の外へ押しやられてしまった。

税関を通過して、それからさらにタクシーをつかまえるのだから、ジェイムズがこの時間にホテルに到着しているはずはなかった。にもかかわらずわたしは、自分が宿泊している部屋の前で逡巡した。ノックするべきだろうか。万一ということもあるし。

いいえ、必要ない。ここはわたしの部屋。これはわたしの旅。向こうが勝手に押しかけてきたんだから。そう思い、カードキーを差し込んで中へ入った。

よかった。誰もいない。あるのはわたしのものだけだ。出かけたときよりも部屋は整えられているけれど。ぱりっとした純白のシーツはきっちりとマットレスにたくし込まれ、磨かれたキチネットには新しいマグカップが……え？　ドア近くの小テーブルに、ベビーブルーのアジサイを生けた花瓶がのっている。

わたしは花のあいだから小さな封筒を引き抜いた。事情を知らない親からの贈り物であることを願いつつ。

だが、違った。メッセージは短いが、贈り主の正体は一目瞭然だった。『すまなかった』。それが書き出しだった。『ぼくはきみに償わなければならない。そして、説明しなければ。きみを愛している。愛し続ける。もうすぐ会えるね。J』

なるほど。さすがは頭のいいジェイムズ。到着に先立って、手を打っておこうというわけだ。わたしが少なくとも部屋のドアは開けるように。でも、もし彼が、すぐに片がつくだろうなどと考えているのなら大間違いだ。昼には二人でミモザか何か飲み、元のプランどおりに仲良く出かけられるとでも考えているのなら。

罪悪感を持ってはだめ、と、わたしは自分自身に言い聞かせた。彼との暮らしが完璧に満ち足りたものだったとは言わないけれど、みずからそれを壊すようなことは、わたしはしていないのだから。

ベッドの上で枕にもたれて冷たい水を飲んでいると、ドアにノックの音がした。ジェイムズだとすぐにわかった。気配が伝わってきた。結婚した日に二人並んで祭壇の前に立ったときと同じだ。あのときも、彼の全身にみなぎる高揚感がはっきりと伝わってきた。

大きく息を吸いながらドアを開けたとたん、馴染《なじ》み深い松とレモンの匂いに鼻腔《びこう》をくすぐられた。彼が愛用する手づくり石鹸《せっけん》の香りだ。三カ月ほど前だったか、わたしが暇さえあればピンタレストで妊活のヒントを集めていた頃、一緒に出かけた青空マーケットで買い求めた石鹸。今から思えば、あの頃は平和だった。

チャコールグレーのスーツケースを引くジェイムズが目の前に立っていた。笑顔はなかった。それはこちらも同様だ。もしここに不運な誰かが通りかかったら、これほどぎこちない再会場面は見たことがないと思ったに違いない。無言で見つめ合ううちに、気がついた。わたしは心のどこかで、まさか本当に彼がロンドンへ来るはずはないと考えていたのだ。

「やあ」弱々しい声で彼は言った。中へ足を踏み入れようとはしない。手を伸ばせば届くところにいる二人なのに、大海に隔てられているようにわたしには思えた。

ドアをさらに大きく開け、手振りで請《しょう》じ入れた。荷物を運んできたポーターを請じ入れるみたいに。スーツケースを転がして入ってくる彼にわたしは背を向け、水をもう一杯注ぎに行った。「わたしの部屋がよくわかったわね」肩越しに言う。

ジェイムズは花瓶の花に目をやり、答えた。「ぼくも泊まるはずだった部屋だ。予約の控えがあるんだよ、キャロライン」彼はパスポートやレシートの類いを花瓶の脇に無造作に置いた。背は丸まり、目尻の皺が深い。こんな姿を見るのは初めてだ。

「疲れてるみたいね」声が掠れた。口がからからに渇いているのだ。

「三日、寝ていないんだ。疲れてるなんてものじゃない」彼はアジサイに触れ、淡いブルーの花びらの縁を指でなぞった。「門前払いされなくてよかった。ありがとう」わたしを見る彼の目は涙で潤んでいた。わたしは彼が泣くのを三度見たことがあった。プロポーズの次は結婚披露宴で、新妻となったわたしに向けてシャンパンのグラスを掲げたとき。もう一回は、彼の伯父さんの葬儀のとき。ぽっかり開いた穴に棺《ひつぎ》が収められ、土がかけられたあと、そこを立ち去りながら彼は泣いていた。

でも今回の彼の涙は、わたしの心を動かさなかった。あまり近づいてほしくなかったし、顔をまともに見るのも難しかった。わたしは窓の下のソファを指さした。カーブした肘掛けと、タフティングが施された座面と背もたれ。眠るためのものではない。くつろいだり気軽なおしゃべりをしたり、愛を確かめ合ったりするためのもの。どれも、ジェイムズとわたしには無縁の行為だ。「少し休めば？　クローゼットに予備の毛布が入ってるわ。それからここのルームサービスは早いわよ、もしお腹が減ってるなら」

彼は訝しげな顔でこちらを見た。「きみは出かけるのかい？」

昼前の明るい日差しが、部屋の床に薄黄色の縞模様を描き出している。「お昼を食べにね」わたしは言って、スニーカーをフラットシューズに履き替えた。

　テーブルの上のバインダーを開くと、ホテルお薦めの店が何軒か紹介されていた。すぐ近くにイタリアン・レストランがある。今のわたしに必要なのは、ほっとできる気軽な料理だ。それと、一杯のキアンティ。しかも、イタリアンの店は概して薄暗い。静かに考えごとをするには打ってつけだろう。涙を流すのにも。こうして生身のジェイムズを目の当たりにすると、喉の奥に熱い塊が込み上げてくる。彼を抱きしめたい気持ちと、よくも夫婦関係を滅茶苦茶にしてくれたわねと、体を思いきり揺さぶってやりたい気持ち。両方が同じだけわたしの中にあるのだった。

「一緒に行ってもいいかな？」三日分の無精ひげに覆われた顎をさすりながら、彼は言った。

　心痛と時差ぼけが重なるつらさをわたしは知っている。不本意だけれど、同情してしまう。それに、愉快じゃないからと、より深く探ることを避けるのはやめにすると決めたばかりだ。まずは自分の思いを率直に伝えることから始めるべきではないのか。ただし、涙はこらえないといけない。「いいけど」ぼそりと言ってバッグをつかむと、先に立って部屋を出た。

〈ダル・フィウメ〉というその店は、テムズ川からほんの一ブロックのところにあった。女主人が案内してくれたのは奥の小さなテーブルで、ほかの客からは離れた席だった。たぶんわたしたちのぎこちなさを見て、初めてのデートだと思ったのだろう。夜更けでもないのにアンティークのランタンが店内をほのかに照らし、分厚い緋色《ひ》のカーテンと相まって、繭の中にでもいるような気分になってくる。こんなときでなければ、隠れ家みたいで居心地がいいと感じたかもしれないが、今のわたしには息苦しかった。静かな店を求めすぎていささか選択を誤ったかもしれない。でも二人とも空腹だったし、疲れていた。だからテーブルを挟んで革製の肘掛け椅子にそれぞれ沈み込んだときには、同時に深い吐息をついた。

大きくて分厚いメニューがしばし憂いを忘れさせてくれた。ウェイトレスが水を持ってきたとき以外、わたしたちは黙ってそれに見入った。そうしてほどなく、キアンティのグラスがふたつ運ばれてきた。が、目の前にグラスが置かれたとたん頭に浮かんだ。生理。遅れている。アルコール。妊娠。

グラスの台座を指でなぞりながら考えた。どうしよう。どうにかできるだろうか。やっぱりいりませんとは言えない――そんなことを言えばジェイムズが不審がるだろう、でも彼には話したくない。ここでは話したくない。こんな侘《わび》しい赤の部屋では。

わたしはローズのことを思った。妊娠したばかりの頃、まだ検査する前、彼女はお酒を飲んでいた。ごく初期だから心配無用、後に医者に相談するとそう言われたらしい。だから大丈夫。わたしはぐいっと一口ワインを飲むとメニューに目を戻したが、眺めるばかりで読んではいなかった。

やがてウェイトレスがやってきて注文を取り、メニューを持ち去った。防護壁が消え、ジェイムズとわたしはそれぞれの意識を相手に向けるしかなくなった。二人の距離はとても近い。彼の息づかいが聞こえるほどだ。

まっすぐに夫を見た。この照明のせいかもしれないが、さっきよりさらに頰がこけて見える。この人が最後に食事をしたのはいつなんだろうと考えないようにして、気力を奮い立たせるためにワインをもう一口飲んだ。そして、口を開いた。「わたし、怒って――」

「聞いてくれ、キャロライン」彼はわたしをさえぎった。指を絡めて両手を組むそのポーズ。不満を持つクライアントとテレビ電話で話すとき、彼はいつもこうしていた。「もう片づいたんだ。彼女には他部署へ異動してもらった。もし今後もぼくに連絡を寄越すようなら人事部に知らせると伝えてある」

「じゃあ、悪いのは彼女なの？　彼女の落ち度？　あなたは、ゆくゆくは共同経営者と目されているのよね、ジェイムズ。人事部が興味を持つのはあなたのほうの言動なんじゃないかしら」早くも苛立ちはじめたわたしは、かぶりを振った。「それに、そもそもこれって職場の問題？　家庭は関係ないの？」

彼はため息をつくと、こちらへ身を乗り出した。「あんな形で明るみに出たのは残念だったよ」そういう言い方をするのか。わたしにも責任があると言いたいのか。「しかし、悪いことばかりじゃないかもしれない。考えようによってはプラスになるよ、ぼくたち二人にとって。夫婦関係にとって」

「プラスになる」わたしはオウム返しに言った。唖然とするしかなかった。「本気で言ってる？ いったいどんなふうにプラスになるって言うの？」

ウェイトレスが大きなパスタ・スプーンを持ってきて、それぞれの前に丁寧に置いた。三者のあいだに流れる沈黙は重苦しく、ぎこちなかった。ウェイトレスはそそくさと立ち去った。

「本気も本気だ。ぼくはカウンセリングを受けてもいいと思っている。自己分析だってしよう。やれと言われれば何だってやるよ」

ロンドンへの一人旅はわたしにとってカウンセリングのようなものになるはずだった――もちろん、ジェイムズが現れるまでの話だが。彼の軽々しさにわたしはますます腹が立った。「それじゃ、自己分析から始めてもらいましょうか」わたしは言った。「理由は何だったの？ 事務所のイベントのあとも続けたのは、なぜ？」相手の素性や詳しいいきさつなど、おぞましい問いはほかにも頭に浮かぶ。でも、自分がいちばん知りたいのは理由だということに今、気づいた。すると唐突に、ある疑惑が湧き上がった。そんなことはこれまで頭をよぎりもしなかったのに。「子どもをつくるのが怖くなったとか？ だからなの？」

ジェイムズは目を伏せ、首を振った。「それは違う。きみと同じようにぼくだって子どもは欲しい」

　胸のわだかまりがほんのわずか軽くなった。けれどわたしの中にもう一人、問題の早期解決を望むわたしがいて、そちらは彼がイエスと答えてくれればよかったのにと思っているのだった。そうすれば、ダイヤモンドか何かのようにその真実を高く掲げて光を当て、問題はこれだったのねとうなずくことができたのに。「じゃあ……どうして？」もう回答例を挙げてみせることはすまいと思いながら、わたしはワイングラスにまた口をつけた。

「どこか満たされない部分があったんだと思う」言うのも怠《だる》いといった様子で彼は答えた。「ぼくの人生は安泰、言い換えれば代わり映えしない毎日だ」

「わたしたちの人生は、でしょう」

　これは認めて、彼はうなずいた。「ぼくたちの人生だ、うん。でもきみの場合、最初からそれを望んでいた。安定した暮らしを。そして生まれてくる子どもにもそれが必要で――」

「わたしが望んだ？　代わり映えしない暮らしを望んだのは、わたし？」わたしはかぶりを振った。「違うわ。全然違う。ケンブリッジに行きたかったけど、遠すぎるからって、あなたが賛成してくれなくて――」

「願書を破り捨てたのはぼくじゃない」氷のように冷たい声だった。

　めげずにわたしは続けた。「残業が多いうちは子どもはつくりたくないとあなたが言ったのよ。それにあなたは、安定しているし楽だからって、実家の仕事をわたしに強く勧めた」

ジェイムズは二本の指で白いテーブルクロスをコツコツ叩いた。「やると決めたのはきみだろう、キャロライン」

二人が黙り込んだところへウェイトレスがパスタを運んできた。配膳を終えた彼女が、完璧なお尻を見せつけるようにしながら立ち去るのをわたしはぼんやり眺めた。ジェイムズの視線はわたしに据えられたまま揺らがない。

「あなたがわたしに対してしたことは取り消せないのよ」手をつけていない皿をわたしは脇へ押しやった。「わかってる？　わたしは決して忘れない。これが過去のことになっても、わたしたちの関係に傷跡はずっと残るわ。二人で幸せに過ごせる日々は、いつ戻ってくるの？」

ジェイムズはテーブルの真ん中に置かれたロールパンをひとつつかむと、口に押し込んだ。「それはきみしだいだ。さっきも言ったように、もう片はついているんだ。今回はぼくがへまをやらかしたよ。だからこうして修正しようと努めている。きみとの、妻との関係を」

五年後、十年後を想像してみた。もしジェイムズが本当に二度とわたしを裏切らずにいれば、今回のことはちょっとした過去の過ちでしかなくなるのかもしれない。夫婦の二組に一組は、一度はどちらかの不倫問題で揉めるとも聞く。けれどわたしは、ここ数日で気づいてしまった。自分の不幸の源は夫の浮気という事実だけではないのだと。テーブルを挟んで向き合う彼に、この思いを打ち明けようか。いや、でも今の彼を、真の味方とみなすことはまだできない。この地で発見しつつある真実を、まだこの人には明かしたくない。

「きみに謝るためにロンドンへ来たんだ」ジェイムズは言った。「観光したい気分じゃないな。もともと立ててたプランはご破算だ。二人でホテルの部屋でゆっくりして、中華料理でも食べて――」

　わたしは片手を上げてさえぎった。「いいえ、ジェイムズ」彼がどんな気分だろうとわたしには関係ない。わたしはわたしで、まだ傷ついているのだ。「あなたはこちらの意向におかまいなしにロンドンへ来たのよ。歓迎されてると思わないでね。あなたがしたことを頭の中で整理するためにわたし一人で来たのに、あなたに追われてるみたいな気がするわ。逃げるような真似は許さないぞって言われてるみたい」

　彼は驚いた顔でわたしを見た。「きみを追いかけてここへ来た？　ぼくは獣じゃないぞ、キャロライン」視線をはずした彼はフォークを手に取った。頬が紅潮している。パスタを口に入れて瞬く間に飲み込むと、すぐまた二口目に取りかかる。「きみはぼくの妻だ。その妻が外国で一人になっている。生まれて初めて。どんなにぼくが心配したと思う？　掏《す》摸《り》に遭うんじゃないか、よからぬ輩《やから》が――」

「ちょっと、ジェイムズ。わたしをなんだと思ってるの？　そこまで世間知らずじゃないわよ」グラスが空だった。わたしはウェイトレスを呼んでおかわりを頼んだ。「一人でも大丈夫だから。本当に、何の問題もないから」

「そうか。なら、よかった」彼は口調をやわらげ、ナプキンで口を拭った。「きみの言うとおりだな。来る前にきみに連絡するべきだった。悪かったよ。だが、もう来てしまったし、急だったからチケットは三千ドルもした。今すぐ帰るとしても、同じようなものだろう」

三千ドル？「わかったわ」食いしばった歯のあいだからわたしは言った。取らなくてもいいチケットにそんな大金を使ったなんて。ますます腹が立つ。「それじゃ、せめて明日から二、三日、一人にしてもらえるかしら。まだ整理がつかないことがたくさんあるのよ」本来の自分がいかに封じ込まれていたかは、もうわかったけれど。わたしは心の中で小さくつぶやいた。

ジェイムズは口を開き、息を吐いた。「だが、二人で話し合って困難を乗り越えるべきなんじゃないか？」

わたしはゆるやかにかぶりを振った。「いいえ。一人になりたいの。あなたはあの部屋のソファで寝てくれてかまわないけど、それが最大限の譲歩よ。わたしが一人でロンドンへ来たのは理由があってのことなんだから」

ジェイムズは失望をあらわにして目を瞑った。「わかった」やがてそう言うと、パスタが半分残っている皿を脇へ押しやった。「先に戻るよ。もう、くたくただ」財布から二十ポンド札を二枚出してテーブルに滑らせ、立ち上がる。

「ゆっくり休んで」空になった椅子を見つめたままわたしは言った。

頭のてっぺんにキスをされ、わたしは身をこわばらせた。「そうしたいね」彼は言い、歩きだした。

振り返って見送ることはせず、代わりにパスタを平らげ、二杯目のキアンティを飲み干した。数分後、テーブルに置いたスマートフォンの画面が光った。見ると、ゲイナーからメッセージが届いていた。

ハイ、キャロライン！　あのあとさらに調べてみたところ、マニュスクリプト・データベースに数件ヒットしました。いちおう予約をかけておいたけれど、数日かかりそう。ロンドンにはいつまで滞在の予定？　ゲイナーｘｘ

わたしは椅子に座り直して、すぐに返信した。

ありがとう！　あと一週間はいます！　どんな資料？　期待できそうかしら？

テーブルに肘をついて身を乗り出し、返事を待った。彼女の説明によれば、マニュスクリプトには手書きのものも印刷物も含まれるということだった。あの薬剤師に関連した書簡でも見つかったのだろうか？　それとも、さらなる〝今際の際の告白〟が？　返事が来た。すぐさま開いて読む。

定期刊行物――まあ、新聞ね。日付は一七九一年。デジタル化されてるのは一八〇〇年以降の新聞だから、検索してもヒットしなかったんでしょう。メタデータによれば、その記事には画像も含まれてるみたいよ。ひょっとしたら当たりかも？　また連絡します！

わたしはスマートフォンを閉じた。興味深い知らせであることは間違いない。でも、より大きな問題が頭から離れることはなく、視線はジェイムズの食べ残しがのった皿と汚れたナプキンに向いた。最後にもう一杯いかがですかとウェイトレスに言われたが遠慮した。ランチで二杯も飲めばじゅうぶんだ。それでも、もうしばらく低いざわめきに囲まれて考えごとを続けたかった。

安定した暮らしに満たされないものを感じて不倫をしたというのがジェイムズの言い分

だった。実は双方が同じように不満を抱いていて、二人の暮らしについに限界が来たということだろうか。もしもそうだとしたら、近い将来子どもを持ちたいというわたしたちの希望はどうなる？　今のわたしたちみたいな両親のもとに生まれてきたい子どもがいるだろうか。

確かに、子どもには安定した生活基盤が必要だろう。良い教育を受けられることや、少なくとも親のどちらかがきちんと収入を得ていることが。わが家はじゅうぶんそれにあてはまる。けれどジェイムズもわたしも、自分たちが選んだ暮らしに割り切れない思いを抱いている。となれば、わたしたち二人の充足は、喜びは、優先順位のどこに置けばいい？自分たち自身の幸せを、もう一人のいまだこの世に存在していない人間より優先するのは、身勝手だろうか。

煉瓦造りの古い建物、謎めいた品々、昔の地図。ロンドンのそうしたものたちに囲まれていると、英文学や昔の人々の暮らしぶりになぜ自分はあれほど魅了されたのか、記憶がよみがえってくる。泥に埋もれていたガラス瓶が地上に現れたように、わたしの中で眠っていたものが目覚めようとしている。自分がアメリカにとどまり、実家の農場で働いていることの責任をいくらジェイムズに負わせたくとも、彼だけのせいにできないのは本当はわかっている。彼の言ったとおり、ケンブリッジの願書を破り捨てたのはわたし、両親の提案を受け入れたのもこのわたしなのだ。

　嘘偽りなく言えば、わたしは無意識のうちに真実から目を背けようとして、それで子どもをつくろうとしていたのかもしれない。人生こんなはずじゃなかった、もっと可能性があるはずなのにと、本当はわだかまりを抱いていながらそれを認めたくなくて。最悪なのは、そう思い続けながら行動を起こす勇気を持たなかったことだ。

　母親になる日を待ち望み、いつかにばかり照準を合わせているうちに、しだいに埋もれ消えていった夢があったのでは？　なぜ、人生最大の危機に直面するまでこの自問にたどり着かなかったのか。

17

イライザ　一七九一年二月九日

　ネッラが言ってたとおり、夜が明けたら乗合馬車が走りはじめた。朝いちばんの便でロンドンに戻ったけど、乗ってるのはあたしたちだけだった。小汚い格好をしておかしな麻袋を持った二人連れ。まだ生きてるツチハンミョウも多くて、袋の口をきつく縛ってあるから苦しいらしく、中でガサゴソもがいてる。

　あたしたちはどちらもあんまりしゃべらなかった。あたしは疲れのせい――ほとんど一睡もしてないから――だけど、ネッラはぐっすり寝たはずだ。大きないびきがずっと聞こえてたもの。黙ってるのは、気まずいからだろうか。あんな打ち明け話をしなきゃよかったと思ってるんだろうか。フレデリックを好きになったこと、婚外子を身ごもったこと、その子を悲惨な原因で亡くしたこと。今日かぎりで二度と会わないからって、あんなに何もかも話してしまったのを後悔しているんだろうか。

フリート・ストリートで馬車を降りて、ネッラの店まで歩いた。ぬかるんだ道の両側にはいろんなお店が並んでる。本屋、印刷屋、コルセット屋。歯抜き屋の店先に貼られた宣伝チラシをあたしは読んだ——一本三シリング。ウイスキー付き。ぞっとして顔を背け、通りかかった若い女性の二人連れに目をやった。モーニングドレスを着て、白い顔に頬紅を濃く刷《は》いた二人。会話がちらっと——新しい靴のレース飾りがどうとかって——聞こえたからよく見ると、一人が買い物袋を抱えていた。

あたしは自分の持ってる袋を見た。虫を詰め込んだ袋。これから大事な仕事をするんだと思うと、じわじわ怖くなってきた。旦那さまに出す卵を持ってるときは怖くなんかなかった。子どもが卵を持ってたって警吏に見とがめられたりしないもの。だけど今は違う。この麻袋をちらっとでも覗かれたら大変だ。問い詰められるに決まってる。そのときなんと答えればいいのかあたしは全然わからない。誰かにつけられてるんじゃないかと気が気じゃなくて、後ろを振り返りたくてたまらなくなる。いつ見つかるかわからない、この緊張感。こんな重荷をネッラは常に背負って暮らしてるんだ。

急がないといけない。繋がれてる馬やうろちょろする鶏たちをよけながら、二人とも黙々と歩いた。あたしはただただ捕まるのが怖くて、必死に足を前へ出した。

そうしてようやくバック・アレーまで来た。ネズミの走る薄暗い路地に足を踏み入れるのがこんなに嬉しいのは初めてだ。店に入って隠し扉を抜けるとすぐにネッラは火をおこした。クラレンス卿夫人が来るのは一時半だから、一分だって無駄にできない。

部屋が暖まって顔がぽかぽかしてくると、あたしはほうっと息を吐いた。ネッラがカブとリンゴとワインを棚から出してテーブルに置いた。「食べなさい」あたしがむしゃむしゃ食べるあいだも、ネッラは動き回ってすりこ木やお盆やバケツを用意していた。

あんまり急いで食べたから、お腹が痛くなってきた。グルグル鳴る音を聞かれるのが恥ずかしくてあたしは前屈みになった。ネッラに毒を盛られたのかも、って一瞬思った。手っ取り早くあたしを追い払うために。痛みはますますひどくなって、恐ろしくてたまらなくなった。そのときゲップが出て、いっぺんに楽になった。

ネッラが頭をのけぞらせてゲラゲラ笑った。この人の瞳がこんなに明るく煌めくのをあたしは初めて見た。「治った？」と、彼女は言った。

クスクス笑いたいのをこらえて、あたしはうなずいた。「何をしてるんですか？」唇についたリンゴの欠片をぬぐいながら尋ねた。ネッラが麻袋の口をつかんで振り回してるから。

「ツチハンミョウを気絶させるの。まだ生きてるのをね。最初に盥《たらい》に入れるんだけど、百匹の虫が暴れていっせいに這い出したりしたら手に負えないでしょう」

あたしはもうひとつの袋を持つと、ネッラの真似をして全力で振った。中で虫たちが大きく弾んでるのがわかって、本当のことを言うとちょっとかわいそうになった。

「それじゃ、これに移して」ネッラが金盥を足でこちらへ滑らせた。あたしは歯を食いしばると、注意深く紐をほどいて袋を開けた。中をまともに見るのは初めてだから、怖くてドキドキした。

半分ぐらいは死んでるのか、石ころみたいに動かない。石と違って目や小さな足があるけど。残りの半分はまだ生きてるらしく、弱々しいながらも逃げようとするそぶりを見せた。でも袋をひっくり返すと、黒っぽい緑色の体は盥へ向かって次々落ちていった。ネッラは自分の袋の中身も移してしまうと盥を持ち上げ、竈へ運んで火にかけた。

「もう焼くんですか？　わりと簡単ですね」

ネッラは首を横に振った。「まだよ。熱するのは殺すため。この盥で焼こうとしてもツチハンミョウのシチューにしかならないわ」

あたしは首をかしげた。「シチュー？」

「虫の体も水分を含んでるのよ。あなたやわたしの体と同じで。あなたは台所仕事もしてきたんだったわね、イライザ。一ダースの魚を小さな鍋に入れて火にかけたらどうなる？　下のほうの魚はご主人さまがお気に召すようなパリッとした焼き加減になる？」

それでわかった。あたしは首を振って答えた。「いいえ、ベチャベチャになります」

「ベチャベチャの魚を粉にするって、想像できる？」あたしが顔をしかめると、ネッラはさらに言った。「この虫についても同じこと。全部いっぺんに加熱すれば蒸されてしまう。

うんと大きな鍋で炒らないと。パリパリになるよう、一度に数匹ずつ」

一度に数匹ずつ。あたしは心の中でつぶやいた。百匹以上を、一度に数匹ずつ？　そんなことしてたら、捕まえるのにかかったのと同じぐらいの時間がかかるのでは？

「炒ったあとは？」

「一匹ずつすり潰す。水に混ぜてもわからないぐらいの細かい粉になるまで」

「一匹ずつ」あたしはばかみたいに繰り返した。

「一匹ずつ。ぎりぎりまでかかるだろうから、クラレンス卿夫人が予定より早く来たりしないことを祈るわ」

あたしはネッラが瓶の中身を火に投じたときのことを思い起こした。緑色の炎がぱっと上がったんだった。こんなに時間と手間をかけて完成させたものを灰にしてしまうのは、どれほど勇気がいっただろう。今の今まで、あたしは本当にはわかってなかった。女性を殺すのに手を貸したくないネッラの強い気持ちを。

延々と続く退屈な作業がこれから始まる。でもがんばろうとあたしは思った。これが終わったら二度と来てはいけないとネッラは言ったけど、もしあたしがこれをすごく上手にやってのけたら、考えを変えてくれるかもしれない。それに、お腹の下から出てた真っ赤な血もやっと止まって、茶色っぽいのがうっすらつくだけになった。つまり、旦那さまの霊があたしの体から出て、ほかへ移ったんだ。でも、どこへ？　考えられる場所はひとつしかない。あたしが帰っていくと旦那さまが知っている場所。誰もいないウォーウィック・レーンのアムウェル邸だ。

絶対に帰りたくない。旦那さまの霊がさまよってるお屋敷に足を踏み入れるぐらいなら、ずっとここにいて千匹の虫を炒るほうがましだ。次はどんなおぞましい形で霊が現れるか、わかったものじゃない。

クラレンス卿夫人の到着まであと十二分というときに外で嵐が吹き荒れだした。だけどあたしたちはそれにはかまわず、ひたすら虫をすり続けた。

ネッラは夫人が来る前にあたしを帰すつもりだったのかもしれないけど、たぶんもうあきらめてる。あたしの手伝いなしに薬を完成させるのは無理だっただろう。あと六分。容器を選んで、とネッラがあたしに言った――これが入る大きさなら何でもかまわないから、と。ネッラはうつむいたまま手元だけを見つめ、腕に汗を噴き出させて、ゴリゴリとすりこ木を回し続けてる。

一時半きっかりにクラレンス卿夫人が現れた。誰も挨拶の言葉は口にしなかった。夫人は唇を引き結び、背筋をぴんと伸ばして入ってきた。「できまして?」雨粒が涙みたいに夫人の顔を伝った。

ネッラが急いでテーブルの下を掃き、そのあいだにあたしは、下の棚から見つけ出した砂色の陶製のジャーに注意深く粉を注いだ。「ええ」とネッラが答えたときには、はめたコルク栓にまだあたしの指のぬくもりが残っていた。

あたしはそれをそっと、本当にそっと、夫人に差し出した。夫人はひったくるように胸元へ引き寄せると、あっという間に外套の下に隠した。誰がこの毒を飲むにしろ——あたしにはネッラみたいに強いこだわりはないから——長時間がんばった自分を褒めたい気持ちを抑えきれなかった。こんなに誇らしく思ったことはなかった。奥さまの長い手紙を代筆したあとでも、ここまでじゃなかった。

クラレンス卿夫人がネッラに紙幣を渡した。いくらなのか見えなかったけど、別に見たいとも思わなかった。

夫人がくるりと後ろを向いて帰りかけたとき、ネッラが咳払いをして言った。「やっぱり晩餐会は今夜開かれるんですか？」嵐のせいで中止になるのをネッラは期待してるのかもしれない。

「中止なら、わたくしが嵐をついて飛んでくるわけありませんわよね？」クラレンス卿夫人はきつい口調で切り返した。「そんな厭《いと》わしげな顔をしないで」ネッラの表情を見て夫人はそう言い足した。「これをミス・バークウェルのお酒に混ぜるのはあなたじゃないんですから」夫人は言葉を切り、唇をぎゅっと結んだ。「さっさと飲み干してくれて早くけりがつくことを祈るわ」

その言葉に吐き気でも催したみたいにネッラが目を瞑った。

クラレンス卿夫人が帰っていくと、ネッラはあたしが座ってるテーブルまでゆっくり歩いてきて椅子に腰を下ろし、日誌を手元へ引き寄せた。羽根ペンをインクに浸す手つきはひどくのろのろしてて、そんなネッラをあたしは見たことがなかった。ここ数時間の労働の疲れが、今になってどっと出てきたんだろうか。これまで数えきれないぐらい何度も毒薬を売ってきたネッラだけど、今回は相当つらかったのに違いない。あたしには理解しきれないけど。

「ネッラ」あたしは声をかけた。「悔やんだりしちゃだめです。あれを渡さなかったら、どんな日に遭わされるかわからなかったんだから」あたしに言わせれば、ネッラはひとつも悪いことなんかしていない。それどころか、大勢の女の人たちを救ってきたんだ。あたしを含めて。あの夫人はどうしてそれがわからないんだろう。

ネッラはあたしの言葉に手を止めた。羽根ペンを持ったままの手を。でも何も言わずにペン先を日誌につけ、書きはじめた。

ミス・バークウェル　クラレンス卿愛人・従妹　カンタリス　一七九一年二月九日
依頼主：クラレンス卿夫人

最後の文字を書き終えると、ネッラはペン先を紙につけたまま大きく息を吐いた。今にも涙を流しそうに見えた。しばらくしてネッラがペンを置いたとき、遠くでゴロゴロと雷が鳴るのが聞こえた。ネッラはあたしのほうを向いた。暗い目をしてる。

「イライザ、わたし――」なんて言おうか迷っているみたいだった。「こんなふうに感じるのは初めてよ」

あたしの体が震えだした。外の冷気がここまで入ってきたかのようだった。「こんなふうって？」

「何か恐ろしいことが起きそうな予感というか」

そのあと沈黙が続いたのは、ネッラの言ったことが怖すぎてあたしが返事できずにいたからだ。そしてそのあいだに、これは間違いないとあたしは思いはじめた。目に見えない何かが、とても邪悪な何かが、あたしたちに取り憑いたんだ。旦那さまの霊がネッラにも憑いたんだろうか？　あたしの目は、テーブルの端っこに置かれたままの赤紫色の本に吸い寄せられた。『秘術の手引き』。産婆と治療師のための本だとネッラは言ってたけど、裏表紙の内側にはこれを売った本屋の所在地が書かれている――同じ種類の本がもっといろいろ見つかるだろう場所の所番地が。

旦那さまの霊のことがあるからその本屋へは行ってみるつもりだったけど、ネッラの不吉な予感の話を聞いたら、一刻も早く行かなきゃって気になってきた。

ずっと雨音が聞こえている。嵐はやんでない。ネッラが本気であたしを追い出すつもりなら、あたしは濡れたロンドンの街角で長い夜を過ごさないとならない。アムウェルのお屋敷へ帰るつもりはないし、かと言ってネッラみたいによその家の小屋に忍び込む勇気もないから。

「雨がやんだら、あたし、この本屋さんに行ってみます」『秘術の手引き』を指さしてそう言った。

ネッラは眉をくいっと上げてあたしを見た。疑ってるときの顔だってことは、もうよく知ってる。「まだ霊を払う方法を探そうとしてるの？」

あたしは黙ってうなずいた。ネッラは小さく呻くみたいな声を出して、それからあくびを手で押さえた。

「さてとイライザ、そろそろお別れよ」ネッラがこちらへ一歩近づいた。悲しそうな目をしてる。「お屋敷へ帰りなさい。不安なのはよくわかるわ。でも大丈夫だから。怖がる必要なんてない。玄関を入ったら、大きな声でただいまと言ってごらんなさい。旦那さまの霊が残っていたとしても、それで消えてしまうわ。あなたの不安も一緒にね」

あたしはびっくりしてネッラを見つめた。声も出なかった。お払い箱になる可能性はあるとずっと思ってたけど、実際に言われてみると信じられなかった。こんなにあっさり追い出されるなんて――それも雨の中へ。ネッラがそんなに冷たい人だったなんて。すり潰したツチハンミョウの数はあたしのほうが多かったのに。あたしがいなかったら、あの薬は完成してなかったのに。

あたしは椅子から立ち上がった。胸の奥が熱くて心臓がドキドキして、幼稚だけど涙が出そうだった。「も、もう、来ちゃだめなんですよね」言いながら、やっぱり泣いてしまった。だって、急に気がついたから。追い出されるのはつらいけど、もっとつらいのは、この新しい友だちに二度と会えないことだって。

冷たいと思ったけど、少なくともネッラは石でできてるわけじゃなかった。彼女は立ち上がって、ゆっくりあたしのところまで来て、ぎゅっと抱きしめてくれた。「できることなら、あなたには別れのつらさを味わわせたくなかった。わたしは別ればかりの人生だったから」ネッラはあたしの顔にかかった髪を手の甲でそっと払った。「でもあなたは汚れを知らない子どもで、わたしはあなたと一緒にいるべき人間じゃない。だから出ていって。お願いよ」ネッラは『秘術の手引き』をテーブルから取ってあたしの手に持たせた。それからいきなり体を離すと竈の前へ行き、二度とこちらを見なかった。

だけど隠し扉を出たあたしは、これで永遠にお別れなんだと思うと振り返らずにいられなかった。ネッラは竈に向かって背中を丸くしていた。火に飛び込もうとしてるみたいな格好だ。荒い息の合間にすすり泣く声が聞こえたのは、絶対に空耳じゃなかった。

18

キャロライン　現在　火曜日

日が暮れてからわたしはホテルの部屋を出た。ソファでぐっすり眠るジェイムズを起こさないよう、細心の注意を払った。テレビの横にメモ――夕食をとってきます。C――を置きながら、当分目を覚まさないでいてくれることを願った。

静かにドアを閉め、まだかまだかとエレベーターを待って乗り込み、足早にロビーを横切った。磨き込まれた大理石の床は鏡さながらに輝いている。映り込むわが身を追いかけるようにして急ぐ。何年ぶりかの胸躍る冒険に、わたしの顔も輝いているだろう。ロビーのテーブルから無料サービスのリンゴとミネラルウォーターをもらってバッグに入れたが、スマートフォンや地図は取り出さなかった。今朝行ったばかりなのだから必要はない。

この時間だからか、車も人も朝とは比べものにならないぐらい少なかった。ベア・アレーに足を踏み入れ、ひんやりした空気の中を奥へ進んだ。ゴミ箱もファストフードの空容器も、今朝見たときのまま同じところに同じ状態で存在している。風ひとつ吹かなかったかのように。

　驚くことではないのに、ふたたび目にした瞬間、あった、と驚いたような気持ちになった。石柱に挟まれた鉄の門扉。草ぼうぼうの空き地。そして——門越しに首を伸ばす——そう、あの扉。大英図書館でゲイナーとじっくり古地図を調べたことで、この場所はわたしにとって新たな重要性を帯びたものになっていた。一帯の秘密を自分は知っているんだという気になっている。かつてここにバック・アレーという名の小路が存在していたこと、この先にフリート監獄という刑務所があったこと、ファーリンドン・ストリートは昔は別の名前だったこと、全部わたしは知っている。時の経過と共にあらゆるものが変遷するのだろうか。そう考えると、どの人も、どの場所も、長い物語を内に秘めているように思えてくる。

　今朝はあの男性への警戒心があったから、周囲のビルの窓の存在がありがたかった。けれども今は、人に見られたくない。だから日暮れを待って出てきたのだ。空はすでに濃い灰色に染まり、西のほうに夕日の名残がほのかに感じられるだけになっている。窓のいくつかには明かりが灯《とも》り、机やコンピューター、赤い文字が画面に走る液晶ディスプレーなどが判別できる。幸い、残業にいそしむ従業員はいないようだ。

　わたしは足元を見た。錠前のかかった門の地面近くに、小さなプレートがくくりつけられていた。今朝は気づかなかったが、赤地に白で『条例により立入禁止　739-B』と書かれている。うなじのあたりがぞくりとした。

わたしは一分だけじっとしていた。何の物音もしない。二羽のスズメが飛び交うほかは動きもない。斜め掛けにしたバッグのストラップを締め直すと、石柱の石の隙間に足をかけた。弾みをつけて体を持ち上げる。引き返すなら、今しかない。今なら、まだかろうじて言い訳はできる。でも脚を向こう側へやり、地面についたら？　それまでだ。どう釈明しようと、不法侵入以外の何ものでもない。

柱にしがみつきながらぎこちなく上体をねじり、まず脚を向こう側へ移した。それからもう一度周囲を見回し、飛び降りた。

音も立てず、きれいに着地できた。目さえ瞑れば何の変化も起きていないと思い込めそうなほど、うまくいった——が、もちろん自覚している。わたしは法に背いたのだ。しかし胸をよぎった反省の念はすぐに消えた。

あたりは暗いとは言え、念のため身を低くして大股に扉へ向かった。その真ん前には灌《かん》木《ぼく》が立ちはだかっていた。花も蕾《つぼみ》もつけていない木だが、縁がギザギザした固い葉がびっしり茂り、枝は棘《とげ》に覆われている。わたしは小さく毒づくとバッグからスマートフォンを出してライトを灯した。地面に膝をつき、片手で慎重に枝をかき分ける。

棘に触れてしまった手を慌てて引っ込めた。手のひらから血が出ている。そこに唇をつけながらライトをかざし、木の向こう側をじっくりと見た。外壁の赤煉瓦は風雨で傷み、苔《こけ》らしき緑色の筋がまだら模様を描いている。そして木の真後ろには今朝見た扉があった。

アドレナリンが全身を駆けめぐった。本当にこの瞬間を迎えたのだ。ホテルを出て薄闇に紛れて歩くあいだも、実現すると信じきっていたわけではなかった。工事か何かのためにベア・アレーが封鎖されているかもしれない、暗すぎて扉が見つからないかもしれない、あるいは土壇場で怖《お》じ気《け》づいて引き返すことになるかもしれない。そんなふうに考えていた。けれど勇敢さゆえか愚かさゆえか、いずれにしても、今わたしはここに立っている。扉が目の前にある。錠前などは見当たらず、左側にぼろぼろの蝶番《ちょうつがい》がひとつだけついている。押せば簡単に開きそうに見える。

呼吸が速くなってきた。実を言えば、怖い。ドアの向こうにとんでもないものがあるんじゃないか、いるんじゃないか。ホラー映画の主人公になった気分だった。逃げるのが賢明なのは明らかだ。でも、無難な道を選ぶのはもう飽き飽きだったはず。

今こそ、やるべきことよりやりたいことだ。

自分は薬剤師をめぐる謎の解明に取り組んでいるのだ、などというのは思い込みに過ぎないかもしれない。それでも、あきらめたくなかった。ジェイムズとランチをとりながら、わたしの仕事や二人の不確かな今後について話し合ったあと、夢想せずにいられなかった。もしこの扉の向こうに価値ある何かが隠されていて、それをわたしが発見したら、おのずと先行きは決まるのではないか、と。自分が開こうとしているのは単なる建物の扉じゃない、新しいキャリア、遠い昔に夢見たキャリアの扉だ、そんな思いに突き動かされてここまで来た。

わたしはかぶりを振った。期待しすぎだ。おそらくただの古い倉庫だろうとあの男性も言っていた。拍子抜けして、二十分後にはどこかでピザでも頬張っている可能性大だ。わたしは門扉を振り返り、こちら側からも簡単によじ登れることを願った。

棘だらけの枝をかき分けるには、素手より背中と肩を使ったほうがいいとわかった。やがてほぼ無傷で茂みを抜けたわたしは、冷たい木の扉に両手をあてがった。息を整え、心の準備をする。そうして腕に力を込め、扉を押した。

わずかに動いただけだったが、鍵がかかっていないのはわかった。二度、三度と押したあと、右の足もあてがって渾身《こんしん》の力を込めた。メリメリと音がして、扉は向こう側へ倒れた。わたしはすくみ上がった。帰るときにこれを元へ戻す術のないことに、今さらながら気づいたのだった。

扉が消えたとたん、森にいるような匂いがわたしを包み、小さな虫が数匹、目の前の床を走った。スマートフォンを掲げて黒々とした空間の入口をざっと確かめ、とりあえず安堵する。ネズミもヘビも、死体も見えない。

恐る恐る足を踏み出しながら、本物の懐中電灯を持ってくることを思いつかなかった自分を心の中で叱った。いや、でも、こんな状況にまでたどり着くとは本当に思っていなかったのだ。もっと明るくできないかとスマートフォンをチェックしようとしたわたしは、画面の右上に示されたバッテリー残量を見て悪態をついた。ホテルでフル充電してきたのに、今は五十五パーセント。フラッシュライト機能を使うと激しくバッテリーを消費するようだ。

ライトで照らすと、奥へ延びる通路が判別できた。ゆるやかな下りになっている。配管工が言っていたとおり、地下に倉庫か何かがあるのかもしれない。通路の幅は一メートルもないぐらいだが、どこまで続いているのかはこの頼りない光ではわからない。

破壊された扉をちらりと振り返って、それが閉まることはあり得ないのを確信してから、わたしは歩を進めた。

まず湧いてきたのは失望だった。めぼしいものはひとつもなかった。埃の積もった床に石が何個か転がっているだけ。倉庫なら収められているであろう機器や道具の類いもない。でもわたしは、ゲイナーが見せてくれた地図を思い出した。ベア・アレーから分かれたバック・アレーはギザギザした線だった。直角に曲がる角がいくつかあって、ほぼ階段状になっていた。うっすら見える行く手には、確かにそんな角があるようだ。奥まで行きたくはないけれど、胸は高鳴った。

きっとこれがバック・アレー――少なくとも、その一部――だ。

知らず知らず頬がゆるんだ。バチェラー・アルフがもしここにいたら、どうしただろう。一目散に奥へ向かって駆け出して、探索を始めたに違いない。

目より先に、肌が感知した。ゆるやかな空気の流れを。わたしは風上と思われるほうへ明かりを向けた。わずかに開いた扉が見える。入口の扉が開かれたことによって陰圧が生じ、奥の扉の内側から空気が流れ出たのだろう。腕がざわりと粟《あわ》立った。落ちた髪が首筋に触れ、飛び上がる。全身の筋肉をこわばらせて、わたしは逡巡した。逃げるか、叫ぶか——それとも、見に行くか。

壊した扉からここまでは、まあ想定の範囲内ではあった。あの扉があることはもちろんわかっていたし、ジグザグの通路——ゲイナーによれば、元のバック・アレー——の存在も、ある程度予測はしていた。扉を開ければ、何か興味深いものが見つかるかもしれないと思っていた。

思っていた。そこまでは。確かに。でも、さらなる扉？　そんなものは地図には載っていなかった。

覗いてみたくてたまらない。そう、覗くだけ。扉はすでに細く開いている——蹴ったり押したりする必要はない——だからライトを中へ差し入れて、ざっと見て、すぐに引き返せばいい。そもそも——わたしはスマートフォンのバッテリー残量を確かめた。三十二パーセントになっている——長居はできないのだ、真っ暗闇の中に取り残されたくなければ。

「どうかしてるわ」扉に近づきながら、自分に呆れていた。これは正常な人間が取る行動ではないのでは？　もはや薬剤師の謎を追っているのかどうかもわからなくなってきた。大きなものを失ったあと、やみくもに何かを探し求める人がいると言うけれど、わたしもその一人になってしまっているのでは？

　ここでわたしにもしものことがあっても――転んで頭を打つとか、獰猛《どうもう》な獣に咬《か》まれるとか、床の隙間に足を突っ込むとかしても――誰にもわからないのだ。横たわったまま息絶えて、誰にも、いつまでも、発見されることはない。ジェイムズはわたしが彼の前からきっぱり姿を消したと思うだろう。そんなことに気づいてしまったうえに、バッテリー残量の急速な減少。心臓の轟《とどろ》きは抑えようがなかった。でも、決めた。急いで見て、すぐにここを出よう。

　第二の扉を押すと、それはすんなりと開いた。さっきの扉と違って蝶番は錆びついても歪んでもおらず、それどころかほとんど傷んでいないようにさえ見える。一歩入って足を止め、突き出したスマートフォンの光をゆっくり左右にめぐらせた。狭い空間だった。三メートル×三メートル半といったところか。床は通路と同じく埃に覆われている。木箱も工具も、建物に付属した設備などもない。見事に何もない。

　しかし奥の壁が――少し気になった。左右の壁が外壁によく似た煉瓦なのに対し、そこは木でできていた。棚板がいくつかついているのは、つくり付けの本棚か食器棚がそこにあった名残だろうか。本か何か、置き去りにされているものはないかと近づいてみた。けれどやはり何もなかった。棚板のほとんどはたわんだり割れたりしていて、何枚かは床に落ちてしまっていた。

ただ、なんとなく違和感があった。その正体がわからず、わたしは一歩下がるとその壁全体を見渡した。泥ひばりツアーでのバチェラー・アルフの言葉が脳裏によみがえる。〝ものを探すというより、矛盾あるいは欠如を探すんだ〟。わたしは眉間に皺を寄せた。目に映っているものの何かがおかしいのは確かだ。でも、それは何？

不意に気がついた。壁全体のうち、ある一角からだけ棚板が落下しているのだ。左の端のほうからだけ。そばへ行き、ライトを近づけてみた。壁に残っている板は一枚だけだった。それをつかんで軽く揺すってみると、それだけでカタカタと動いた。はずそうと思えば簡単にはずせそうだった。どうして壁の左側の棚だけが落ちたのだろう。取りつけ方が甘かったのか、それとも壁のこのあたりだけが弱いのか――

あることに思い当たって、思わず手で口を押さえた。棚がはずれている部分は、高さがわたしの背丈ほどで、横幅はわたしよりわずかに広い。とっさに後ずさりした。「まさか」無意識のうちに発した言葉が、がらんとした空間にこだました。「まさか、まさか。あり得ない」つぶやきながらも、自分が何を発見したのかわかっていた。隠し扉だ。『男たちには迷路』。病院に残されていた手記にあった冒頭の言葉が鮮やかによみがえった。そういう意味だったのか。棚と見せかけた壁の一部に、扉が隠されていたのだ。近年、誰か――建築検査官あたり――がここへ立ち入ったとすれば、たぶん気づいただろう。わたしが気づいたぐらいだから。でも棚板が散らばっているこの状況からして、何十年も人が足を踏み入れていないのは明らかだ。隠し扉は誰にも発見されることなく、もちろん開けられることもなく、今に至っているのだ。

身をかがめて取っ手の類いを探したが、見つからなかった。右手で壁を押してみて飛び上がった。手を見ると、蜘蛛の巣がべっとり指にくっついていた。呻きながらパンツに手をこすりつけ、唯一残っている棚板をスマートフォンで照らした。すると、それが見えた。棚板の真下の小さなレバー。棚が崩れかけていなければわからなかっただろう。わたしはそれを動かし、ふたたび壁を押した。

音もなくそれは開いた。まるで、ついに発見されたことを喜んでいるかのように。

震える手を壁にあてがい、バッテリーの残り少なくなったスマートフォンを片手で高くかざした。一筋の光が闇を貫く。わたしは息をするのも忘れ、信じられない思いで眼前の光景に見入った。遠い昔に忘れ去られたまま、長い眠りについていたものたちが、そこにあった。

19

イライザ　一七九一年二月十日

すぐそばをすごい速さで馬車が走っていって目が覚めた。鉄の車輪が敷石を叩く音はすごくうるさい。空はからっと晴れあがってる。あたしが寝てたのはバートレット・パッセージの奥にある建物と建物の隙間で、ネッラの店からは通り一本隔てたところだった。おとといの夜を過ごした小屋に比べたらじめじめしてるし全然快適じゃなかった。じゃあ、アムウェル邸の暖かい寝床がいいかって言ったら、そんなことはない。霊のいるお屋敷よりは野宿のほうがまだましだ。

目を開けたあたしはすぐに歯を食いしばった。またお腹が痛くなってるかも――旦那さまの霊があたしのところに戻ってきたかも――と思って。でも、大丈夫だった。もうまる一日お腹は痛くなってないし、茶色っぽくなってた血もほぼ止まった。嬉しいけど、でもそれは旦那さまがどこか別の場所であたしを待ってるってことだ。そう思うと腹が立ってきた。前はあたしのご主人だったかもしれないけど、もう違うのに。死んだあとまであたしのことを好きにするのは間違ってると思う。

死んだと言えば、クラレンス卿夫人の晩餐会が予定どおり開かれたのなら、ミス・バークウェルは今ごろもう死んでいるはず。死んだときの様子を想像したら怖くなるけど、でもネッラは言っていた。復讐は薬だって。ミス・バークウェルがいなくなればクラレンス卿夫人も幸せになって、いつか子どもを産むんだろう。

ちょっと足がふらついたけど、地面から立ち上がってスカートの皺をできるだけ伸ばした。すごく汚れてるから、早く洗わないといけない。と思ったとき、ポケットの中の本に手が触れた。『秘術の手引き』。ここに載ってる本屋へ行くのが、今のあたしにとっていちばん大事なことだった。アムウェル邸から霊を払う方法はほかにないんだから。

ベイシング・レーンの本屋目指してあたしは歩きだした。寝不足のせいで、やけに気持ちが高ぶってる。自分が動物にでもなった気分だ。手は震えるし、目の奥がズキズキして、行き交う人たちがぼんやりとしか見えない。メッセンジャーボーイたちが荷車をぶつけ合って速さを競い、魚屋がカモメを追い払い、おじいさんが薄っぺらい葦《あし》の茎で山羊《やぎ》の尻を叩いてる。きつい靴の中のつま先が痛くて、一瞬、お屋敷へ帰りたいと思ってしまった。それか、奥さまと初めて会った使用人登録所へ行くか。今のあたしはあのときの百倍の価値があると思う。まず読み書きができる。そして、立派なおうちに雇われていた。きっとほかのお屋敷でも重宝がられる。霊がうろうろしてないお屋敷で。

でも、考えはすぐに変わった。逃げ出すわけにいかない理由はいろいろあるけど、やっぱり奥さまのことが好きだっていうのが大きい。奥さまが帰ってらっしゃるまで二週間か三週間ある。それまでに旦那さまの霊とジョアンナの霊をお屋敷から追い払えればいいんだ。それに、あたし以外の子が奥さまの手紙を代筆するって、想像がつかない。あれは特別な仕事、あたしだけの仕事だもの。

だいたい、霊だって移動するんだ。旦那さまの霊がネッラの店までついてきたってことは、ロンドンのどこへ行ったってついてくるのでは？　ロンドンを離れてスウィンドンへ帰ったところで解決にはならない。ふわふわ壁を通り抜けられるようなものからは逃げられっこない。逃げられないなら、なんとかして消してしまう方法を見つけないと。

絶体絶命の危機ってこのことだ。今は旦那さまの霊を払うこと以外、何も考えられない。だからベイシング・レーンにたどり着いたときは嬉しかった。ここまで来れば本屋はすぐに見つかるだろう。そう思った。けど、嬉しい気持ちは長続きしなかった。順々に店を見ていった――小間物屋、パン屋、いろんな店がある――けど、本屋はない。次のブロックも歩いた。引き返して同じところをもう一度見た。通りの反対側だって見た。なんでこんなに災難続きなのかと思うと、涙が出そうだった。冷たい風で喉がヒリヒリする。まめのできた足は痛くて濡れてて気持ちが悪い。

ベイシング・レーンの端っこ近くまで戻ってきたとき、建物と建物のあいだから風が吹きつけてきた。見るとそこは人一人がやっと通れるぐらいの路地になってて、木の看板がかかってる店があった。〈本と玩具〉。あたしは息をのんだ。何度か通ったのに全然気づかなかった。表通りから引っ込んだところに、まるで隠れるみたいにして、目的の本屋はあった。もしネッラがここにいたら、すぐに謎を解けなかったあたしにがっかりしただろう。ノブに手をかけて、そうっと扉を開けた。そんなに広くない。奥さまの応接間と同じぐらいだ。カウンターの向こうの男の人以外、誰もいない。その人は分厚い本を読みふけっててすぐには顔を上げなかった。だからその隙にあたしは店の中をじろじろと見た。入口近くの棚ではオモチャとか安っぽいアクセサリーが埃をかぶってる。カウンターの前を通って奥へ行ったところが本の売り場みたいだ。空気がじめっとしていて酵母の匂いがするのは、パン屋が近いからだろう。扉を閉めると、チリンとベルが鳴った。

男の人が顔を上げ、眼鏡越しに目を丸くしてあたしを見た。「いらっしゃい」って言う声は上ずってる。若いというか、あたしと二つ三つしか違わないいんじゃないだろうか。

「本を」あたしは奥の棚を指さして言った。「見せてもらってもいいですか?」

彼はうなずくと、また本を読みはじめた。奥の棚まではたったの四歩か五歩だった。それぞれの棚には、そこに並んでる本の種類を示す小さな紙が貼ってあった。あたしは勢い込んでそれを見ていった。歴史、医術、哲学。産婆のための秘術の手引きなら医術に分類されてたんだろうか。それともやっぱり超自然現象かな。

隣の列はどうだろう。下のほうもよく見ようと思ってしゃがんだとたん、声が出そうになった。いちばん下の段に、魔術って書かれてる。十冊ちょっとしかないけど、全部見てみよう。まず左端の一冊を取って開いたあたしは、口絵を見てぎょっとした。大きな剣で胸を刺し貫かれた真っ黒な鳥。不思議な形に並べられたたくさんの三角や丸。見たこともない文字で書かれた長い文章。そっと棚に戻しながら、こんなのばかりじゃなければいいけれどとあたしは思った。

次の本は高さも幅も前のの半分ぐらいで、砂色の柔らかい表紙がついていた。何ページかめくると、流れるような文字で小さく書かれた題名が現れた。『現代家庭のための秘術と秘薬』。中も全部英語だし、わけのわからない記号や文字は出てこないみたいだからよかった。いろんな種類の〝レシピ〟が載ってるけど、プディングやシチューのレシピじゃあない。

子どもの虚言癖に効く秘薬

お腹の子の性別を決めるお茶

二週間で大金持ちになれるチンキ剤

女体のための若返り薬

まだまだ続きはあって、どんどんおかしな感じになっていくみたいに思えるけど、でもこの本ならあたしの役に立つことが載ってるかもしれない。じっくり読みたくて、床にぺたりと座り込んだ。注意深くページを繰って、ひとつひとつレシピを見ていく。いちばん見落としちゃいけないのは、霊とか幽霊っていう言葉だ。

記憶を消してくれる飲料　限定的全体的、どちらの記憶にも効く

望みの相手があなたを愛するようになる媚薬《びやく》　無生物にも効果あり

死んだ子の息を吹き返させる特効薬

あたしの手が止まった。首の後ろに温かい息がかかったような気がして、ぞくっとした。
「ぼくの母さんはその薬を使ったんだよ」真後ろで声がした。

読んでるものを見られたのが恥ずかしくて、あたしは慌てて本を閉じた。

「ごめん」声がちょっと遠ざかった。「怖がらせちゃったかな」

店番の男の子だ。あたしは振り返った。向き合うと顎のにきびがはっきり見えて、目が丸いのもよくわかった。「そんなことないけど」本を膝に置いて小さな声で答えた。

「きみは魔女なの？」唇の端を上げてにやっと笑いながら彼は言った。

あたしはまごまごしながら首を振った。「違うわ。ちょっと知りたいことがあっただけ」

そんな答えでも満足したらしく、彼はうなずいた。「ぼくはトム・ペッパー。うちの店へようこそ」

「あ、はい」あたしはぼそっと言った。「イライザ・ファニングです」早く続きを読みたかったけど、このトムって子はそんなにいやな感じじゃないなと思った。

彼はあたしの膝の上にある本に目をやった。「嘘じゃないよ。その本は母さんのだったんだ」

「じゃあ、あなたのお母さんは魔女？」冗談で言ったのに、彼は笑ってくれなかった。

「いや、魔女じゃなかった。でも、子どもを亡くして――ぼくの前に、次々に九人も――破れかぶれでそれを使ったんだ。きみがさっき見てたページにあったやつ。ちょっと、いい？」彼は本を指し、あたしがうなずくと、慎重な手つきでそれを取り上げた。あのページを開いて、一カ所を指さす。「〝死んだ子の息を吹き返させる特効薬〟」声に出して読み、それからあたしを見てうなずいた。「父さんから聞いたんだけど、生まれたときぼくは死んでたんだって。ほかの九人と同じく。でもこの薬のおかげで生き返ったんだ」苦しい体験を打ち明けるみたいに、彼は顔をこわばらせた。「母さんが生きてれば、きみも直接教われたのにね」

「残念だわ」あたしはそっと言った。

トムは唇を嚙んで、店の表のほうを見た。「ここは父さんがやってるんだ。母さんが死んだあとこの店を開いた。入ったところにあるもの——オモチャとか——はみんな母さんのものだったんだよ。生まれてくる子のために買い集めたんだ。何年にもわたって。ほとんどは手つかずのままさ」

あたしは尋ねずにいられなかった。「お母さんはいつ亡くなったの？」

「ぼくが生まれてまもなく。その週の終わりに」

あたしは手で口を覆った。「やっと生きた子を抱けたのに……」

トムは爪を嚙んだ。「この本は魔術の本で、それの呪いだって言う人もいる。だからこの手の本は燃やさなきゃいけないって」意味がわからなくてあたしが眉をひそめると、トムはさらに言った。「魔術というのは役に立つ代わり、害も大きいとそういう人たちは信じてるんだ。いいことも起こせるけど、その反対のこと——恐ろしいこと——も起こしてしまうって」

あたしは彼が持ってる本を見た。そこに書かれてる内容を全部読むのは時間がかかるだろう。最低でも二時間はかかると思う。そうやって全部読めたとしても、確実に効き目があるって言える薬が見つかるとは限らない。「あなたは、魔術の呪い、信じてる？」

トムはちょっと口ごもった。「どうかな。よくわからない。この本がぼくにとって特別なものであることは確かだけどね。この本がなかったら、ぼくは今ここにいなかったんだから」そう言うと彼は本をそっとあたしの膝に戻した。「きみに持っててほしい。あげるよ。ただで」

「え、お金ならちゃんと——」あたしは汗ばんだ手をポケットに入れて硬貨を出そうとした。

トムは手を伸ばしたけど、あたしに触りはしなかった。「全然知らない人より、ぼくがいいなと思った人のところに行ってほしいんだ」

急に暑くなった感じがして、胃がぎゅうっとなった。一瞬、自分が病気にでもなったのかと思った。「ありがとう」あたしは言って、本を胸に抱いた。

「ひとつだけ、約束してもらえるかな」トムが言った。「もし、その本の中にきみに効く薬があったら、二回連続で当たりってことだよね。そのときはぼくに知らせてほしいんだ」

「約束するわ」あたしは痺れた足で立ち上がりながら言った。ここを出たくないけど、ずっといる理由がなかった。出口へ向かう途中で、最後にもう一度振り返った。「もし、薬を試して効かなかったら？」

トムはびっくりしたみたいだった。「効かなかったら……そうだな、そのときはその本が信用できないってことだから、ほかのと取り替えよう。だからそれを持ってきてもらわないと」

「じゃあ、どっちにしても――」

「ぼくたちはまた会うことになる。またね、イライザ」

ぼうっとしたまま、あたしは店を出た。ふわふわ浮いてるみたいな、不思議な感じがした。十二年生きてきて、初めての感覚。何なのかわからないけど、お腹が減ってるとか疲れてるとかじゃないのは確かだ。もしそうだったら、こんなに軽い足取りで歩けないし、顔は熱くなるんじゃなくて冷たくなるはずだもの。西のほうへ早足で歩いていくと、セント・ポール大聖堂の前に出た。このあたりは静かだから、ベンチに座ってじっくり本を読める。つぶさに見ていけば、さっそく今日アムウェル邸で使える術が見つかるかもしれない。

あたしは全力で祈った。どうか、すばらしい術が見つかりますように。霊を払ってくれて、損なわれたいろんなことを直してくれるだけじゃなくて、トム・ペッパーにすぐに知らせられるような、すばらしい術が。

20

ネッラ　一七九一年二月十日

その昔わたしの体に忍び込もうと決めた悪魔は――じわじわとわたしの骨を曲げ、関節を固め、手首と腰を締め上げてきたわけだが――ついに頭蓋にまで魔手を伸ばしはじめたと見える。当然と言えば当然か。頭蓋とて骨である。腕や胴と同じく冒されうるだろう。指や手首にこわばりと熱を生じさせる病はしかし、頭には違う症状をもたらしたのである。絶え間ない焦燥感と不安感。常に自分の中で音が鳴っているのだ。コツ、コツ、コツと。

災いが近づいている。そんな気がしてならない。

それはわたしの内からやってくるのだろうか。骨という骨が溶けてひとつの塊となり、この身が店の床で朽ち果てるのか。それとも外から来るのか。絞首台のロープのように、それはわたしの目の前にぶら下がっているのか。

　イライザを帰したそばからわたしは寂しがっているのだった。今もローズマリーの葉をむしりながら、指に残る香りと同じぐらい強く、あの子の不在を感じている。いくら彼女の怯えがつまらぬことであっても、追い返したのはむごい仕打ちだっただろうか。彼女も察していたようだが、もちろんわたしはアムウェル邸に霊が取り憑いているなどとは思っていない――が、そこで寝起きする当人ではない以上、わたしの考えにいかほどの重みがあるというのか。

　あの子はどんな気持ちでアムウェル邸へ帰っていっただろう。わたしの手伝いで汚れたドレスをまとい、すり切れた手袋をはめて。彼女のたくましい想像の中にしか存在しない霊を、払ってはくれない本を携えて。あの頭に詰まった空想を、現実の人々への思いに置き換えることをいつかあの子も覚えるだろう。愛する夫や乳を含ませる子。わたしとは無縁のものすべてが、イライザの手には入りますように。わたしはそう祈っている。そしてまた、今朝新たな気持ちで目覚めた彼女が、二度とわたしを思い出すことのないよう祈っている。あの可愛らしいおしゃべりをまた聞けたらどんなにいいだろうと思いはするが、叶わない願いを飼い慣らすのはお手のものだ。

　ローズマリーの枝四本を片づけたとき、表の部屋で人の声がした。喚《わめ》くような大声だ。続いて、隠し扉をドンドンと叩く音。裂け目から覗くと、目を剝いたクラレンス卿夫人がそこにいた。何かが起きる予感はあったから、突然の訪問にはそこまでの驚きはなかった。けれど彼女の様子からして、これはただ事ではないという気がした。

「ネッラ！」両手を振り回して叫んでいる。「ネッラ！　いるのでしょう？」

急いで扉を開けて請じ入れた。曇りのない靴の留め金にも、波打つタフタのドレスにも、もう驚かない。けれどそのドレスの裾が、かなりの距離を歩いてきたかのように汚れているのにわたしは気づいた。

「十分しか時間がないわ」夫人はこちらの腕に倒れ込むようにしながら叫んだ。「地所のことで用があるふりをして出てきたのです」

意味不明な言葉にわたしは眉根を寄せた。わけがわからない、と顔いっぱいに書かれていたはずだ。

「ああ、まさか、こんなことになるなんて……」

夫人が声を詰まらせ目元をぬぐうあいだ、わたしの頭の中では起こりうるさまざまな事態が渦巻いていた。誤ってカンタリスを捨ててしまった？　自分の目か唇に、つけてしまった？　けれど彼女の顔をしげしげ見ても、水疱らしきものはひとつもなかった。

「落ち着いてください」わたしは言った。「何があったんです？」

「あの薬――」苦いものでも飲み込んだみたいに彼女はしゃっくりをした。「うまくいかなかったわ」

耳を疑った。あれが効かなかった？　まさか。いつもの畑でわたしたちは間違いなくツチハンミョウを捕った。似た色をした無害な虫ではなく。いや、でも、あの暗さだ。絶対に間違えなかったと断言できるだろうか？　炒る前に少量の体液を自分の皮膚に塗り、刺激を感じることを確認しておくべきだった。

「まだ生きているんですか？」わたしは喉元を手で押さえながら訊いた。「そんなはずはないんです、本当に」

夫人は笑い声をたてた。だが顔は歪み、大粒の涙が頰を伝っている。ますますわけがわからなくなる。「彼女はピンピンしてますわよ」

脈が速くなった。自分の毒が効かなかったことに衝撃を受ける一方で、女性の命を奪わずに済んだと安堵もしていた。これは夫人を翻意させるきっかけになるかもしれない。と考えた次の瞬間には、胃が縮み上がる心地がした。偽の毒薬を渡されたと夫人は思っているのでは？　この店の実態を判事に通報するという当初の脅しを、実行するつもりなのでは？

とっさにわたしは後ずさったが、夫人はこう続けた。「夫よ。わたくしの夫」悲痛な声で叫び、手で顔を覆う。「夫が死んだのです。クラレンス卿が」

わたしの口がぽかんと開いた。「ど、どうして？　メイドが彼女に飲ませるところまであなたは見ていなかったんですか？」

「わたくしのせいみたいにおっしゃらないで」夫人は声を鋭くした。「メイドは確かに食後に出すイチジクのリキュールにあれを入れました。計画どおりに」夫人は椅子に腰を落とすと、一度大きく息をつき、話しはじめた。

「晩餐が終わった時点で、夫はわたくしの右隣に、ミス・バークウェルはわたくしたち夫婦から少し離れたところにいました。リキュールの入ったクリスタルグラスに彼女が口をつけるのをわたくしは見ました。一口飲んでまもなく、彼女は喉を手で押さえ、いやらしい笑いを顔に浮かべたのです。しきりに脚を組んではほどき――彼女の体に何が起きているのか、わたくしには手に取るようにわかりました。けれど、あんまり見ていると人に不審がられると思ったので、左を向いてお友だちのマリエルに話しかけたのです。リヨンから戻ったばかりのマリエルが旅の話を始めて、それが延々と続いて。途中でわたくし、我慢しきれなくなって、またミス・バークウェルのほうを見ました」

ひゅうっと音をたてて夫人は息を吸い込んだ。「でも彼女の姿は消えていました。夫も、クリスタルグラスも。二人一緒に出ていくところを見逃してしまったのが残念でなりませんでした。でも、もう二度と彼女の顔を見なくてすむ、今ごろあの人たちは、これが最後になるとも知らずに夫の書斎か馬車小屋あたりへいそいそ向かっているのだ、そう思うと心は慰められました」

彼女が語るあいだ、わたしは身じろぎもせずにその光景を思い浮かべていた。プディングの並ぶ豪奢なテーブル。それを囲む貴婦人たち。イチジクのリキュール。どろりとしたその液体に混ぜ込まれた緑色の粉。

「でも、だんだん心配になってきました」クラレンス卿夫人は続けた。「展開が早すぎるような気がして。もしかしたらミス・バークウェルは興奮のあまりあれを飲むのを忘れてしまうかもしれない、じゅうぶんな量を飲まないかもしれない、と」彼女は言葉を切り、あたりを見回した。「ワインか何か、気分を落ち着かせてくれるものをいただけないかしら」

わたしは戸棚へ急ぎ、ワインをグラスに注いで彼女の前に置いた。

「いても立ってもいられなくなったわたくしは、二人を捜しに行こうかとも考えました。女性陣は応接間に移るのであなたもどうぞ、と彼女を誘おうかと。でも実行できずに、椅子に座ったまま固まっているしかありませんでした。隣ではマリエルのおしゃべりが続いていたけれど、わたくしはひたすら待ち望んでいました。従妹が大変なことになったと慌てふためいて夫が戻ってくるのを」夫人は床を見下ろすと、急に両腕で自分を抱くようにして震えはじめた。

「でも、入ってきたのは幽霊でした。ミス・バークウェルの幽霊が現れたのです。それはもう、わたくし、叫びそうになりましたわ！　こらえましたけど、お客さまたちの目にはどう映ったでしょう。でもじきに、幽霊じゃないとわかりました。生きている彼女でした。

首筋の赤みでわかりました。今の今まで夫が唇をつけていたかのように、そこに真っ赤な痕が残っていたのです」

夫人の喉から小さな呻きが漏れた。「ミス・バークウェルは怯えきった顔をしていました。小さな子どもみたいに。倒れ込みそうになった彼女を受け止めたのが、いちばん近くにいた夫の弟でした。医者なんですの。彼はすぐに廊下へ飛び出していきました。大勢の人が走り回って、それはもう大変な騒ぎになって。書斎のほうから悲鳴や叫び声が聞こえてきました。心臓が止まってるとかなんとか。わたくしは駆けつけました。夫がまだ服を着ていたのでほっとしましたけど、案の定、ソファの脇の小さなテーブルに空っぽのグラスがありました。夫が飲み干したに違いありません。ああ、ネッラ、わたくし知らなかったわ！　あんなにあっという間に終わってしまうなんて」

「半量でも一時間以内に死に至ると言ったはずです。どれぐらい入れたんですか？」

クラレンス卿夫人の苦悶《くもん》の表情が消え、ばつの悪そうな顔に変わった。「メイドは、あのジャーに入っていたのを全部使ったのです」彼女は肩をすぼめて泣きだした。わたしは呆気にとられた。クラレンス卿があっという間に死んだのも無理はない。

だが夫人は、夫の死もさることながら、その後のミス・バークウェルの行動にも心をかき乱されているのだった。「あの女、夫の遺体を見守るわたくしのところへやってくると、わたくしを抱きしめてさめざめと泣きだしたのです。そしてイチジクの匂いのする息を吐き、こう言いました。『卿はわたくしにとってお父さまのような方でしたのに！』問いが喉まで出かかりましたわ。『あなたはご自分のお父さまも誘惑なさるの？』って」

　彼女はまたぞっとするような笑い声をたてた。語ることで消耗しきったとでもいうように、目が落ちくぼんでいる。「わたくしは大金持ちの未亡人になったというわけ。なんだって手に入りますのよ。いちばん欲しいもの、子ども以外はね。ああ、言葉にするのも厭わしい！　わたくしは子どもを持てないのだわ、ネッラ、一生持てないのよ！」

　そのやるせない気持ちはよくわかる。誰よりもわかる。けれどわたしは、あることが気にかかりはじめていた。「クラレンス卿のご兄弟、お医者さまが、最初に遺体を見たんでしたね？」

　夫人はうなずいた。「ええ。いい人ですわよ。彼の見立てでは、夫が死んだのはミス・バークウェルが食事室へ駆け込んできてから五分もたたないうちだっただろうということでした」

「ソファのそばにあった空のグラスを怪しんではいませんでしたか？」

　クラレンス卿夫人はきっぱり首を横に振った。「これは何かと尋ねはしたけれど、すぐにミス・バークウェルが、自分が飲んだのだと言いました。織物工芸に興味を持ちはじめた自分に、卿が最近入手したタペストリーを見せようとおっしゃってここへ案内してくださった、ですって。自分が口をつけた残りを彼が飲んだなんて、言えるわけありませんわ。

それを言えば、二人で楽しんでいたのが織物鑑賞だけじゃないことが明らかになってしまいますもの」

「あのジャーは？　ちゃんと隠すか処分するかしました？」

「ええ、もちろん。地下貯蔵庫のいちばん奥の棚に、メイドが。そこへ行く理由がある人間はコックだけですわ。機会を捉えてわたくしが処分しておきます。できれば今夜にでも」

とりあえずジャーは人目につきそうにないとわかって、わたしは小さく安堵の息を吐いた。だがたとえ見つかっても、一巻の終わりというわけではない。わたしの使う容器に熊の絵のほか何も記していないのは、まさしくそのためである。「万一発見されてもこの店に結びつけられる恐れはありませんが、処分するに越したことはありません」

「わかっています」夫人はしおらしく言った。「あのジャーには何か印がついていましたわね」夫人は上品なしぐさで鼻を拭うと姿勢を正した。身についた礼儀作法はそう簡単に忘れ去られるものではないらしい。

「熊のマークです」わたしはそばの棚にのっている小さな瓶を指さした。「あれと同じような。薬や食品の容器はどれも似たり寄ったりです。考えてもみてください、もし誤って――」わたしは言葉を飲み込んだ。あんな話を聞いたばかりなのに、危うく失言をするところだった。

しかし夫人はこちらに注意を払う様子もなく、眉をひそめて棚に歩み寄った。そして、かぶりを振った。「あれにも熊の絵はついていたけれど、それだけじゃなかったわ」彼女は瓶を取り上げ、ひっくり返した。「やっぱり違いますわ。わたくしがいただいたのは裏にも何か刻まれていましたもの。文字でしたわね」

かすかに胃が締めつけられる感じを覚えながらも、わたしはぎこちなく笑った。「それは何か勘違いなさっているんでしょう。毒の容器にいったいどんな文字を刻むっていうんです？」

「勘違いなんかじゃありません。確かにあれは文字でした。粘土か何かに手で書いたみたいな、あんまり上手な字じゃありませんでしたけど」

「傷じゃないでしょうか。あるいはゴミがついていただけとか」言うあいだにも、胃の締めつけは胸にまで上がってきつつあった。

「いいえ」夫人は苛立ちをあらわにして言った。「文字なのかそうじゃないのかぐらい、見ればわかります」腹立たしげにわたしを一瞥《いちべつ》して、また容器に目を戻す。

彼女の言葉に耳を傾けているのに、完全には聞き取れない。コツ、コツ、コツという頭の中の音がうるさすぎるうえに、事はもはや夫人だけの問題ではなくなったのである。まるで、自身がカンタリス入りのクリスタルグラスに口をつけたかのように、喘ぎ喘ぎわたしはその名を口にした。「イライザ」

記憶がよみがえってきた。昨日の午後、クラレンス卿夫人が薬を取りに来る間際に、イライザが容器を選んだのだった。彼女が何を選ぼうがわたしはかまわなかった。手の届く範囲にあるのは、熊の絵しかついていないものばかりだったから。それ以外は、母の戸棚の奥にしまい込んであったから。

「そう言えば、あの子は今日はいませんの?」わたしの胸で吹き荒れる嵐のことなど知る由もない夫人は、そう言った。

「すぐにあの子をつかまえないと。戸棚の……」言葉はそれ以上、続かなかった。ましてや夫人に説明などできるわけがなかった。一刻も早くワーウィック・レーンへ行き、アムウェル邸を捜し当てることしかわたしの頭にはなかった。どうか、どうか、イライザがそこにいてくれますように!「あなたも」と、わたしは夫人に言った。「早く戻ってください! あのジャーをここへ――」

「あなたの目、まるで獣みたい」夫人は悲鳴混じりに言った。「いったい、どうなさったの?」

しかしわたしはすでに扉を出ようとしており、夫人もすぐあとからついてきた。表へ出たが、顔にあたる風の冷たさも腫れた足首を包む靴のきつさも感じなかった。少し先で烏《からす》の群れがいっせいに飛び立った。まるでわたしを怖がってでもいるかのように。

夫人とは途中で別れた。彼女が少しでも早くジャーを回収してきてくれることを祈りながら、大聖堂がそびえるラドゲート・ストリートをわたしは急いだ。目的地は近い。あと二ブロックほどだ。

ワーウィック・レーンへ折れる角近くまで来たとき、前方にある聖堂前のベンチに小さな人影が見えた。目の錯覚だろうか？　胸の高鳴りを自覚しながら、その人物が膝の上の本を楽しげにめくる様子を観察する。ここはアムウェル邸に近い。偶然イライザに遭遇する可能性がないとは言えない。

希望的推測はすぐに確信に変わった。間違いない。イライザだ。一時間足らず前にわたしは、あの子が泣いていませんようにと祈った覚えがあるけれども、いらぬ心配だったのかもしれない。と言うのも、近づくにつれ、本を読みふける彼女が満面の笑みをたたえているのが見えてきたのだ。咲きはじめた花さながらに、それは明るく無垢《むく》な笑みだった。

「イライザ！」間隔が数メートルまで縮まったところで声をかけた。

彼女が、さっと顔を上げてこちらを見た。笑みを消し、本をしっかり胸に抱える――それはわたしが与えた本ではなかった。あれよりも小型で表紙の色が淡い。「イライザ、いい？　これは一大事だから、よく聞くのよ」

ためらいがちにイライザを抱き寄せた。だが彼女は、わたしの腕の中で身を固くしたままだった。なんだか様子がおかしい。再会を喜んでいるようには見えない。今朝は早く自分を忘れてほしいと願っていたくせに、彼女の素っ気なさにわたしはわれ知らず不満を覚えていた。つい今しがたの笑顔は何だったのだ？　この子をあれほど上機嫌にさせる何が起きたというのだ？

「一緒に店へ戻って。見てもらいたいものがあるのよ」正確には、こちらが見せてもらいたいのだ。どの棚からあの容器を取り出したか。

イライザの表情は動かず感情が読み取れなかったが、口調はそうではなかった。「あなたはあたしを追い払いましたよね。忘れたんですか？」

「覚えてるわ。でも、何かが起きそうな予感がするとあなたに言ったのも覚えている。それが起きたのよ。詳しく話したいけど――」通りかかった男性をわたしは見やり、声を潜めた。「――ここじゃ話せない。来て。あなたの助けが必要なの」

イライザはいっそうしっかりと本を抱きしめると、「わかりました」と口の中で言い、頭上に広がりだした黒い雲を見上げた。

店へ戻る道中、イライザはわたしの隣で無言だった。突然呼ばれたことへの戸惑いと同時に、没頭していたものから注意をそらされた苛立ちも伝わってくる。店の前でわたしは思った。クラレンス卿夫人が中にいるかもしれない、くだんのジャーを手にして。そうであれば、イライザに尋ねる必要はなくなるわけだ。けれど早々にふたたび彼女を追い払うようなことが、わたしにできるだろうか？

だが案ずる必要はなかった。店は無人だった。夫人は戻ってきていない。わたしは平静を装って椅子にかけると、一刻も無駄にはしなかった。「クラレンス卿夫人にあれを渡すとき、容器をあなたに選んでもらったわね。覚えてる？」

「はい、覚えてます」イライザは即答した。まるで初対面の者同士のように両手をきちんと膝の上で揃えている。「あなたに言われたとおり、ちょうどいい大きさのを棚から出しました」

「どこから出したのか、教えて」声がわずかに震えた。イライザは狭い室内を一歩、二歩、三歩進むと低い戸棚の扉を開き、小さな体をかがめて奥の奥へ手を伸ばした。わたしは吐きそうになり、思わず胃を押さえた。

「ここから出しました」頭を戸棚に突っ込んでいるから声がくぐもって聞こえる。「同じようなのが確か、もうひとつあったと……」

わたしはぎゅっと目を瞑った。喉が、舌が、恐怖に締めつけられる。イライザの今や半身がその中にある戸棚には、母のものがしまわれている。手放せない思い出の品や、わたしには必要のなかった古い生薬。それから、そう、恐ろしいことに、母の使っていた薬の容器も。その容器には名店の誉れ高い薬屋の、所在地が刻まれている。

それは、この店の、もはや名店とは言いがたいこの店の、所在地でもある。

イライザの小さな体が戸棚から這い出てきた。手に持っているのは、砂色をした高さ十センチほどの陶製ジャー——側面に〝バック・アレー三番地《3 Back Alley》〟と刻まれている、二個組みの片割れ——だった。もうひとつのありかはわかっている。クラレンス邸の地下貯蔵室。

わたしは棚に手をつき、倒れそうになる体を支えた。

「これとそっくりなジャーでした」イライザは目を伏せたまま、囁きと変わらない小さな声で言った。そうして、そろそろと顔を上げた。「あたし、何かへまをしたんでしょうか?」

両手は彼女の首を絞めたくてうずうずしているが、どうしてこの子を責められようか。イライザは何も知らなかったのだ。彼女に容器を選ばせたわたしが悪い。だから彼女の赤らんだ頬を打つ代わりに、その体をそっと抱きしめた。「ジャーに書いてあった字を読まなかった?」

イライザはべそをかいた。「字だったんですか?」鼻水と涙を流してしゃくり上げる。「ほら、これだって、ぐちゃぐちゃの線みたいに見えます。あたし、読めません」確かにそうかもしれない——年月を経て、判読しにくくなっている——それでもやはり、気づいてほしかった。

「絵と文字の区別はつくでしょう?」

彼女は小さくうなずいた。「本当にごめんなさい！　でもこれ、なんて書いてあるんですか?」目をすがめて、なんとか文字を読み取ろうとしている。消えかけている3とBの曲線部分をわたしはゆっくり指でなぞった。

「3、B——」イライザはそこで言葉を切り、少し考えた。「バック・アレー三番地」言うなりジャーを置いて、くずおれるようにわたしの胸に寄りかかった。「ああ、ネッラ！」涙をぽたぽた床に落として泣きじゃくる。「あたしのせいで、あなたが捕まってしまうかも」

「ほらほら、泣かないで」わたしは囁いた。「大丈夫よ、大丈夫」抱いたイライザを前後に揺すりながら、ベアトリスを思い出していた。目を閉じてイライザの頭に顎をのせると、母とこうして抱き合ったことも思い出される。母の最期が近いことを察したわたしが泣くと、母はわたしを抱きしめ慰めてくれたのだった。わたしは母の首筋に顔を埋めて、いつまでも泣きじゃくっていた。「捕まったりしないから」イライザの耳元で囁きつつ、確信はもちろんなかった。クラレンス卿は死に、その死をもたらしたもの——わたしの所在が明記されているもの——が、クラレンス邸の貯蔵庫にまだ存在しているのだから。

頭蓋内の悪魔は休むことを知らず、コツ、コツ、コツという音は鳴り止まない。イライザの体を揺すり、大丈夫、大丈夫と囁きながら、母と同じことをしていると自分で思う。母もこんなふうにわたしを慰め、そして嘘をついた。大丈夫、母さんはまだまだ死なないわ、と。

それからわずか六日で母は死んでしまった。あまりに唐突かつ理不尽に感じられて、だからわたしはあの喪失の苦しみを今に至るまで引きずっているのだ。なぜ母は本当のことを教えてくれなかったのだろう。教えてくれていれば、最後の数日で心の準備もできただろうに。

イライザの涙が乾きはじめた。一度、二度、しゃっくりが出て、呼吸がしだいにゆっくりになっていく。小さく揺する動作を続けながらわたしは囁く。「大丈夫」自身にさえ聞こえるか聞こえないかの、か細い声で繰り返す。「大丈夫よ」

なぜわたしたちは子を慰め、安心させようとするのだろうか。いったい何のために？なぜ嘘をついてまで、子どもの繊細な心を守ろうとする？ それは彼らを真実から遠ざけるだけではないのか。本当は、真実が扉を激しく叩いて訪れる前に、耐性をつける猶予《ゆうよ》を与えてやるべきではないのか。

21

キャロライン　現在　火曜日

古びた建物の通用口は元バック・アレーに通じていた。その奥に隠されていた扉を開けると現れたのは、ごく狭い部屋だった。急にバランスを失いそうになり、わたしは壁に片手をついた。部屋に隠された部屋はひどく暗かった。経験したことのない暗さだ。

スマートフォンをかざすと、一筋の光にさまざまなものが順々に浮かび上がった。壁に取りつけられた棚。そこにのっている乳白色のガラス瓶。瓶の重みでたわんでいる棚板もある。脚の一本が折れて傾《かし》いだ木のテーブル。右手のカウンターの上には金属製の秤と、箱か本らしきものがいくつか。これはまさしく、ある種の薬局——世を忍ぶ薬剤師の作業場——の跡ではないだろうか。

スマートフォンが警告音を発した。わたしは顔をしかめて画面を見た。ああ、もう。バッテリー残量十四パーセント。体の震えやら恐怖やら興奮やらで頭がまともに働かないが、明かりなしでここに居続けられるわけがないのはわかる。

とにかく急ごう。それしかない。

わななく手でライトを消してカメラ・アプリを起動した。フラッシュをオンにして撮影を開始する。世界的ニュースになるかもしれない発見なのだから、写真を撮るのは当然だと思われた。『ロンドンを訪れた観光客、二百年前の殺人事件を解き明かす』。見出しはそんなところか。『帰国後、夫婦関係についてカウンセリングを受けたのち、第二の人生をスタート』。わたしはかぶりを振った。いつも以上に冷静でいなければならないときだというのに。そもそも、まだ何も解明などされていないのに。

シャッターを押すたび、まばゆい閃光《せんこう》に室内の光景が一瞬浮かび上がる。隅に竈のようなものがある。テーブルの下にカップが転がっている。しかし立て続けに数ショット撮ると、視野にフラッシュの残像が浮かんでまっすぐ立っているのがつらくなってきた。

現在、九パーセント。三パーセントになったら戻ると心に誓って、思案する。残された電力を最も有効に使うには何をすべきか。わたしはもう一度右を向くと、カウンターまわりを写真に収めた。閃《ひらめ》くフラッシュに浮かんだのは数冊の本だった——箱ではなかった。最も大きな一冊を開いてみると文字は手書きのようだったが、確信は持てない。真っ暗な中、適当にページを繰って何枚か撮影した。目隠しされているようなものだった。自分が何を写しているか、まるでわかっていないのだ。英語なのかどうかすらわからない。

紙はティッシュのように薄いので細心の注意を払って扱った。あるページの角が破れてぽろりと落ちたときには、罵りの言葉が口をついて出た。後ろのほうは白紙のようだったから、その手前のページを撮影して閉じると脇へ置き、次の本を手に取った。表紙を開き、シャッターボタンを押す――ああ、ついに。三パーセント。

わたしは歯噛みした。こんな信じられないような発見をしながら時間切れとは。フラッシュライトとカメラ・アプリのバッテリー消費のスピードを考えれば、一分以内には外へ出なければならないだろう。わたしはふたたびライトをつけると、部屋を出て隠し扉を閉めた。急いで最初に見つけた部屋を抜け、通路へ戻る。行く手を見れば、通路の入り口から弱い月明かりが射し込んでいた。

予想どおり、外へ出た直後にバッテリーが切れた。棘だらけの灌木の陰にまぎれてできるかぎり扉を元の状態に戻そうとしてみたが、お粗末な結果にしかならなかった。立てかけた扉と地面の境目をごまかすべく、土や落ち葉をやみくもに手ですくってはそこへかける。枝をかき分け木のこちら側へ出てきたあと、もう一度振り返って出来映えを確かめた。ぴたりと閉ざされてはいないものの、人目につかない扉であることには変わりなかった。この空き地に強い関心を寄せる人が自分のほかにいないのを祈るしかない。

わたしは鉄の門扉へ走った。楽々というわけにはいかなかったが石柱によじ登り、脚を引き上げ反対側に飛び降りた。手をパンツにこすりつけながらビルの窓を見上げる。相変わらず何の動きもない。わたしがここにいること、ましてや今してきたことは、誰にも知られていないと思われる。

問題の薬剤師が謎の存在であり続けたのも無理はない。彼女の居場所は壁に隠された扉の奥だったのだから。二世紀という長い時間が諸々を劣化させたからこそ、わたしみたいな物好きが発見するに至ったのだ。物好きで、やや向こう見ずな人間が。ともあれ、彼女の存在そのものが疑われていたとしたら、その疑いはこれで晴れた。

ベア・アレーをあとにしながらわたしは自覚していた。生まれて初めて犯罪行為に手を染めたのだ。爪に入り込んだ土とスマートフォンの中の写真がその証拠だ。なのに罪悪感が湧いてこない。それどころか、早くスマートフォンを充電して写真を見たくてたまらず、ホテルへ駆け戻りたい衝動を抑えるのが大変だった。

でもジェイムズがいるんだった。彼を起こさないよう足音を忍ばせて部屋へ入ったわたしは落胆した。彼はソファで本を読んでいた。

互いに無言のまま、わたしはベッドに潜り込み、スマートフォンを充電ケーブルに繋いだ。あくびが出た。体内をめぐっていたアドレナリンが深い疲労に取って代わられたのがわかる。横目でジェイムズの様子をうかがうと、本に没頭しているようだった。眠りそうな様子はない。

まったく、時差ぼけは忌々しい。

わたしはがっかりして寝返りを打った。しかたない、写真を見るのは明日の朝までおあずけだ。

目覚めるとシャワーの音がしていた。カーテンの隙間から細く射し込む光がわたしの顔に当たっている。バスルームのドアがわずかに開いたままになっていて、湯気が漂い出ている。ソファでジェイムズが使っていたブランケットはきちんとたたまれ、スペアの枕と並べてあった。

スマートフォン――充電は完了している――を手に取ったわたしは、すぐに写真を開きたくてたまらなかったが、そうはせずに枕に顔を埋めた。満杯の膀胱のことを考えまいとしながら、ジェイムズがホテルを出ていってくれるのをじりじりと待った。

バスルームから現れた彼は、腰にベージュ色のタオルを巻いただけの姿だった。半裸の夫など日常的に見ているにもかかわらず、わたしの中で緊張が高まりだした。〝日常〟への心構えがまだできていないのだ。いつできるのかもわからない。わたしは顔を背けた。

「昨日のディナーはどうだった？」部屋の向こうから彼が訊く。「何かおいしいものを食べたかい？」

わたしは首を振った。「サンドイッチを食べて、あとは街を散策してたわ」嘘をつくのは不本意だったが、ジェイムズに――ほかの誰にも――昨夜のことを話すつもりはなかった。だいたい、向こうはもっと重大な嘘を何カ月にもわたってつき続けていたではないか。

背後でジェイムズがいやな咳をした。彼はソファのところへ行き、床に置いてあったティッシュの箱をつかんだ。そんなところにそんなものがあることに今初めて気づいた。きっとひと晩中、そばに置いておく必要があったのだろう。「どうも体調が今ひとつだ」ティッシュで口を押さえて、また咳をする。「喉の痛みもあるし。飛行機の中が乾燥していたせいかな」彼はスーツケースを開いてTシャツとジーンズを引っ張り出すと、タオルを床に落とし身支度を始めた。

それを見ずにすむようわたしはテーブルの上のアジサイを眺めた。一部は少し萎《しお》れはじめていた。ふと自分の手を見ると爪に昨夜の土が入り込んだままだったので、そそくさと上掛けの下へ戻した。「今日の予定は？」尋ねながら、密かに祈る。街歩き、博物館……なんでもいいから早く外出して、と。一刻も早くスマートフォンを持って一人きりになりたい。ドアに『就寝中』のサインをさげて。

「ロンドン塔へ行ってみるかな」ベルトを締めながらジェイムズは言った。ロンドン塔。もともと、わたしが最も楽しみにしていた行き先のひとつ――クラウン・ジュエルが収められている中世の城塞――だが、あんな発見をしてしまった今となっては、子ども向けの博物館のようにしか思えない。

ジェイムズはまた咳をして、手のひらで胸を叩いた。「風邪薬、持ってたりしないよね？」

バスルームに置いてあるポーチの中身は、化粧品、フロスピック、制汗剤、それに数種類のエッセンシャルオイル。タイレノールなら何錠か入っているけれど、あらゆる不調に備えて薬を持ってこようとまでは考えなかった。「残念ながら風邪薬はね」と、わたしは答えた。「ユーカリオイルならあるけど？」長年、わたしは風邪の引きはじめにはこれを頼りにしている。ヴィックス・ヴェポラッブの成分でもあるユーカリは、鼻づまりや咳に驚くほどよく効くのだ。「カウンターの上の白いポーチに入ってるわ」わたしはバスルームを指し示した。

ジェイムズがバスルームへ消えると同時に枕元のスマートフォンが小さく鳴った。些細《ささい》な事柄を知らせる音が、昨夜の大発見の記録がすぐそこにあるのをわざわざ思い出させてくれる。ジェイムズがバスルームでごそごそしているあいだに、わたしの心臓はますます高鳴りはじめた。

顔をしかめて彼が出てきた。「匂いがきついな」

そうでしょうというようにわたしはうなずいた。数メートル離れていても、いかにも効きそうな刺激的な香りが伝わってくる。

彼の外出の支度はすっかり調っているのだから、これ以上会話を長引かせまいとわたしは必死だった。「もう少し寝るわ」シーツの下で足をもぞもぞさせて言う。「行ってらっしゃい。楽しんできて」

ジェイムズはゆるゆるとうなずいた。表情は暗く、何か言いたそうに見える。けれど何も言わずに札入れとスマートフォンを手にすると、彼は出ていった。

カチャリとドアの閉まる音がすると同時に、スマートフォンに飛びついた。

パスワードを打ち込み、写真のファイルを呼び出す。全部で二十枚以上あった。一枚目と二枚目は室内――テーブルと竈――を写したものだが、ピンボケだった。がっかりしたし、残りも全部こんなふうなんだろうかと心配になった。けれど本のページのクローズアップを見てほっとした。画像は鮮明だ。あの空間は埃っぽかったから、その細かい粒子が妨げとなり、間近な対象にしか焦点が合わなかったのかもしれない。

不意に部屋の外で物音がして、わたしは慌てた。画面を消してドアへ急ぎ、覗き穴に目を当てると、クリップボードを持ったホテルのスタッフが廊下を歩いているのが見えた。この部屋へ来る様子はなかったが、おかげで『就寝中』のサインをさげることを思い出した。

ベッドへ戻ってスマートフォンを手に取ると、本のショットの一枚目を表示した。息を詰めて二本指で拡大する。画像の隅々まで確かめたわたしは、信じられない思いに呆然となった。

ところどころに見られるインクの染みや滲《にじ》みからして、手書きであることは間違いなかった。文字はきちんと整列しており、各行、一定の書式に則《のっと》っているように見える。これは名前と日付だろうか。ということは帳簿、あるいは日誌？　次の写真に移ると、こちらも基本的には一枚目と同じだが、書き手が異なるのかインクの色が濃く、筆圧も強い。次の写真、さらに次、と画面をスワイプするごとに手の震えが大きくなっていく。これが何であるにしろ、計り知れない歴史的価値を持っているのは確かだと思った。

中には露出オーバーのため端が白く飛んで判読できないものもあったが、ほとんどの写真は鮮明に写っていた。けれど、画質の良し悪しとは別の問題にわたしは直面していた。書かれている内容がほとんど理解できないのだ。省略形が多用されているうえ、傾斜の深い、場所によっては走り書きとも思える筆記体は、まるで外国の文字のようだった。ある写真では、読み取れたのは上から数行目の一部分だけだった。

ギャレ　ト・チャドウィ　ク　ア　ン　薬飴《あめ》　一七八九年八月十七日　依頼主：ミズ・チャ　ウィック（妻）

意味が通るように抜けた文字を埋めるべく、頭をフル回転させる。まるで穴埋めクイズだ。やがてわたしは、vとsとd――最初は見分けがつかなかった――のカーブのしかたが似ていることに気づいた。すると、ほかの記述もいくらか理解できるようになった。

ミスター・フレール・サーク　タバコ　油　一七九〇年五月三日　依頼主：ミズ・アムル（妹、ミズ・マ　スフィールド友人）
ミズ・B・ベル　ラズベリー　葉　湿布　一七九〇年五月十二日
チャーリー・ターナー　メイフ　ア　NVチンキ剤　一七九〇年六月六日　依頼主：ミズ・アップル（料理人）

頬に手を当て、考え込んだ。どうも釈然とせず、何行かをもう一度読む。ラズベリー？タバコ？　これらは毒物ではない。過剰なニコチンの摂取は有害らしいが。毒でなくても、量によっては死に至るということだろうか？　ほかにも、何のことやら見当もつかない記述――NVチンキ剤といったような――がいくつもある。

わたしは書式の解明も試みた。どの行も人の名前で始まり、次に薬物――毒であれ何であれ――が記され、日付が続いている。依頼人の名前が付された行もある。たぶん、最初のは薬を投与された人の名で、後ろは実際にそれを購入した人物なのだろう。たとえばチャーリー・ターナーにはNVチンキ剤――それが何であるにしろ――が投与され、それを買ったのはミズ・アップルだ。

わたしはナイトテーブルからペンと手帳を取ると、あとで調べるべき項目を書き留めた。

非毒物の致死量
アン――薬飴？
タバコ――油？
NVチンキ剤――NVとは？

ベッドの上にあぐらをかいて、夢中でペンを走らせた。書きつける単語は、知っているもの知らないもの、いろいろだった。ベラドンナ。植物だったか？　チョウセンアサガオ。聞いたことがない。トリカブト。わからない。ドラム、大丸薬、ろう膏、イチイ、エリキシル剤。片っ端から書き留める。

画面をスワイプして次の写真に移ると知っている単語が目に入り、小さく息をのんだ。ヒ素。これは間違いなく毒物だ。手帳に書き留め、横に星印をつける。ほかにもわかる言葉はないかと写真を拡大したとき、また外で物音がした。

誰かがドアの外にいる。わたしは小さく毒づいた。就寝中のサインが見えないんだろうか。しかし次に聞こえてきたのはカードキーが差し入れられる音だった。ジェイムズがもう帰ってきた？　わたしは急いでスマートフォンを枕の下に突っ込んだ。

ジェイムズが入ってきた——が、様子がおかしい。明らかに普通ではない。真っ青な顔をして額にじっとり汗をかき、両手をぶるぶる震わせている。

とっさにベッドから飛び出し駆け寄った。「どうしたの？」近づくと、汗のほかに何か甘酸っぱいような匂いがした。「具合が悪い？」

「たいしたことはない」そう言いながらジェイムズはバスルームへ駆け込んだ。洗面台に覆いかぶさるようにして肩で息をしている。「昨日のイタリアンだ、たぶん」彼は顔を上げ、背後に立つわたしと鏡の中で目を合わせた。「踏んだり蹴ったりだよ、キャロライン。まず、きみとのこと、で、これだ。外で吐いてしまった、道ばたで。全部出し切らないといけないだろうな。悪いが——」彼は言葉を切り、何かを飲み込んだ。「悪いが、しばらく外へ行っててもらっていいかな。こいつを体から追い出すまで」

「了解」わたしは即答した。ジェイムズが、誰かが近くにいながら平気で嘔吐できる人じゃないのはよくわかっている。そして、本当のことを言えば、わたしも一人になりたかった。「ジュースか何か買ってくる？」

彼は首を振りながらドアを閉めにかかった。「いや、いらない。すぐ回復するから。ちょっとだけ時間をくれ」

わたしはうなずくと靴を履き、バッグを持ってそこへ手帳を放り込んだ。バスルームのドアの前にミネラルウォーターのボトルを置いて、すぐ戻るわねと声をかけた。

一ブロック先にカフェがあるのを覚えていたから、そこでスマートフォンの写真を最後まで見てしまおうと思った。でもホテルを出たとたん、着信があった。ジェイムズが部屋の電話からかけてきたのかもしれない。そう考えて、すぐに応答した。「もしもし？」

「キャロライン、ゲイナーよ」

「ゲイナー！」わたしは歩道の真ん中で立ち止まり、通行人から非難がましい視線を浴びた。

「朝からごめんなさいね。でも昨日連絡したあの資料が手に入ったものだから。これから図書館へ来られない？　できれば早めに。ほんとはわたし今日は休みなんだけど、これを受け取りにさっき来たの。ねえ、ちょっと、信じられないわよ」

わたしは固く目を瞑って、その資料のことを思い出そうとした。この二十四時間であまりにいろいろなことが起きたために、ゲイナーからのメッセージは頭の隅へ追いやられてしまっていたというのが正直なところだった。なにしろ昨夜は大冒険をしたし――今度はジェイムズの体調不良だ。

「ごめんなさい、ゲイナー。今はちょっと身動きが取れないの。ホテルで――」わたしは言葉を飲み込んだ。一緒に調べものに熱中したからと言って、不貞を働いた夫がホテルの部屋で吐いている話まで彼女にしていいものか。その前に、夫がいることすらわたしは話していない――お互い、私生活についてはいっさい口にしていないのだ。「今すぐそこまで行くのは無理だけど、コーヒーを飲もうとしていたところなの。もしよかったら、一緒にどうかしら？　資料も持ってきてもらえれば」

電話の向こうで笑い声があがった。「これを外へ持ち出したら首が飛ぶけど、コピーを取るわ。コーヒーも飲みたいし」

三十分後にホテル近くのカフェで落ち合うことになった。一足先に着いたわたしは奥の小テーブルに腰を落ち着けると、ラズベリー・クロワッサンを囓《かじ》りながら写真を眺め、できるかぎりの分析を試みた。

やがて、ガラスのドアを開けてゲイナーが入ってきた。スマートフォンと手帳をバッグにしまい、落ち着いていなさい、と自分に言い聞かせる。薬剤師に関して新たにわかったことがあるようなそぶりは見せないこと。ゲイナーがどんな人なのかまだよくわからない以上、そうするしかない。この情報を明かせば、法を破ったこと、貴重な史跡を損ねたことも知られてしまう。大英図書館のスタッフとしては、しかるべき筋に通報しないわけにいかなくなるかもしれない。

わたしはクロワッサンの最後のひとかけらを口に入れた。皮肉とはこのことだと思った。誰かさんの隠し事に傷つけられてロンドンへ来て、今度は自分が隠し事をしているのだから。

隣に腰を下ろしたゲイナーが、興奮の面持ちでこちらへ体を傾けてきた。「見て、これ……すごいわよ」そう言って大きな鞄から紙挟みを出す。引き出された二枚の紙は、どちらも昔の新聞記事をモノクロコピーしたもののようだった。上のほうに見出しがあって、本文が何段かに分かれている。彼女は片方の上辺近くを指さした。「こっちが一七九一年二月十日付で、号外が含まれている。そして二日後、また号外」二月十日のほうを上にして二枚を重ねると、ゲイナーは椅子に背中を預けてわたしをじっと見た。

わたしは記事に顔を寄せ、そして息をのんだ。

「昨日のメールで、画像が含まれてることは知らせたわよね。これが、それというわけ」

ゲイナーは用紙の中ほどを指さしたが、その必要はなかった。わたしの視線はすでにそこに釘付けだった。動物の絵だ。幼児が砂に描いたのかと思うような拙《つたな》さだが、疑う余地は寸分もない。わたしはこれを知っている。

熊だ――テムズの河原で見つけた空色のガラス瓶、あれに描かれていたのとまったく同じ、熊。

22

イライザ 一七九一年二月十日

今は夜の八時過ぎ。ネッラはもう二時間も三時間も休みなく体を動かしてるのに、あたしには手伝わせてくれない。瓶のコルク栓を固く締め直したり、空き箱を整頓したり、薬壺をごしごし洗ったり、何もかも一人でやってる。ここからいなくなるみたいに――ずっとじゃないにしても、かなり長いあいだ留守にするみたいに――整理整頓に励んでる。そして、それは完全にあたしの不注意のせい。

生まれてこのかた、十二年のあいだにはいろいろ失敗もしてきた。大きなのも小さなのも。だけど、ここの下の棚の奥からジャーを出したのが最大の失敗だったのは間違いない。なんで住所が入ってるのを見落としたんだろう。そんな初歩的なへま、人生で一度もしたことなかったのに。

ああ、時間を巻き戻せたらどんなにいいだろう。もともとあたしはネッラにとってはただの役立たずだった。今思えば、そのほうがよかった。なまじあたしが手伝ったせいで、ネッラや日誌に名前が載ってる人たちの運命を狂わせてしまったかもしれないんだから。二日前にペンでなぞったたくさんの名前。ネッラの説明によれば、あたしはあの女の人たちを守るために名前を濃くしたはずだった。あの人たちの存在を記録に残すために。なのに守るどころか、あたしのせいで大勢の女の人の名前が明るみに出て、みんなの人生が滅茶苦茶になるかもしれないんだ。

なんとかして挽回《ばんかい》できないか一生懸命考えてるんだけど、そんな方法、ひとつも思いつかない。やっぱり時間を巻き戻すしかないんだろうけど、たぶんそれはとてつもなく難しいことだ。たとえ魔術を使ったとしても。

だけどネッラはあたしを追い払わない。殺してしまうつもりなんだろうか？　そうやって責任を取らせようとしている？　ネッラの失望と苛立ちで部屋の空気が重く感じられるほどだ。これ以上刺激しないようにできるだけ静かにしていようと思って、あたしは例の戸棚のそばで縮こまってる。目に入るものは三つだけ。膝の上で開いてる、トム・ペッパーにもらった『現代家庭のための秘術と秘薬』。テーブルの上の、ネッラにもらった『秘術の手引き』。それと、今にも消えそうな蠟燭。新しい蠟燭を灯してほしいなんてとても頼めないから、本もじきに読めなくなる。そうしたら――どうする？　石の壁に頭をつけて眠る？　ネッラに罰を与えられるのを待つ？

開いたページの上に、短くなった蠟燭をかざしてみた。弱い光の中で文字が揺れてるみたいに見えて、読みたい行に目の焦点を合わせるのがすごく大変。それに、すごくじれったい。だって、今こそ、死んで生まれたトムを生き返らせてくれたこの本の出番だと思うから。この状況をなんとかしてくれる術か薬を見つけなきゃ。一刻も早く。今日の昼間は霊を払う方法を探してたけど、今は違う。あたしがネッラや自分やたくさんの人にもたらしてしまった災厄を払いたい。じゃないとみんなが捕まって、罰を受けて、ひょっとしたら絞首刑になってしまうかもしれないんだから。
あたしは指で文字をなぞりながら、秘術と秘薬のリストを読み続けた。

対戦相手のカードが透けて見える油

春の収穫を大幅に増やす術

不運を覆すチンキ剤

ネッラが木箱に釘を打つ槌音《つちおと》のただ中で、あたしは目を瞠《みは》った。不運を覆すチンキ剤。このところのあたしが幸運に見放されてるのは間違いない。あたしの手が震えだし、蠟燭の炎も一緒に揺れた。〝どんな武器より、どこの王より判事より、強力な薬〟。そう書いてある。必要な材料――ヘビの毒、薔薇水、ほぐした羽毛、シダの根――を読んだあたしはごくりと唾を飲んだ。気持ちがそわそわしてくる。材料は変なものばっかりだけど、そう、ここは変なものだらけだ。しかも、このうちのふたつ、薔薇水とシダの根が棚にあるのはもうわかってる。

でも、ほかのは？　こっそりここを探し回るのは無理だ。こっそり材料を混ぜ合わせてチンキ剤をつくるのなんて、もっと無理。実行するには、これをつくりたいって正直にネッラに話すしかない――

突然、大きな物音がした。一分前なら木槌の音だと思っただろうけど、もうネッラはそれを置いてる。状況を理解したとたん、あたしは蠟燭を取り落としそうになった。誰かが扉を叩いているんだ。

竈のそばで忙しそうにしていたネッラが扉を見やった。落ち着いてる。怯えてもいないし、緊張もしてないみたいだ。捕まりたいとでも思ってる？　もしかすると、すべてをおしまいにして、ほっとしたいのかもしれない。あたしは恐怖に身をすくめた。警吏がネッラを捕まえに来たんだとしたら、あたしはどうなる？　あたしが旦那さまにしたことをネッラが話したら？　母さんにも奥さまにも二度と会えない。試そうと思ってる秘薬のことをトム・ペッパーに報告するチャンスもなくなる……

ううん、来たのが警吏じゃなくて、もっと恐ろしいものだったら？　旦那さまの落ちくぼんだ目と、白っぽくてぼんやりした霊の姿が頭に浮かんだ。心臓をわしづかみにされたみたいに胸が苦しくなる。待ち疲れた旦那さまがとうとうここへ戻ってきたんだ。「ネッラ、待って――」あたしは叫んだ。

でも、無視された。ネッラはためらいもせず歩いていって扉を開けた。あたしはトム・ペッパーの本を置くと、恐る恐る首を伸ばして入口を見た。暗がりに浮かぶ人影はひとつだったから胸を撫で下ろした。警吏はいつも二人組と決まってるもの。

訪問者はぶかぶかの黒い布をまとっていて、顔はフードに隠れてる。靴は泥まみれで、いやな臭いが鼻をつく。馬のおしっこと掘り返した土が混ざったみたいな臭いだ。ここからだと、ただ黒い影が震えてるようにしか見えない。

黒い手袋をはめた両手が伸ばされる。持っているのは陶製の器だ。つい昨日、あたしが毒の粉を入れたジャーだ。目の前で起きていることを完全に理解するまで、ちょっとかかった。ジャーが戻ってきた！　ネッラは絞首刑にならない！

その人がフードを取った瞬間、あたしは息をのんだ。クラレンス卿夫人だった。誰かを見てこんなにほっとしたのは生まれて初めてだ。

ネッラが壁に手をついて体を支えた。「回収できたんですね」囁くみたいな小さな声で言った。「ああ、一時はどうなることかと……」もう片方の手で胸を押さえて前屈みになる。膝から崩れ落ちるんじゃないかとあたしは心配になってそばへ行った。

「急ぎましたのよ」クラレンス卿夫人が言った。ゆるんでぶらぶらしてるへアピンが今にも落ちそうだ。「おわかりでしょうけど、屋敷じゅうが大変な騒ぎになっているのです。ひとところにあれほど大勢の人間が集まっているのを、わたくし初めて見ましたわ。また晩餐会でも開かれるかのよう。厳粛な晩餐会ですけれどね。いろんな人からの質問攻めにはほとほと参りました！　最悪なのはお役人ですわよ。わたくし付きのメイドはとうとう音を上げて出ていってしまいました。今朝、夜が明ける前に黙って。うちを辞めてロンドンを離れるつもりだと御者にだけは言い置いて行ったようですけれど。彼女はこの件に大いに関わっているのですもの、怖くなったのでしょう。なにしろ、ミス・バークウェルのグラスに毒を入れた張本人ですからね。それにしてもメイドがいないというのは不便極まりないものですわね」

「それはお困りでしょう」ネッラは言ったけど、あたしには口先だけに聞こえた。クラレンス卿夫人のメイドがどうしようが、その人がいなくなって夫人が困ろうが、ネッラには関係ないことだ。ネッラはジャーを受け取ると両手の中で回して吐息をついた。「そう、これです、これ。本当に助かりました、クラレンス卿夫人……」

「処分しようかとも思ったんですのよ。ここまで来るのは大変ですもの。でも昼間のあなたの様子を思い出したら捨てるのも恐ろしくて。これで一件落着のようだから、わたくしは失礼してもよろしいわね。こんな時間ですし、夫の死を嘆く暇もないままでしたから」

お茶でも飲んでいってくださいとネッラが言ったけど、夫人は断った。

「そうそう、もうひとつだけ」夫人はちらりとあたしを見てから、狭い部屋に視線をめぐらせた。夫人が慣れ親しんだ贅沢さとはほど遠い部屋に。「あなたがこの子にどんな待遇を与えているのか存じませんけど、これは覚えておいてくださいな。わたくし、新しいメイドを探していますのよ」夫人はそう言って、家具か何かを指すみたいにあたしを指さした。「本当はもう少し年長のほうがいいのだけれど、まあ、許容範囲でしょう。それにこの子は従順だし、口が堅そうじゃありませんこと？　今週中には決めたいと思っています。できるだけ早く知らせてくださいな。前にも言いましたね、屋敷はカーター・レーンにありましてよ」

ネッラは口ごもりながら答えた。「あ――ありがとうございます。本人と相談してみます。環境を変えてみるのもいいかもしれませんね」

クラレンス卿夫人がうなずき、出ていって、ネッラとあたしの二人きりになった。

ネッラはジャーをテーブルに置くと、沈み込むように椅子に腰を下ろした。もう荷物を整理する必要はなくなったんだ。あたしは床の上に放り出したままのトムの本をちらっと見た。その隣の蠟燭はもう消えてた。「そういうわけで」ネッラが口を開いた。「ひとまず危機は去ったわ。幸運ついでに、あなた、今夜はここで寝ていきなさいな。そして明日になったらクラレンス卿夫人を訪ねてみることね。いい話かもしれないじゃないの。アムウェル邸へ帰るのを怖がっていたんだし」

アムウェル邸。その言葉で思い出した。ジャーが返ってきたからって、あたしにとっては困りごとがすっかりなくなったわけじゃなかった。あたしのへまのせいでネッラが直面してた危機は去ったけど、あたしは振り出しに戻っただけだ。だけどクラレンス卿夫人の下で働こうとは思わない。信頼できないし、すごく冷たそうな人だもの。あたしは奥さまのところへ戻りたい。それはつまりアムウェル邸へ戻るってことだから、不運を覆すチンキ剤が重要なことに変わりはないんだ。この本には術や薬が百も二百も載ってるけど、旦那さまの霊を払ってくれる可能性がありそうなのはこれだけだ。

今夜寝る場所があるのも嬉しいし、チンキ剤への期待が高まって胸がドキドキしてきた。でも、試すにはネッラに打ち明けて許可をもらうか、そうじゃなかったら、内緒で材料を揃えないといけない。ずっと昔、フレデリックがそうしたみたいに。

だけどネッラに打ち明けるにしても、今じゃないほうがいいと思う。二人ともくたくただもの。ネッラなんて目がピンク色になってる。あたしたち、ちょっと寝ないと。

明日はすぐに来る。そしたらきっといい方法が見つかる。そう思いながらあたしは頭の下に本を置いて枕の代わりにした。だからなのかな、眠りに落ちていくとき、この本をくれた男の子のことがひとりでに頭に浮かんで胸がほんわかした。

23

ネッラ　一七九一年二月十一日

扱う毒とそれがもたらす死が、本当にわたしの体を蝕んでいるのだとしたら、クラレンス卿の死が衰弱を一気に加速させたのは間違いなかった。まさか犠牲者の身分によって影響の大きさが異なるわけでもあるまいが。

忌まわしい容器を夫人が返してくれたことは無意味ではなかったものの、重みはその程度である。ひとまず絞首台は遠ざかったが、わたしの病は癒えはしないのだ。昨日はひどい血痰《けったん》に悩まされた。ツチハンミョウの採集と加工で無理をしたからだと思いたいところだが、現実はもっと厳しいものだろう。骨や頭蓋を冒してきた何ものかが、おそらく肺に入り込んだのだ。

あの日、クラレンス卿夫人が大麦の樽に薔薇の香りの手紙を入れなければ、とも思うが、忌々しいのは、自分の調合する薬がまるで効かないことだった。治療法はおろか、病名すらわからずにいる。

じっと座ってぐずぐず考えていてもどうにもならない。それに、ラードを買ってこないといけないのだった。昨夜クラレンス卿夫人が帰ったあと、ただちにイライザを出ていかせる気にはなれなかったが、朝が来た今、そうせざるを得ない。市場へ出かける支度をしながらわたしは、そろそろ行きなさいと彼女に告げた。

買い物にはどれぐらい時間がかかるのかとイライザは問うた。「一時間ぐらい」と答えると、あと三十分だけ休ませてくれと懇願する。昨日悩みすぎたせいでひどく頭が痛むのだと言う。確かにわたしも頭痛がする。そこでウツボグサの精油をイライザに渡し、これをこめかみに塗ってしばらく目を瞑っていなさいと言い置いた。わたしが戻るまでには出ていくとイライザは約束し、互いに別れの挨拶を交わした。

なけなしの気力を振り絞ってフリート・ストリートを目指す。いつもながら顔を伏せたまま歩く。この目を直視されれば秘め事を見透かされるのではないかと、わたしは常に怖れている。クラレンス卿が最後に手にしたクリスタルグラス同様、この目も素通しなのではないかと。だが実際には誰もわたしに注意など払っていないのだった。道ばたでは行商の女性がレモン菓子を売り、絵描きが痛快な風刺画をスケッチしている。雲間から太陽が顔を覗かせると、凝り固まった肩と心がそのぬくもりにほぐれていった。街の喧噪にわたしは安らぎさえ覚え、今日はいい日だと思わずにいられなかった。少なくとも、昨日よりはいい日だ。

新聞スタンドの前で、親子連れのちょっとした騒ぎに巻き込まれた。新聞を買った母親が幼い息子に上着を着せようとするのに、子はふざけて逃げ回っている。わたしはうつむいて歩いていたからそれがよく見えておらず、従ってよけることもできず、気がつくと子どもの進路を塞いでいた。

「あ！」危うく衝突しかけて、わたしは声をあげた。同時に買い物袋が跳ね上がり、その子の頭にぶつかった。後ろにいた母親が、手に持った新聞を振り上げ息子のお尻をばしんと叩いた。

知らない女を含む二人の大人から痛い目に遭わされて、彼は観念した。「わかったよ、ママ」と、羽根をもがれた鳥のように両腕を横へ広げて、おとなしくなる。勝利した母親は、手近な人間――たまたまそれがわたしだったわけだが――に新聞を預けた。

それは昨日の日付の夕刊紙だった。《週刊木曜日》は、《クロニクル》や《ポスト》と違って薄っぺらい。別に興味もなかったから、母親の手が空いたらすぐに返すつもりでいた。けれども号外のようなものが挟まれており、そこから覗いている文言に視線が吸い寄せられた。

インクの文字が、どす黒い獣に見えた。『治安判事　クラレンス卿殺害犯を追う』

わたしは手で口を押さえた。そうでもしないと新しい新聞に向かって吐いてしまいそうだった。神経が過敏になっているせいで錯覚を起こしたのに違いない。そう思った。クラレンス卿夫人がジャーを回収して事は終わったのだ――誰にも殺人の嫌疑などかからずに。だから今のは見間違いに決まっている。わたしはそこから視線を引き剝がして別のもの――通りの向こうを歩く婦人がかぶる、リボンつきの紫の帽子や、彼女の後ろの帽子屋の、陽光を受けてぎらつく窓など――を見た。そののちに紙面に目を戻した。

文言は変わっていなかった。

「あの」柔らかな声がした。「あの、ありがとうございました」顔を上げると、あの母親だった。今や行儀よく上着をまとった子と手を繫ぎ、新聞が返されるのを待っている。

「あ、ええ」どぎまぎと答えた。「どうぞ」わたしの手から彼女の手へと渡る新聞は小刻みに震えていた。母親が礼を述べて去ると、わたしは急いで売り子に尋ねた。「《週刊木曜日》、あるかしら?」

「二部、残ってますよ」売り子の少年が、二部のうちの一部を渡して寄越した。

代金を払って新聞を鞄に突っ込んだ。怯えた顔から真相がばれるような気がして、そそくさとその場を離れる。だが、可能なかぎりの速さで片足を反対の足の前へ出してラドゲート・ヒルへ向かううち、最悪の事態が頭に浮かびはじめた。今のこの瞬間にも、警吏が店へ向かっているのでは？　そこにはイライザが一人きり！　わたしは建物の脇に置かれたゴミ箱ふたつのあいだにうずくまると号外を広げた。深夜に急遽《きゅうきょ》、印刷されたものらしく、インクが乾ききっていなかった。

この記事は出鱈目《でたらめ》だ。一読して、まずそう思った。知らないうちに手の込んだ芝居か何かに巻き込まれていて、これはその小道具に違いない、などと突飛なことも考えた。もしも細部の辻褄《つじつま》がここまで合っていなければ、本当にそう信じられたかもしれない。

クラレンス卿夫人付きのメイドが突然辞めたとのこと。それは本人から聞いたとおりだ。しかしメイドは主の死に関し、あれやこれやを考え合わせて推論したらしく、例のジャーのマークを蠟引き紙に写して判事に提出していたのである。このくだりを読んだとたん、わたしは声をあげそうになった。あれが手元に戻ってきても意味はなかったのだ！　夫人が貯蔵庫から回収する前に、メイドがマークを写し取っていたのだから。ジャーそのものを持ち出さなかったのは、誰かに見とがめられ窃盗の疑いをかけられるのを怖れてのことだろう。

記事によれば、写しのうち判別可能なものは、いくつかの文字――B　ley――と、親指の先ほどの大きさの線画であり、どうやらそれは熊のようであるという。容器の中身を食後のリキュールに混ぜるよう夫人に指示された、それを最終的にクラレンス卿が飲んだ、そうメイドは述べたそうだ。はじめは甘味料だと思っていたが、あとになって毒だと気づいた、と。

さらに読み進めたわたしは、思わず喉を手で押さえた。判事の部下が昨夜遅くに――ジャーを返しに来た夫人が屋敷へ戻ってまもなくだったはずだ——クラレンス邸を訪れたところ、夫人はメイドの言を否定し、毒だの容器だの何のことか自分にはまったくわからないと申し立てた、と書かれている。

さらに続きがあった。〝毒物の出どころを突き止めることが緊急かつ最大の課題である、販売者（これにわたしはまた小さく叫んだ）の証言により、夫人とメイドにおける供述の齟齬《そご》は解消されるであろう、治安判事による寛大な措置との引き換えであれば、販売者は毒物を購入した者の名を明かすはずである……〟

それにしても解せないのは、ミス・バークウェルの扱いである。クラレンス卿はもともと死ぬはずではなかった。カンタリスを飲むべきはミス・バークウェルだった。なのに当の本人は、愛人の死に際して疑われることなく、記事に名前さえ載らず、まったくの無傷なのである。ミス・バークウェルの死を想定したわたしが忸怩《じくじ》たる思いを噛みしめたこともあったというのに、運命は彼女の味方だった。

記事の最後に不鮮明な画像が付されている。メイドが提出したという、文字と絵の写しである。実物に刻まれたものですら読み取りにくいのだから、こちらはなおのこと。それがわたしにとってはせめてもの慰めだった。

紙面から視線を引き剝がすと、じっとり汗ばんだ手指がインクで汚れていた。脇の下にも汗をかいている。わたしは立ち上がると、ゴミの臭いのする空気を深々と吸い込んだ。

起こりうる事態は二通り考えられる。店へ戻り蠟燭をすべて消し、隠し扉を頼みにしていれば、バック・アレー三番地は見つからないかもしれない。だがたとえそれでいっときは自分を守れても、容赦ない病にいつまで抗えるだろうか？　わずか数日で終わりが来るかもしれない。母の遺《のこ》した店に籠もってそのまま息絶えるのだけは避けなければ。ただでさえ人殺しに手を貸して母の遺産を汚してきたのだ、朽ちるこの身でさらに汚す必要がどこにある？

もうひとつは言うまでもなく、隠し扉がわたしを守り得なかった場合である。長年あの扉の裏にいれば安心感があったが、それはあくまで、所番地がこんな形であからさまになっていなかったときの話だ。隠し扉とて完全無欠ではない。判事の手の者たちは犬を連れてくるかもしれない。わたしの怯えを犬は壁越しに嗅ぎつけるだろう。そして彼らは壁のこちら側へ入ってきてわたしを逮捕する。投獄されてしまえば母の遺産を守りようがない。店の中で動き回っているときにはたやすくよみがえる母との思い出だが、思い出も監獄まではついてきてくれないだろう。

だからといって、ニューゲート監獄でわたしが一人きりというわけではない。日誌に名前を記された女性たちがじきに次々放り込まれることになる。わたしが助けようとした女性たち、癒やそうとした女性たちが、檻《おり》の中に勢揃いする。

ごめんこうむる。どちらの事態も耐えがたい。そして可能性としては、もうひとつ、考えられるのだった。
第三の可能性、言い換えれば最後の手段。それは隠し扉の奥に日誌を保管して店を厳重に戸締まりしたうえで、わたし自身の死を早めることである。テムズの凍える深みに身を沈め、ブラックフライアーズ橋の影と一体になる。その瞬間を幾度思い描いたことだろう。最近では、愛らしいベアトリスを腕に抱いて川を渡ったときだった。乳白色の石の柱に打ち寄せる波を眺め、鼻腔に霧の匂いを感じながら、夢想したものだ。

はじめからこうなる運命だったのかもしれない。冷たい水に包まれ揉まれ、川底へ引き込まれる、それがわたしの人生の到達点なのだろう。

でも、あの子がいる。イライザを店に置いたまま出てきた。彼女一人のときに警吏がバック・アレー三番地を捜し当てたら？　表が騒がしくなったのを不思議に思ったあの子が、様子を見ようと隠し扉を開けてしまったら？　イライザにとっては二度目の重大な過ちになる。けれど怖い警吏に問い詰められた子が、仮にわたしの行状を洗いざらいしゃべってしまったとしても、責めるのは酷というものだ。

店を出てからまだ十五分ほどしかたっていない。わたしは新聞を鞄に戻すと来た道を戻りはじめた。死を選ぶことはできない。まだ、今のところは。

彼女のもとへ戻らなければ。かわいいイライザのもとへ。

姿が見えるより先に、騒々しい物音が聞こえた。わたしは、かっとなった。なんと軽はずみな。これでは新聞に所番地が載ろうが載るまいが、身の破滅だ。

「イライザ」隠し扉を閉めながら声を尖らせた。「ロンドン中に聞こえてるわよ。いったい何を——」

眼前の光景に言葉を失った。部屋の真ん中のテーブルいっぱいに瓶やジャーや薬草の入った小鉢を広げて、イライザは座っていた。器の数は全部で二十も三十もありそうだ。乳鉢を手にしたまま、イライザはわたしを見上げた。よほど集中していたのか、眉間に皺が寄っている。頬に赤い色がついている——ただのビーツでありますようにとわたしは祈った——額まわりの髪がてんでんばらばらな方向を向いているのは、火の上にかがみ込んで湯でも沸かしていたのか。束の間、三十年前の同じ場面に連れ戻された。ただしテーブルに座っているのはわたしで、それを母がそばで見ている。辛抱強い、けれどちょっと困ったようなまなざしで。

追憶は数瞬しか続かなかった。「何なの、これは?」テーブルと言わず床と言わず、どこもかしこも粉々の薬草だらけだ。毒成分の強いものが多ければ、掃除するのは大ごとである。

「あの——あたし、お茶をつくろうと思って」イライザは口ごもりながら答えた。「ほら、初めてあたしが来たとき、お茶を飲ませてくれたでしょう? カノコソウ——だったと思うんだけど。ね、これですよね」彼女は臙脂《えんじ》色の瓶をこちらへ向けた。とっさにわたしは棚の三段目に目をやった。確かに、カノコソウの置き場所は空になっている。「あと、これが——薔薇水とペパーミント」と、今度はそれらの瓶を突き出す。

呆れた。無謀にもほどがある。「もうこれ以上、なんにも触らないで、イライザ。命取りになるものが混じっていたらどうするつもり?」わたしは足早にテーブルの前へ行き、容器をひとつひとつ確かめた。「何がどんな働きをするか、わかりもしないでよくこれだけ引っ張り出したものだわ。ひょっとして味を見たりした?　どれを?」

慌てながらもわたしは考えをめぐらせた。この中で最も強い毒性を持つ薬草は?　それに対する解毒剤を一刻も早く調合して飲ませなければ。

「あなたのやり方を注意して見てましたから」イライザの言葉にわたしは首をかしげた。「薔薇水やヘビ毒やシダの根を最近使った覚えはない。「それと、あそこにある本も参考にしました」イライザは棚の本数冊を指さしたが、それらが開かれた様子はない。嘘をついているか、さもなければ熟練の空き巣顔負けの技を持っていることになる。「二種類つくってみたんですけど、味見はまだしてません。あなたと一緒に飲もうと思って」イライザは茶碗をふたつ、こちらへ押し出した。ひとつには濃紺の液体がなみなみと注がれ、もうひとつは、おまるの中身を思わせる薄茶色をしている。「これを飲んだら、今度こそお別れです」言い足すイライザの声は震えていた。

こんなものは飲みたくない。そう言おうとして、思い出した。イライザはあの記事を読んでいないのだった。わたしがこれほどピリピリしている理由を知らないのだ。そうだ、わたしはただちにこの部屋の片づけに取りかからなければならない。ふたたび戻るつもりはないものの、散らかしたままにしていくのは耐えられない。

「あのね、イライザ」わたしは新聞しか入っていない買い物袋を置いた。「あなたにはもう出ていってもらわないといけないの。今すぐによ」

イライザの手がだらりと薬草の塊の中へ落ちた。しょげかえっている。この子がこれほど幼く見えたことはなかった。彼女はちらりと棚を見た。そこにはクラレンス卿夫人から返されたジャーが置いてある。わたしの剣幕にも、突然追い出されることにも、さぞかし驚き戸惑っていることだろう。

それでも、理由を明かそうとは思わなかった。この期に及んでなおわたしはイライザを守ろうとしているのだった。彼女は何も知らないほうがいい。

クラレンス卿夫人のもとへ行かせたいところだが、屋敷には判事やその部下たちがいて事情聴取の真っ最中だろう。そんなところへ送り込むのは危険すぎる。「お願いだからアムウェル邸へ戻ってちょうだい。怖いのはわかるけど、戻らなきゃだめ。大丈夫、あなたの身には何も起こらない。わたしが保証するわ」

粉砕された薬草のとりどりの色に囲まれて、イライザはじっと考えている。テーブルにひしめく瓶やジャーをしばらく見つめていたが、やがてこくりとうなずいた。「わかりました」そう言うと、何かを握り込んで素早く懐に入れた。咎《とが》めようとは思わなかった。持っていきたいものがあるなら持っていくがいい。そんなことよりはるかに大きな問題がわたしを待ち受けているのだから。

最後の時が刻々と迫っている。

24

キャロライン　現在　水曜日

カフェの奥で、ゲイナーとわたしは体を寄せ合うようにして、テーブルに広げた二枚の紙を覗き込んでいる。どちらも《週刊木曜日》なる新聞の一部らしいが、ゲイナーいわく、それは小規模な地域紙であり、発行されていた期間も一七七八年から一七九二年と、ごく短かったという。彼女がざっと調べたところによると、最終的には資金不足に陥り廃刊、図書館のアーカイブに収められているのは一部であり、デジタル化はされていないとのことだった。

「じゃあ、どうやってこれに行き着いたの？」コーヒーをすすりながら尋ねた。

ゲイナーが、にやりという感じで笑った。「わたしたち、調べる年代を間違えてたのよ。病院の手記が本当に今際の際の告白だったとしたら、書き手は人生を振り返ってるわけじゃない？　それで検索の範囲を一七〇〇年代の終わりにまで広げてみたの。毒というキーワードも加えて。人殺しに手を貸していた薬剤師に縁がありそうな単語だから。それで出てきたのが、これよ。もちろん一目で熊の絵に気づいたわ」

ゲイナーが示したのは日付の古いほうだった。一七九一年二月十日。見出しは『クラレンス卿　毒殺せらる』。

すでに読んでいるゲイナーは、席を立ちカウンターへラテを注文しに行った。わたしは記事に目を通しはじめたが、彼女が戻る頃には前のめりになって口をあんぐり開けていた。

「すごいスキャンダルじゃない！　クラレンス卿、その夫人、晩餐会のリキュールを用意したメイド……これ、本当に起きたことなの？」

「もちろん。教会の記録を確かめたら、間違いなくクラレンス卿は一七九一年二月九日に死亡していた」

「そしてメイドが、ジャーに刻まれていた熊の絵を写した……」わたしは指先でその画像を撫でるようにして言った。「わたしが見つけたガラス瓶の熊と、それは同じだった」

「まったく同じだった」ゲイナーはうなずいた。「納得できる話よね。その薬剤師が手広く毒を売っていたんだとしたら、熊はおそらく彼女のロゴマークだったのよ。顧客に渡す容器に必ずついているマーク。そう考えると、あなたが河原であれを見つけたのは確かに驚くべきことではあるものの、当初わたしたちが思っていたほど奇跡的ってわけじゃないかもしれない」

ゲイナーが記事を手に取った。「われらが薬剤師さんにとっては、いささか不運な展開になったみたいよ。メイドが写し取ったのは熊の絵だけじゃなかった。文字も含まれていた」治安判事が〝Bley〟の解読を試みているという部分を彼女は指し示した。「住所の一部だと考えたでしょうね。もちろんわたしたちは患者の手記を読んだからこれがベア・アレーだと知っている。でも、これが印刷された時点で彼らはそれを知らない」

ゲイナーはカップの蓋を取ってラテを冷ましている。わたしは息を詰め、昨日自分がこじ開けた扉のことを思った。〝Bley〟はベア・アレーなんかじゃないと思う。バック・アレーだ。薬剤師の隠し部屋へと続くささやかな通路。

「それにしても大胆じゃない？　容器に店の所在地まで入れるなんて」ゲイナーが肩をすくめる。「いったい何を考えてたのかしら。単なるうっかりミスかもしれないけど」彼女は二枚目の紙に手を伸ばした。「いずれにしても、こちらの記事にははっきり薬剤師と書かれているわ。薬剤師どころか〝殺人薬剤師〟よ。おそらく彼女は先の記事を読んで……」ゲイナーは言いよどんだ。「ともかく、これが彼女にとっては終わりの始まりだったというわけよ」

わたしは眉をひそめた。「終わりの始まり？」

ゲイナーは一七九一年二月十二日付の記事を示した。が、わたしがそれを読む前にスマートフォンが鳴りだした。ジェイムズからかかってきた場合に備えてテーブルに置いてあったのだが、いざ画面にその名前が表示されると、ぎくりとした。「もしもし――具合はどう?」

苦しげな息づかいがまず聞こえてきた。ゆっくりと吸った息を、ゼーゼーと音をたてて吐く。「キャロライン」ひどく弱々しい声だった。「ちょっとこれは、まずいかもしれない」わたしは手で口を押さえた。心臓が止まるかと思った。「911にかけようとしたんだが、繋がらないんだ」

わたしは目を閉じて懸命に思い出そうとした。イギリスの救急は何番だった? ホテルのチェックイン・カウンターに番号の載ったパンフレットが置かれていたのは覚えている。なのに、肝心の番号を思い出せない。

目眩《めまい》までしてきた。客のざわめきとエスプレッソマシンの唸《うな》りが遠ざかり、店内の景色がぐらりと傾く。「すぐ帰るわ」椅子から降りて荷物をまとめながら、声を振り絞るようにして言った。

「行かなきゃ」ゲイナーに向かってそう言うあいだも手がぶるぶる震えていた。「ごめんなさい、夫の具合が――」不意に涙があふれそうになった。ジェイムズに対するこのところの冷めた気持ちとは裏腹に、わたしは心配のあまり恐慌をきたしていた。電話の向こうの彼は、息も絶え絶えという感じだったのだ。

戸惑いと気遣いを顔に浮かべてゲイナーはわたしを見た。「え? あ、ああ、そうだったのね。行って、早く。そうだ、待って――」一緒に見ていた二枚の紙を差し出す。「持ってって。あなたのものだから」

礼を述べ、二つ折りにしてバッグに入れた。ごめんなさいともう一度言ってから店を飛び出し、ホテル目指して走る。とうとう熱い涙が頰を伝いだした。ロンドンへ来て初めて流す涙だ。

部屋へ入ったとたん、あの匂いが鼻をついた。出る前にジェイムズが発していた甘酸っぱい匂い。嘔吐物の匂い。

わたしはバッグを床に放った。水のボトルや手帳が飛び出したがかまわずバスルームに飛び込んだ。ジェイムズは床で胎児のように体をまるめていた。膝を抱え、シーツみたいに真っ白な顔をしてガタガタ震えている。ドア近くに脱ぎ捨てられたシャツは汗でぐっしょりだ。朝は、シャツを脱いだ夫の姿など見たくもなかった。でも今はためらわずかたわらに膝をつくと、むき出しのお腹に手を当てた。

彼が落ちくぼんだ目でこちらを見た。とたんに悲鳴が喉まで出かかった。口元に血がついている。

「ジェイムズ！　その血――」

わたしは便器の中を見た。真っ赤な絵の具をぶちまけたかと思うような有様だった。足が震えたが立ち上がり、部屋の電話へ走った。フロントに救急車の要請を頼んで受話器を置くと、バスルームへとって返す。イタリア料理にあたったんじゃない。それだけは確かだ。でも、医学の知識ゼロのわたしにはわからない。朝ちょっと咳をしていただけの人が、今は血を吐いて死にそうになっている。そんなことってあるんだろうか？

「今朝、出かけた先で何か食べた？」

床に横たわったまま、ジェイムズは弱々しく首を振った。「いや、何も」

「水か何か飲んだ？」おそらく、飲むべきではないものを飲んだのだ――

「きみに言われたオイルだけ。それもとっくに胃から出てる」

わたしは眉間に皺を寄せた。「胃から出る？　あれは喉に塗るのよ？　前にも使ったことあったでしょう」

ジェイムズはまた首を振った。「風邪薬はないかとぼくが訊いたら、それはないけどユッカオイルとかなんとかいうのがあるって、きみが」

「ユーカリ」

「そう、それ」ジェイムズは呻き、手で口を拭った。「風邪薬を飲むようにそれを飲んだ」

洗面台にそのボトルがあった。局所にのみ使用すること、飲用しないこと、とラベルに明記されている。それでも足りないとばかりに、こんな文言も。口に入れると重篤な疾病を引き起こしたり小児の場合は死に至る恐れもあります。

「飲んだの？　これを？」呆気にとられながら問うと、ジェイムズはうなずいた。「どれぐらい？」答えを待たずにボトルを明かりに透かしてみた。よかった、空っぽじゃない——半分以上残っている。でも、舐めた程度ではなさそうだ。「これは口に入ると有害なのよ、ジェイムズ！」

彼は膝をいっそう胸近くへ寄せて答えた。「知らなかった」か細い声があまりに哀れで、わたしが悪いわけじゃなくても隣に這いつくばって謝りたいような気になった。

ドアが叩かれ、廊下で大きな声がした。「救急隊です」

脇へよけているよう言われたわたしは呆然と突っ立っているしかなかった。目の前で、ホテルのスタッフ二名を含む十数人が深刻な表情で慌ただしく動きはじめる。ぱりっとした濃紺のユニフォーム——シャツに〝ラ・グランデ〟と刺繍されている——を着た若い女性が、紅茶とビスケット、さらにはサンドイッチまでのったトレイを持ってきてくれた。それを丁重に断り、夫を囲んで飛び交うイギリス英語を聞き取ろうと必死に耳をそばだてる。彼らは夫に矢継ぎ早に質問するが、部分的にしかわたしには理解できない。

キャンバス地の大きな鞄から器具が取り出された。酸素マスク、血圧計、聴診器。ホテルのバスルームがにわかに救急治療室の様相を呈しはじめる。ひょっとして本当に命が危ないんだろうか。まさか。そんなこと、考えてはだめ。ジェイムズは死なない。あの人たちが死なせない。

〝結婚記念日旅行〟にジェイムズ抜きで出発した時点で、苦しい思いをすることは覚悟していた。でも、苦しさの意味が全然違う。彼の裏切りを知った直後に一瞬殺意を覚えたのは本当でも、今、気がつけばわたしは懸命に祈っている。夫が助かりますように、わたしの目の前で、バスルームの床で、どうか死んだりしませんようにと。

ジェイムズが救急隊員にユーカリオイルのことを話した。わたしがしたように、隊員の一人がそのボトルを手に取った。「内容量四十ミリリットル。まだ半分くらい残っていますね」重々しい口調で言う。「どれぐらい飲みましたか?」

「一口だけ」つぶやくジェイムズの目に、別の隊員がライトを当てている。

一人が電話で誰かに状況を伝えはじめた。「血圧低下。激しい嘔吐。そう、吐血も。アルコール、薬物、摂取なし」束の間、場が静かになった。電話の向こうの人がデータベースに情報を打ち込んでいるのだろう。応急処置の手段を決めるために。

「飲んだのはどれぐらい前ですか?」隊員が酸素マスクをジェイムズの顔にあてがいながら訊く。ジェイムズは肩をすくめたが、怯えた目をしているのがわたしのところからも見えた。呼吸も依然として苦しそうだ。

「二時間半、いえ三時間くらい前です」

わたしが答えると、みんながいっせいにこちらを向いた。初めてわたしの存在に気づいたとでもいうように。「そのときあなたも一緒でしたか?」

わたしはうなずいた。

「オイルはあなたのもの?」

ふたたび、うなずく。

「わかりました」隊員はジェイムズのほうへ向き直った。「これから搬送します」

「び、病院へ行くんですか?」ジェイムズが床からわずかに頭を浮かせた。彼の性分はわかっている。自力で治したいのだ。しばらくすればよくなると言い張りたいのだ。

「そうです」隊員はきっぱりと言った。「急性症状が落ち着いたあとも数時間して中枢神経症状が現れることがあります。どのような形で現れるかは予測がつきません」彼はわたしのほうを向いた。「これは非常に危険です」と、オイルのボトルを掲げて見せる。「お子さんがいらっしゃるなら処分することをお勧めします。この手のものを誤飲したケースをさんざん見てきました」

わたしが罪悪感を抱いていないとでも思っているのか。子どもを待ち望んでいるのを知らないのか。

「ミスター・パースウェル」別の隊員がジェイムズの肩をつかんでいる。「ミスター・パースウェル、聞こえますか?」切迫した声だ。

わたしはバスルームへ駆け込んだ。ジェイムズはがっくり首を折って白目を剝いていた。

意識を失っている。飛びつこうとしたわたしを、誰かの手が引き戻した。

にわかに動きが慌ただしくなった。聞き取れない言葉が無線で交わされ、耳障りな金属音と共にストレッチャーが運び込まれた。数人がかりでジェイムズの体が持ち上げられたが、腕は両側にだらりと垂れたままだ。見ているうちに涙が出てきた。ホテルのスタッフがストレッチャーを先導するため廊下へ出た。みんな怯えたような表情を浮かべている。あの女性スタッフも、そわそわとユニフォームを撫でつけながらかすかに身を震わせている。熟練の救急隊が見事な手際でジェイムズをストレッチャーに乗せ、バスルームから運び出す。

そのまま廊下へ出てエレベーターへ向かう。あっという間に、がらんとした部屋にわたしと救急隊員が一人だけになった。彼はさっきまで窓際にいて、電話でどこかとやり取りをしていた。今はテーブル近くの床に膝をつき、キャンバス地の鞄のポケットを開けている。

「わたしも救急車に乗っていいんですよね？」涙声で訊きながら、わたしはもうドアへ向かって歩きだしていた。

「ええ、かまいません」その返答にはいくらか慰められたものの、口調がどこか冷ややかで、わたしと目を合わせるのを避けているようなのが気になった。けれどすぐに、はっとした。彼の鞄の隣にわたしの手帳がある。床に落ちて開いたままの状態で。「病院で警察の方が待っています。あなたと話がしたいそうです」

「け、警察？　話って、いったいどんな——」

救急隊員はじっとわたしを見た。それからまっすぐに手帳を指さした。そこにはわたし自身の文字が躍っている。

非毒物の致死量

25

イライザ　一七九一年二月十一日

　一時間ぐらいってネッラは言ってたのに、その半分もたたないうちに帰ってきたからびっくりした。不運を覆すチンキ剤はできてたけど、材料や容器はまだテーブルに広げたままだった。

　ネッラはあたしの手の汚れにもお茶にもすぐ気づいた。でもお茶は、ネッラが早く帰ってきたときのための偽装――彼女が教えてくれた言葉――だった。秘薬のために材料や道具を使ったって言いたくなかったから。これじゃあフレデリックと同じかも、とちょっと思ったけど、フレデリックはネッラを傷つけるために毒を盗んだ。このあたしがネッラを苦しめたり困らせたりしようなんて思うわけがない。

　ネッラは何か心配事でもあるみたいで、部屋の散らかりようを見ても思ったほど怒らなかった。出ていくようあたしを急《せ》かすばかりだ。それもアムウェル邸へ帰るようにって。

まあいいかって思った。作業はほぼ終わってたから。ネッラが帰ってくる直前にチンキ剤はできあがって、作業台に置いてあった瓶ふたつに移し終えたところだった。ふたつに分けたのは、片方を落として割ってしまったりしたときのため。高さ十センチほどのガラス瓶は形も大きさもまったく同じだけど、色が違う。片方は夜明けの空の色――薄い、透き通るような青――で、もう片方は、薔薇の花みたいな優しいピンク色。

何度も確かめたから大丈夫。刻まれてるのは熊の絵だけ――文字は入ってない。ふたつの瓶は今、ドレスの内側、あたしの胸元にある。

あたしがすんなり言うことをきいたからネッラはほっとしてるみたいだった。だけどまっすぐお屋敷へ帰るつもりはない。あの本には、このチンキ剤は完成後六十六分おかなければならないって書いてあった。できあがったのは一時ちょうどだったから、まだ四分しかたってない。だからお屋敷へは帰れない。まだしばらくは。

あたしは片づけと掃除を申し出た。でもネッラは首を振って、この状況で掃除をしても無駄になるからと言った。この状況って、意味がよくわからなかったけど、あたしは胸元の瓶をドレスの上からそっと押さえた。もうすぐ、状況はよくなる。何もかも元どおりになる。奥さまがノリッジから戻られて、応接間で手紙を書く日々がまた始まるんだ。ただし前と違って、旦那さまに――どんな形であれ――煩わされることはもうない。

今度こそ、ネッラとはこれきりになるんだろう。もう来るなと言われているし、チンキ剤が効いても効かなくても、ここへは戻ってこないほうがいいとあたしも思う。新しい友だちとの永遠の別れだというのに、前回さよならを言ったときほどは悲しくなかった。瓶の冷たさを肌に感じてるから、その瓶に希望が詰まってるから、かな。ネッラもほかのことに気を取られてるみたいで、あんまり悲しそうに見えない。

最後のお別れをするとき、抱き合いながらあたしはネッラの後ろの時計を見た。八分経過。トム・ペッパーにもらった本はドレスのポケットに入ってる。チンキ剤が完成した今、もう本は必要ないんだけど、彼がくれたものを手放すことはできない。そしていつか、近いうちに、またあの店へ行くんだ。二人で一緒にこの本を開いて、一緒にいくつかの術を試してみたりするかもしれない。そう思ったら、指の先がなんだかむずむずしてきた。

アムウェル邸へはあと一時間は帰れないけど、あたしはその方角へ歩きだした。帰り道からちょっとだけそれたところに、寄りたい場所があったから。そう、クラレンス卿のお屋敷。夫人のメイドになるつもりはないけど、ただクラレンス卿がどんなところで死んだのか、ちょっと見てみたいと思って。街を見下ろすセント・ポール大聖堂のドームに向かって歩いて、途中でカーター・レーンのほうへ折れた。

立派な貴族のお屋敷が建ち並んでいて、普通のときならどこがクラレンス邸なのかわからなかったと思う。でも今日は違った。いちばん奥の家の前に、ミツバチの巣箱みたいに人が寄り集まって、そのあたりだけなんだかざわついている。あれがクラレンス卿のお屋敷だ――でも、なんとなく様子がおかしい。あたしは緊張して、近寄るのをためらった。

生け垣の陰からしばらく観察してたら、二十人以上の人がせかせか出たり入ったりしてるのが見えたけど、半分は紺の外套を着た警吏だった。夫人の姿は見えなかった。この騒ぎはいったい何なんだろうか。昨日、ネッラにジャーを返しに来たとき、夫人は何か事件があったようなことは言ってなかった。メイドに急に辞められたのがいちばんの悩みだったはず。あのあと何かが起きたんだろうか？

だんだん勇気が湧いてきた。そして、閃いた。メイドの働き口に興味があるふりをしてお屋敷に入り込もう。そうすれば、こんなに大勢の人が、警吏が、出入りしてる理由がわかるかもしれない。あたしは生け垣から離れると、普通の足取りで玄関へ向かった。この家で誰かが死んだなんて知りません、この手でこしらえた毒の犠牲者が出たなんて知りません、って顔をして。

玄関前に男の人が何人かいた。近づくにつれ、声を潜めて早口で交わされる会話の、ところどころが耳に入ってきた。

「書斎で――あっという間だったらしい――」

「――ジャーが――マークを――メイドが写して――」

急に汗が出てきて、胸に入れた瓶の片方がちょっとずり落ちた。偽りの目的を忘れないようにしないとと思いながら、玄関へ続く階段を一段一段踏みしめてのぼった。何を見ようが聞こうが、自分をしっかり持ってないといけない。男の人たちはあたしのことなんか見向きもしないでおしゃべりを続けてる。

「――似たような死に方をした――何人かが治安判事に届け出た――」

「――連続殺人かも――」

足がもつれて、つんのめった。倒れかけたところへ二本の腕がさっと出てきた。左頬に傷跡のある警吏が、あたしをまっすぐ立たせてくれた。

「クラレンス卿夫人にお目にかかりたくて」あたしは上ずった声で言った。

警吏は眉間に皺を寄せた。「用件は?」

いきなり、薬草名と人の名前と日付が頭の中にあふれた。ネッラの日誌が頭に入り込んだみたいに。〝連続殺人〟。真後ろで誰かが囁いたのかと思うぐらい、その言葉がはっきりよみがえった。目の奥で光がチカチカして倒れそうになったけど、警吏がずっと支えてくれている。「メイドを――」あたしはつっかえつっかえ言った。「メイドを探してらっしゃると聞いたので」

警吏は険しい顔をしたまま首をかしげた。「メイドがいなくなったのは昨日なんだがな。夫人はもう求人広告を出したのか?」彼は後ろを振り返った。ひょっとして夫人に直接尋ねるつもりだろうか。「来なさい。夫人は応接間にいらっしゃる」

あたしたちは一緒に中へ入った。警吏のあとについて、汗の匂いと熱気でむんむんする玄関ホールを通った。警吏たちが新聞を広げて、この絵がどうのこうのと話し込んでる。どんな絵なのかは見えなかった。黒と金の漆塗《うるし》りのサイドテーブルの上に巨大な鏡がかかってたけど、自分の怯えた目が映ってたから、急いで顔を背けた。いきり立つ大人でいっぱいのこの場所から、逃げ出したくてたまらなくなった。やっぱり、来るべきじゃなかったんだ。

クラレンス卿夫人は二人の警吏と一緒に応接間にいた。あたしを見るなり夫人は立ち上がって、大きく息を吐いた。「ああ、よかった。メイドの件ね？　あちらで話しましょう――」

警吏の一人が片手を上げた。「夫人、われわれとの話がまだ途中です」

「この子の用事はすぐ済みますわ」夫人はそれ以上言わず、あたしの体に腕を回して急きたてるように部屋を出た。夫人の手はじっとり湿って、額にも汗が浮かんでいた。せかせかと階段を上がって、二階の一室に入った。全然使われたことがないみたいな整然とした部屋で、天蓋つきのベッドもまっさらに見えた。ぴかぴかの飾り戸棚が、窓から入るバタークリーム色の光を照り返している。

「とてもまずいことになったわ、イライザ」扉を閉めてから夫人は囁いた。「急いであそこを離れるよう、あなたからネッラに伝えてちょうだい。一刻も早く逃げないと逮捕されて絞首刑になるわ――あなたもよ。子どもだからといって目こぼしはされないでしょう。

ああ、まさかこんなことになるなんて！」

「意味がわかりません」唇がわなわな震えた。言葉が勝手に転がり出る。「あなたはジャーを返しにきて、もう大丈夫だって――」

「わたくし、知らなかったのよ。あのメイドが、ジャーに刻まれていた絵と文字を蠟引き紙に写し取って判事のところへ持っていったなんて。今はまだ所番地は判明していないけれど、突き止められるのは時間の問題。わたくしがあれをネッラに返したところで意味はなかったのだわ。あのメイド、なんということをしてくれたのかしら！　そのくせ実物を渡す度胸はなかったのよ。盗み出すところを誰かに見られるのを怖れたのでしょう」

夫人はベッドに腰を下ろしてドレスのスカートを撫でつけた。「その写しが新聞に載っているのを見て、セント・ジェイムズ・スクエアに住む男性が判事にこう申し出たそうよ。成人した息子が三週間ほど前に急死し、死因は発疹《ほっしん》チフスであると医者に言われた、その後ベッドの下に薬瓶が転がっているのが見つかった、新聞を見るまでは気に留めなかったけれど、まったく同じ熊の絵がその薬瓶にも刻まれていた、と」

夫人は息を継ぐと、途方に暮れたような目を窓へ向けた。「その瓶に文字が入っていなかったのは不幸中の幸いだったわ。わたくしが直接聞いたのはここまでよ、イライザ。でもね、警吏たちがひそひそと話しているのを小耳に挟んだの。同じような瓶を持って判事のもとを訪れた人がほかにもいるみたい。身近な人が急に死んだのも同じ。そんな人がこれから続々と現れるかもしれないわ！　彼らはすでに連続殺人を疑って、瓶の出どころを突き止めようと躍起になっている。あの写しではっきりしない文字もすでに一部は判明したというから、すぐにも地図屋を集めてすべての通りの名前とつき合わせるのじゃないかしら」

あたしたちのすぐ横に鏡台があって、それはぴかぴかだったけど、夫人が天板をしきりに撫でるものだから手形がついてしまった。「もちろん、これはわたくしにとっても大変な事態よ」夫人はさらに声を潜めた。「昨夜遅くに判事の部下がやってきて、わたくしに尋ねたわ。メイドはあなたがご主人を殺害したと言っていますが本当ですか、ですって。否定するに決まっているじゃない。それであの人たちにとっては、瓶に刻まれた所番地がますます重要になってきた。あれを売った者から話を聞いて、購入者を特定しようとしているわ。だから、あなたが来てくれて本当によかった。ネッラに知らせようにも、これだけ警吏に取り囲まれていたのではわたくしが出かけられるわけないでしょう？　さあ、急いで。そして、決してわたくしの名を出さないようにとネッラに念を押しておいて！　すぐにあそこを出なければだめ。さもないと連中は、情報を引き出すためにネッラをどんな目に遭わせるかわからないわ」

夫人はぶるりと身を震わせて、自分で自分を抱くようにした。「彼女が薬を火に投じたとき、わたくしは脅しをかけた。これはその報いなのだわ。とにかく急いでちょうだい。

このままだとわたくしたちみんな、今日にも縛り首になるかもしれなくてよ」

それだけ聞けばじゅうぶんだった。応接間にいる警吏が何を言ってたのかとか、裏切ったメイドはどこへ逃げたのかとか、クラレンス卿はすでに埋葬されたのかとか、いろいろ知りたいと思ってたけど、もうどうでもいい。わかってないといけないことは、ちゃんとわかった。今は旦那さまの幽霊を怖がってる場合じゃない。あたしの大失敗が招いた危機。それは去ったとついさっきまでは思ってたけど、そうじゃなかった。威力を増して戻ってきた。急いでネッラに知らせないと。でも——

「今、何時ですか？」不運を覆すチンキ剤が、今こそ必要だ。ネッラを、そしてあたしを、この窮地から救えるものはこれしかない。

夫人は驚いた顔をしてから、「廊下に時計があるわ」と言った。でも二人で部屋を出てその時計を見たとき、あたしはため息をついた。まだ一時半にもなってなかった。瓶に栓をしてから二十八分しかたってない。

玄関にたむろしてる人たちを押しのけて、あたしは駆け出した。何人かがこっちを見てるのがわかった。あの子を雇うのはやめましたと彼らに告げる夫人の声がした。ディーンズ・コートまで来て初めて後ろを振り返ったら、誰も追いかけてきてなかったのですごくほっとした。でも念のため、そこからは入り組んだ裏道ばかりを選んだ。バック・アレー三番地に着いて表の扉を押し開けたあたしは、隠し扉をノックするのももどかしかった。

だからレバーに手を伸ばして勝手に開けた。

ネッラはテーブルに向かって立っていた。背中を丸くして日誌に見入ってたようだった。真ん中あたりのページ、かなり昔のページが開かれている。あたしが入っていくと彼女は顔を上げた。

「ネッラ、逃げましょう！」あたしは叫んだ。「大変なことになりました。クラレンス卿夫人のメイドが治安判事のところに――」

「新聞を読んだのね」ネッラはあたしをさえぎって言ったけど、なんだかぼんやりしたしゃべり方だった。アヘンチンキでも飲んだんだろうか。「メイドがジャーのマークを写して判事に渡したんでしょう。知ってるわ」

びっくりしてネッラを見つめた。知ってる？　じゃあどうしてこんなところでぐずぐずしてるんだろう。

時計を見た。三十七分たった。あたしは勝手知ったる棚の前へ行き、涙形の粒が詰まった容器を取った。これは乳香。前にネッラが指の腫れをさすったあと、飲んでるのを見たことがある。痛みをやわらげたり気持ちを静めたりしてくれるって言ってた。

「まだ続きがあるんです。これを飲んで聞いてください」あたしは話した。クラレンス邸を通りかかったこと。夫人本人からすべて聞いたこと。新聞を見てほかの人――人たち――まで、同じ熊の絵のついた容器を持ち込んだこと。どの容器も、誰かが突然死した数日後、数週間後に見つかっていること。治安判事は連続殺人を疑っていること。

「それは初耳だわね」顔色ひとつ変えずにネッラは言った。頭がおかしくなってしまったんだろうか？　緊急事態だってことが理解できないんだろうか？　ほんのちょっと前に、あれだけあたしに急げ急げって言ったのに。

「ネッラ、お願い」あたしは頼み込んだ。「ここを離れてください。そうだ、一緒にツチハンミョウを捕って粉にしたときのことを思い出して。あのときあなたはすごく疲れてたけど、力を振り絞ったでしょう？　今度もそうしてください！」ふと、あたしは思いついた。「ひとまずアムウェル邸へ行って、それからどうするか考えましょう。あそこがいちばんいいと思います。誰にも邪魔されません」ネッラと一緒なら、チンキ剤ができて六十六分たってなくてもきっと大丈夫。ネッラがすぐそばにいるんだから、旦那さまの霊はあたしに手出しできないはず。

「そう慌てなさんな」ネッラは乳香をひとつかみ口に入れた。「わたしだってここにとどまるつもりはないわ」乳香の瓶を脇へやって彼女はそう言った。「行き先は決めてあるの。ちょうど出ようとしていたところよ。でも、あなたは連れていけない。わたし一人で行くわ」

　ネッラがそう決めたんならしかたない。だめだなんて言えない。あたしは微笑むと、ネッラが外套を着るのを手伝った。手伝いながら、初めてここへ来たときのことを思い出していた。あれは一週間前のことだったんだ。たった一週間のうちにいろんなことが起きた。よくないことばかり起きた。あたしがこのテーブルに座って、カノコソウのお茶を飲むのをためらってたあのとき、旦那さまもクラレンス卿もまだ生きていた。何が自分たちを待ち受けているかも知らずに。二度目にここへ来たのは——毒入り卵を使った計画が成功したあとだった。成功したのはよかったけど、血が出るしお腹は痛いしで、新たな恐怖に戦《おのの》きながら来たんだった。

それで思い出した。「ツチハンミョウを捕って、フレデリックの話をしてくれたあとで、あなたは言いましたよね、ネッラ。ふたたび血が流れていれば、こういうことはとっくにやめていた、って」

ネッラが、さっと横を向いた。あたしの問いに顔を打たれでもしたみたいに。「そうね」食いしばった歯のあいだから声が絞り出された。「言ったかもしれないわね。でも若い人には理解できないでしょうから、忘れてくれていいのよ」

「何歳になれば理解できるんですか?」

「年齢で決まるわけじゃないの」外套のボタンの留まり具合を確かめながらネッラは言った。「赤ちゃんを育む準備ができると子宮は血を流す。月の満ち欠けと同じように、毎月、それが繰り返される。それが始まれば、大人の女性に一歩近づいたということよ」

あたしは眉根を寄せた。月の満ち欠けと同じ。奥さまも似たようなことをおっしゃってなかったっけ？　あたしの出血が始まった夜、あたしたちが旦那さまを死なせた夜に。

「それって、何日続くんですか？」

ネッラは訝しげに目をすぼめてあたしを見た。「三日とか四日とか。もっと長い場合もあるわ」ネッラは声を低くしてさらに言った。「お母さんか奥さまに教わらなかった？」

あたしは首を横に振った。

「今、出血しているの？」

急に気恥ずかしくなって、あたしは言った。「いえ、でも、ちょっと前に。お腹も痛くて――なにかこう、締めつけられるみたいな」

「初めてだった？」

あたしはうなずいた。「旦那さまが死んだすぐあとに始まりました。だから、旦那さまの霊が悪さをしてるんだと――」

ネッラが片手を上げ、優しい笑みを浮かべた。「それは単なる偶然よ。おめでとう、イライザ。もっと早く言ってくれれば、お腹の痛みをやわらげる生薬を調合してあげられたのに」

もっと早く言えたらどんなによかっただろう。初めてあたしは、血が出た原因は霊じゃなかったのかもしれないと思いはじめた。でも本当に、ネッラが言ったような毎月のことが始まったんだろうか？　このあたしが大人の女性に一歩近づいた？　自分のことを女性だなんて思ったことはなかったんだけど。子ども、女の子、だと思ってた。

もっとじっくり考えたいけど、今は時間がない。ほんとはとっくにここを出てなきゃいけなかった。

開かれたままの日誌をあたしはちらっと見た。一七七〇年、二十年以上前のページだった。ずいぶん汚れてる。ワインだろうか、臙脂色の染みが点々とついてる。

どうしてネッラはこんな古いページを見ていたんだろう。人生を振り返っていたんだろうか。今みたいな仕事を始める前の、遠い日々を懐かしんでいたんだろうか。これが書かれた頃、ネッラの心はまだ傷ついてなかった。関節の腫れも痛みもまだなかった。母親になる可能性も、お母さんも、うしなってなかった。たぶんネッラは、思い返していたんだろう。昔は胸を張って仕事をしてたことや、お母さんの期待どおりの立派な薬剤師、人々に敬われる女性に、なろうとしてたことを。

でも、そんな日々はおしまいになった。フレデリックの裏切りのせいで。

ネッラがあたしの視線に気づいた。ぱたんと大きな音をたてて日誌を閉じ、あたしを急かして戸口へ向かう。いよいよお別れだ。

26

キャロライン　現在　水曜日

セント・バーソロミュー病院四階の古びた一室で、わたしは手帳を挟んで二人の警察官と向かい合っている。窓のない部屋だ。不快な——消毒液と床用洗剤が混じったような——匂いの空気がよどみ、天井の蛍光灯はジージーと低い唸りをあげて光を明滅させている。

年かさのほうの警察官が手帳を彼のほうへ向け、疑惑の文言を指で叩いた。『非毒物の致死量』。同じページの走り書きはそれだけではない。ヒ素という単語にはご丁寧にも星印をつけてある。心の準備をしなければいけないようだ。

本当は今すぐジェイムズのところへ行きたかった。長い廊下の先にあるらしい集中治療室へ。けれど、それはやめておけと本能が告げている。廊下へ出るよりも早く、目の前の無精ひげを生やした警察官に手錠をかけられるのが落ちだ、と。だから席を立つという選択肢はない。

これからたくさんの事柄について弁明しなければならないだろう。

わたしは息を詰め、ページの下まで読まれていないことを祈った。読まれていた場合、事実をどう説明すればいい？　そもそも、話をどこから始める？　不実な夫が急にロンドンへやってきたところから？　それとも、連続殺人犯の薬局に不法侵入したところから？　あるいは、化粧ポーチにユーカリオイルを入れていた、その理由から？　いずれにしてもわたしにとって不利なシナリオばかりだ。嘘みたいだったり、偶然にしては都合がよすぎたり。

わたしが何をしゃべっても、事態は好転するどころか悪くなりそうだ。今の精神状態では理路整然と話すことはおろか、まともに頭を働かせることさえ難しい。それでも先ほどのジェイムズの様子を思えば、ぐずぐずしてはいられない。一刻も早くこの状況を終わらせないといけないのだ。

一人の警察官が電話をかけに部屋から出ていくと、残ったほうが咳払いをして話しはじめた。「ミズ・パースウェル、この手帳に書かれていることについてご説明願えますかね」

集中しなければ。「歴史上のあることについて調査していて、それに関するメモです」力を込めて言った。「それ以上の意味はありません」

「ほう、歴史ねえ」彼はあからさまに疑いの表情を浮かべて背もたれに体を預け、脚を広げた。込み上げる吐き気をわたしは必死にこらえた。

「はい、未解決の謎について」少なくとも嘘ではない。そしてふと、気がついた。何もかも明かす必要はないのではないか。事実の一部を告げるだけでもこの窮地を脱することはできるのではないか。「歴史学を研究しているんです。大英図書館にも二度、足を運びました。二百年前に複数の人を殺した薬剤師のことを調べに。この手帳の中身は、その薬剤師が使った毒についてのメモです」

「ふうむ」彼はやけにはっきりそう言うと、広げていた脚を組んだ。「まあ、筋の通った話ですなあ」

だから心配なのだ。わたしは黙って彼を見つめるしかなかったが、本当は両手を投げ上げ、こう言いたくてたまらなかった。〝嘘だと思うなら、ついてきなさいよ、見せてあげるわ〟彼はポケットから手帳と鉛筆を出して何やら書き留めると、ところどころに荒っぽくアンダーラインを引いた。「その調査を始めたのは、いつ？」こちらを見ずに問う。

「二日ほど前です」

「どちらからいらっしゃった？」

「アメリカです。オハイオ州」

「おたく、前科は？」

わたしは呆気にとられて両手を広げた。「ありません。あるわけないです」うなじのあたりがむずむずする。そう、ありません、今のところは、まだ。

そこへ、もう一人の警察官が戻ってきた。壁にもたれてブーツのつま先で床を打ちながら彼は言った。「ご主人とは、このところ……折り合いが悪かったんですって?」

わたしはぽかんと口を開けた。「誰が――」呆然としたまま言いかけたが、気を取り直した。うろたえればうろたえるほど状況は悪くなるのだ。「誰がそんなことを言ってるんですか?」平静を装って、訊いた。

「ご主人、意識をなくしたり取り戻したりを繰り返してるんですがね、看護師長から――」

「夫の容態は?」廊下へ飛び出したい気持ちをまた抑えつけなければならなかった。

「師長から」彼はもう一度言った。「ご主人にいくつか質問してもらったんです。点滴を繋いだりなんかしながら」

顔が、かっと熱くなった。ジェイムズが看護師に夫婦仲が悪いと言った? 彼は警察にわたしを逮捕させようとしているのか?

いや、でも、と考え直す。彼には知る由もないのだ、わたしが陥っている状況を。奥さんを尋問しているんですとでも警察官が教えないかぎり、この展開を彼が知ることはない。年かさの警察官が鉛筆でテーブルを叩きながらわたしの返答を待っている。窮地から逃れたい一心で、否定しようかとちらりと思った。折り合いが悪いなんて夫の出任せですよ、と。しかし、ジェイムズを嘘つき呼ばわりすれば、ますます分が悪くならないだろうか？こういう場合、警察がどちらを信じるかと言えば、集中治療室に入っている患者のほうだろう。怪しい手帳を持った健康な妻ではなく。だから、ジェイムズが夫婦間で揉め事があったと申し立てたのなら、わたしがそれを否定するのはまずい。現実の深刻さが、独房の鉄格子のようにわたしをがっちり取り囲んでいた。弁護士を雇うことを考えはじめるべきかもしれない。

「ええ」そう答えながら、唯一の防御策を行使する心積もりをしていた。夫の不貞だ。彼には申し訳ないけれど、自分が置かれた状況の厳しさがわかってくるにつれ、これを伏せておくのは公平ではない気がしてきた。「先週明らかになったんですが、夫は――」そこで言葉を飲み込んだ。ジェイムズに裏切られたと、この二人に明かして何になるだろう。それで彼らの注意がジェイムズに向くだろうか。かえってわたしのほうが、恨みがましい、精神の安定を欠いた妻と見られるだけではないのか。

「お互いに考えなくてはいけない点がいくつかあると、先週明らかになったんです。それで、夫と少し距離を置きたくてロンドンへ来ました。わたし一人で。ホテルにチェックインしたのもわたしだけです」背筋を伸ばして、若いほうの警察官をまっすぐに見た。「来るはずではなかった彼が、いきなり来たんです。看護師さんから訊いてもらってください。夫も否定しないはずですから」

彼らは用心深そうに目配せを交わした。

「続きは署で聞かせてもらいましょうかね」正面に座っているほうがそう言ってドアを見やった。「まだ話してもらってないことがありそうだからね。うちの上の人間ならもっとうまく引き出せそうだ」

胃が縮み上がった。酸っぱい味が口に広がる。「わたし――」言葉を切り、息を吸う。「逮捕されるんですか?」いよいよ吐かずにいられなくなったときのために、きょろきょろとゴミ箱を探した。

若いほうの警察官が腰に手を当てた。ぶら下がる手錠のすぐ脇に。「ご主人は――あなたとのあいだに問題が生じていたご主人は――あなたに与えられたものを摂取した結果、生きるか死ぬかの瀬戸際にいる。そしてあなたの手帳には『非毒物の致死量』という言葉が書かれている」腰から手錠をはずしながら彼は続けた。「あなたが書いた言葉ですよ、ミズ・パースウェル。わたしが思いついたわけじゃありません」

27

ネッラ　一七九一年二月十一日

一時的に店を離れるだけであれば、戸棚の奥から思い出の品をいくつか引っ張り出して手元に置いておこうとしただろう。

だが、死は永続的なものである。この世のものを携えていく必要はない。

もちろんイライザには言えない。あの子に手伝ってもらいながら外套を着て——ありがたいことに、乳香のおかげで束の間、気力と体力が戻ってきた——二人で戸口に立った。わたしは、危機が去ったらここへ戻ってくるつもりだというふりをしなければならなかった。

煤けた石に引かれた線に目がいった。イライザが初めてここへ来たとき、引いた線。わたしは、はっと気づいた。この子は、ここへ足を踏み入れた瞬間から、意図せずわたしという人間を解きほぐしはじめたのだ。わたしの中にあったものが少しずつ彼女によって掘り起こされ、表に出てきたのだ。

「なんにも持っていかないんですか？　日誌は？」イライザはテーブルの上にあるそれを、わたしがきっぱりと閉じたそれを、指さした。そこにはわたしが取り扱った品の数々が記されている。無害なラベンダー水もあれば恐ろしいヒ素入りプディングも。だが、より重要なのは女性たちの名前である。どのページを開いても、そこに名が記された人をわたしはたやすく思い出せる。症状や事情は実にさまざまだったけれども。

日誌は、わたしが生きて仕事をしてきたことの証でもある。わたしが救った人々、わたしが死なせた人々。わたしが処方したチンキ剤、膏薬、水薬等々、それらの名称と分量。本来ならば持ち出すべきなのだろう。そうすれば秘密はわたしもろともテムズの川底に沈み、文字は滲み、ページは溶け、この場所で起きた出来事は永遠の秘密になる。名を記された女性たちは守られる。

しかしそれは、彼女たちの存在を消し去ることでもある。

彼女たちは女王でもなければ大富豪の女相続人でもない。華々しい家系図に名が残ることなどない、普通の女たちだ。母は薬の処方を日誌に記録するのと同時に、患者一人一人の氏名や住まいも記録した――唯一無二の存在証明を彼女たちに与えたのである。

だからわたしは消さない。消すつもりはない。火中に投じたカンタリスとは違うのだ。彼女たちの存在をなかったことにはできない。歴史が彼女たちを捨て去っても、わたしはそうはしない。

「持っていかないわ」ようやく答えた。「ここに置いておくほうが安全だもの。ここは見つからない。誰にもこの場所は見つけられないのよ、イライザ」

二人で部屋を出た。隠し扉がぴたりと閉ざされる。イライザの頭に手を置くと、髪の柔らかさと温かさが指に伝わってきた。乳香が節々の痛みだけでなく、胸のざわめきまでやわらげてくれているのがありがたい。苦しさも侘《わび》しさも、冷たい水にのまれる恐怖も、わたしは感じていなかった。

自分の棚に並ぶ生薬の力を借りるとは、わたしの人生の締めくくりにふさわしいではないか。生きているときも死ぬときも、あれらは実に頼りになる。今、穏やかな心に浮かぶのはいやな記憶より幸せな思い出。自分の薬が人を死に導いた一方で、子の誕生にも役立ったこと。数多の死に関わりはしたけれど、多くの人を健やかにもしたこと。

最後の局面において心穏やかでいられるのはしかし、乳香のおかげだけではなかった。かたわらにイライザがいるからでもある。イライザの失策がこの事態を招いたのにもかかわらず、彼女に対する怒りや憎しみはわたしの中になかった。ただただ、クラレンス卿夫人が樽に手紙を入れさえしなければと思うばかりだ。もし、あの人が高貴な身分でなければ、狡猾《こうかつ》なメイドがいなければ、今ごろこんな状況に陥ってはいなかった。

けれど仮定の話をしても詮ないこと。永遠の旅立ちを間近にした今、若さと生命力の塊のようなイライザがそばにいてくれるのを、わたしはこんなにも心強く感じている。実の娘に会うことは叶わなかったけれど、生きていればイライザに似た子に育っていたかもしれない。わたしはイライザの肩に腕を回して抱き寄せた。

最後にもう一度だけ隠し部屋を振り返ってから、二人一緒に表へ出た。ひんやりした空気に包まれて歩きだす。「そこから先は――」ベア・アレーが大通りにぶつかる地点をわたしは指さした。「――あなたはアムウェルのお屋敷へ向かうのよ。別のところへ行くならそれでもいいわ。わたしはわたしの目的地を目指すから」

視界の隅でイライザがこっくりうなずいた。これでいよいよ最後だとわたしは思い、彼女にいっそう寄り添うようにして歩いた。

二十歩も行かないうちに彼らに気づいた。紺色の外套を着た警吏が三人、いかめしい顔をしてこちらへ向かってくる。中の一人は、路地の暗さに怯えてでもいるかのように警棒を構えている。左頰に傷の跡があるのがかろうじて見て取れる。

イライザもわたしと同時に気づいたらしい。言葉も目配せも交わすことなく二人同時に駆けだした。警吏から遠ざかろうと、本能的に川のある南へ向かって、わたしたちは走った。弾む息のリズムを合わせるようにして。

28

キャロライン　現在　水曜日

警察官が手錠をベルトからはずしたと同時に、狭い部屋のどこかで着信音が鳴りだした。わたしは凍りついたようになったまま、彼らのどちらかが電話に出るのを待った。が、頭の霧が晴れはじめてようやく気づいた。鳴っているのはわたしのスマートフォンだ。「夫に何かあったのかも」即座に手錠を掛けられる恐れもあったが、かまわずバッグに飛びついた。「お願いします、出させてください」最悪の事態かもしれない。気をしっかり持たなければ。そう思いながらスマートフォンを耳にあてた。「もしもし？」

聞こえてきたのは、いくぶん気遣わしげではあるものの、朗らかな声だった。「キャロライン、ゲイナーよ。あれからどうなったかと思って。旦那さん、大丈夫？」

ああ、気にかけてくれていたのだと心からありがたく思った。ただ、タイミングが悪すぎた。目の前の警察官が貧乏揺すりをしながらこちらを見据えている。「ありがとう、ゲイナー」固い声でわたしは言った。「おかげさまで、なんとか――」そこで、気づいた。一言一句、彼らに聞かれているのだ。ひょっとしたら録音だってされているかもしれない。「今、ちょっと取り込んでて。落ち着いたら連絡するわ、必ず」

手錠を持って待ち構えているほうの警察官を見た。左腰についているバッジが目に入る。階級だか役職だかを示すものだ。突然、部屋に新鮮な空気が流れ込んできたみたいに、閃きが訪れた。ゲイナーの大英図書館での役職が、もしかしたらわたしを救ってくれるかもしれない。

「あのね、ゲイナー……」より強くスマートフォンを耳に押し当てた。「……あなたに力になってもらえたらありがたいんだけど」

「言って、何でも」

「今わたし、セント・バーソロミューにいるの」わたしが言うと、警察官たちは訝しげな顔になった。

「病院？　本当に大丈夫なの？　あなたは元気なのよね？」

「ええ、まあね。四階の集中治療室のそばの部屋にいるんだけど、来てもらえたりする？ちょっと、いろいろあって。話せるときが来たらちゃんと話すわ」

「わかった。すぐ向かう」

わたしは深く安堵の息を吐いた。「友人です」電話を切って警察官たちに言う。「大英図書館の職員で、わたしの調査を手伝ってくれています。わたしを逮捕するかどうか決めるのは、彼女の話を聞いてからにしていただけないでしょうか」

彼らは目交ぜをし、向かいの警察官がまた何か手帳に書きつけた。しばらくすると彼は腕時計を見て、三本の指でテーブルを叩きはじめた。

これは賭けだった。ゲイナーは、わたしが薬局跡に忍び込んで写真を撮ったことを知らない。一緒に調べを進める中で、タバコだのヒ素だのといった言葉をメモしたこともなかった。警察官が彼女に手帳を見せないことを祈るしかないが、見せてしまう恐れはある。でも濡れ衣を着せられて逮捕されるぐらいなら、ゲイナーにすべてを話すほうを選ぶつもりだ。

痺れを切らした警察官の片割れが部屋を出ていき、待合エリアにいたゲイナーを見つけて連れてきた。彼女は怯えたような顔をしていた。警察官がいるのを知って、ジェイムズの身に何かあったと考えているのに違いない。驚かせたり心配をかけたりするのは不本意だが、気軽に言葉を交わせる状況ではなかった。

「キャロライン」わたしを見るなり彼女は言った。「どうなってるの？　大丈夫なの？旦那さんは？」

「まあ、かけてください」年かさの警察官がわたしの隣のパイプ椅子を示した。

ゲイナーがバッグをしっかり胸に抱いて腰を下ろした。手帳に目を留めたようだが、遠いので文字までは読めないはずだ。

「ミズ・パースウェルを署へお連れするところだったんですよ。話を聞かせていただくために」警察官が説明を始めた。「ご主人が摂取した有害な物質のことやら、それに関連しているであろう、ご当人が書いた尋常ならざるメモのことでね」

わたしは首を横に振った。ゲイナーがそばにいると思うと勇気が湧いてくる。「いいえ、関連なんてありません。さっき申し上げたとおりです」

ゲイナーの手がこちらへ少し近づいた。わたしの手を握りたがっているかのようだ――自分が安心したいからか、それともわたしを安心させるためか、どちらなのかはわからないけれど。

警察官がゲイナーのほうへ身を乗り出した。たばこ臭い熱い息がテーブル越しに伝わってくる。「だがその前に、おたくから話を聞くようにとミズ・パースウェルに言われまして」とたんにゲイナーの様子が変わった。今の今までわたしに同情的なそぶりを見せていた彼女が、急に身構えるように肩をこわばらせた。「おたくは大英図書館にお勤めだとか」

ゲイナーの目が、さっとこちらへ向いた。「わたしの仕事が関係あるの？」

たちまち後悔の念に喉を締めつけられた。自分に助けが必要だったからゲイナーに来てもらった――自分が救われたかったから。その愚かしさに今さらながら気づいた。結果的にわたしは自分のトラブルに他人を巻き込んだのだ。悪いことなど何ひとつしていないゲイナーを、警察に尋問される自分の隣にこうして座らせてしまっている。

わたしは大きく息を吸い、言った。「薬剤師について調べていると言ったんだけど信じてもらえなくて。それで、あなたが大英図書館で働いていることを話させてもらったの」警察官のほうを向いて続ける。「図書館へは二度行きました。わたしはまず地図で調べて、それからインターネットで……」わたしたち、ではなく、敢《あ》えて主語をわたしにした。少しでもゲイナーをトラブルから遠ざけたかった。

息をつくと、壁の時計がカチカチと時を刻むのが聞こえた。こうしてわたしが身動きできないまま自己弁護を続けているあいだも、ジェイムズは生きるために闘っているのだ。

「この人たちは」ゲイナーに言った。「夫の体調不良にわたしが関わってると思ってるみたいなの。彼が風邪気味だっていうから、ユーカリオイルを勧めたのね。ところが胸や喉に塗るべきものを夫は飲んでしまった。あいにくそれは体に入ると毒になるもので」わたしははらはらしながら手帳に目をやり、それが消えてしまえばいいのにと思った。ガラス瓶など見つけるんじゃなかった、薬剤師の存在など知るんじゃなかった、とも思った。

ついに覚悟を決め、テーブルに両手を置いた。やはりゲイナーに頼むしかないのだ。

「救急隊がわたしの調査メモを見つけて警察に連絡したの。それでお願いがあるんだけど、あなたは確かに大英図書館で働いていて、わたしは薬剤師について調べるためにそこへ二度足を運んだ、それをここで証言してもらえないかしら。わたしが苦し紛れに嘘をついてるんじゃないということを」

ゲイナーの反応に、わたしは安堵した。偶然とタイミングの悪さが重なってこうなったのだという事実が、彼女の胸に落ちていくのが傍目《はため》にもわかった。チカチカする蛍光灯の下で全員、ゲイナーが口を開くのを待った。きっと彼女は手帳に言及することなく――読みもせず――証言してくれるだろう。そうなれば、わたしが不法行為を白状する必要はなくなる。

ゲイナーが息を吸ってしゃべろうとした、まさにそのとき、向かいの警察官がわたしの手帳に手を置き――恐ろしいことに――それをくるりと彼女のほうへ向けた。

テーブル越しに突進して手帳を払い落とし、彼の首を絞め上げたいと思った。ゲイナーがわたしを弁護しようとしているのを彼も見抜いて、奥の手をぎりぎりまで取ってあったのだ。

もはや成り行きに任せてすべてを受け入れるほかない。ゲイナーの視線がページに落ち、左から右へと動くのをわたしはじっと見た。薬剤師の記録から引き写した怪しげな毒物の名称、ばらばらな日付、名前。どれも、ゲイナーと一緒に図書館で調べて突き止めた情報ではない。そして、問題の語句。『非毒物の致死量』。

ゲイナーとの縁もこれまでだ。このメモは二人で行った調べものには関係ないと彼女は証言するだろう。正気なら誰だってそうするに決まっている。彼女は当惑し、警察はいっそうわたしへの疑惑を深めるだろう。もうおしまいだ。固く冷たい金属が手首にはまるのを、わたしは石のようになって待ち構えた。

ゲイナーが、ゆっくりと震える息を吸って吐いた。そして、わたしを見た。目だけで何かを伝えようとしているようだった。けれどわたし自身の目はあっという間に涙で潤んだ。込み上げる自責の念に、早く手錠を掛けてここから連れ出してくれと願いそうになる。忌まわしいこの場所から逃げ出したい、警察官と新しい友人の、失望の表情から遠ざかりたい。

ゲイナーがバッグに手を入れながら言った。「ああ、これはわたしたちが一緒に調べものをしたときのメモですね」札入れからカードを出して警察官に渡す。「こちらが身分証です。キャロラインが二度、大英図書館へ来て薬剤師について調べたのは間違いありません。必要でしたら、監視カメラの映像を提供するようわたしのほうから図書館に要請もできますが」

信じられなかった。わたしから告げられていない何かがあると知ってなお、味方をしてくれるなんて。全身から力が抜けていく思いで、彼女をただ見つめるしかなかった。この場で釈明はできないのはもちろんのこと、ありがとうとさえ言えない。彼らに怪しまれるのはわかっているから。

向かいの警察官は、その有効性を確かめようとするみたいにゲイナーの身分証を親指で撫で回していたが、得心したらしい。投げるように置かれたそれが、テーブルの上を数センチ滑った。彼のポケットで何かが鳴りだし、スマートフォンが引っ張り出された。

「はい」素っ気なく応答する。女性らしき相手の声がかすかに聞こえ、警察官の表情が硬くなった。悪い知らせかとわたしが身構えると同時に通話が終わった。「奥さんに会いたがってるそうです」椅子から立ち上がりながら彼は言った。「行きましょうか」

「じ、じゃあ、夫は回復したんですか？」

ゲイナーがわたしの手を取り、そっと握り締めた。

「そりゃまだわかりませんがね。少なくとも意識はすっかり戻ったらしい」

ゲイナーを残し、警察官たちに促されて部屋を出た。出際に片割れがわたしの背中に手を添えた。わたしは身を固くして言った。「一人で行けます」

彼は薄ら笑いを浮かべた。「とんでもない。こっちの用はまだ済んでないんで」

わたしの動きが止まった。逮捕への恐れがまた頭をもたげる。看護師は電話で警察官にどんな話をしたのだろう。ジェイムズは何のためにわたしを呼んでいるのだろう。

静かな廊下に彼ら二人のブーツの音が大きく響く。胸には不安。両側には警察官。重い足取りでわたしは夫のもとへ向かった。

29

イライザ　一七九一年二月十一日

路地を出てしばらくすると足が痛くなってきた。左足を地面につくたび、まめがボロ靴にこすれる。息も苦しい。脇腹をアイスピックで刺されてるみたいだ。止まって止まって、って体の全部があたしにせがんでる。

警吏はあたしたちの二十歩ぐらい後ろにいる。もっと近いかも。どうして見つかってしまったんだろう？　クラレンスのお屋敷からあたしをつけてきたんだろうか。あんなに回り道したのに。追いかけてきてるのは二人だけだ。もう一人はバック・アレーに残ってるのか、でなきゃ足が遅いだけなのかも。後ろにいるのは二匹のオオカミで、あたしたちはウサギ——あいつらの獲物——だ。

オオカミ殺し《トリカブト》が今ここにあればよかったのに。

だけどあたしたちは追いつかれない。腰に鉄の輪っかなんかぶら下げてないし、お腹がビールでたぽたぽでもないから。体が弱ってるネッラでさえあの人たちより速い。じわじわ距離が開いていく。

獲物の本能で、あたしはネッラについてきてと合図すると左へ曲がり、そこからすぐに狭い路地へ入った。路地に入ったところは警吏たちに見られてない。奥まで行くと、別の路地に通じる抜け道があった。あたしはネッラの手をつかんで引っ張った。痛そうに顔をしかめられたけど、しょうがない。焦りと恐怖でいっぱいの頭に、同情の入り込む余地はなかった。

後ろを振り返って確かめたかった。あの人たちが路地に入ってきてないか、すぐ後ろまで迫ってないか。でも我慢した。前だけ向いて走らなきゃ。鎖骨のあたりがチクチクする。蜂か何かが入り込んだんだろうか。スピードをゆるめずにちらっと下を向いたら、蜂じゃなかった。走るうちに瓶の位置がずれたんだ。それでまた、時間の進み具合ののろさを思い出させられた。チンキ剤はまだ使えない。

行く手に馬車小屋が見えてきた。その裏の厩《うまや》は黒っぽい建物で、干し草の山の陰になってる。山はあたしの背丈の倍ぐらいの高さがある。ネッラを引っ張ってまっしぐらにそこを目指した。ネッラはずっと顔をしかめてる。かなりの苦痛に耐えてるみたいだ。顔の色はさっきまでやけに赤かったけど今は青ざめてる。

馬車小屋の脇を抜けて厩の扉を押し開けた。真ん中の房に馬がいて、あたしたちを見ると危険を察知したのか鼻息を荒くした。あたしたちはいちばん奥の左側の房に入った。そこは半分、馬車小屋の陰になってる。

二人とも崩れるように座り込んだ。地面はこぼれたまぐさに覆われていて、スウィンドンの家に帰ったみたいな気分になった。言いつけられた仕事をさぼって、よく厩で昼寝をしたっけ。あたしは馬糞をよけて座ったけど、ネッラは全然注意を払ってなかった。

「大丈夫ですか？」はあはあ言いながらネッラに訊いた。

ネッラは力なくうなずいただけだった。

外を覗ける穴がないかと思って壁を調べたら、うんと下のほうにペニー硬貨ぐらいのがあった。地面に近いところだから、汚いまぐさを足でどけて腹ばいにならないといけなかった。穴に目を当てたあたしは、ほっとした。警吏の姿はないし、どこかの犬に匂いを嗅ぎつけられたってこともないみたいだ。馬車小屋にも人影はない。

でも、これで逃げ切れたと思うほどあたしだってばかじゃない。だから地面に這いつくばった体勢を崩さなかった。穴を覗いて、ときどき休んで、ときどきネッラの様子をうかがった。店を出てからネッラはまだひと言もしゃべってない。

顔にかかる髪を払って、一生懸命息を整えようとしているネッラ。それを見てると、二人してもうひとつの小屋で過ごしたときのことがよみがえってくる。今こんなことになってるのも、そもそもの始まりはあの日だった。あの日、ネッラは自分のことをたくさん話してくれた。フレデリックを愛したこと。彼に裏切られたこと。どうして女性たちの兄弟や夫や主や息子たちを毒殺する人生を歩みはじめたかってこと。

もう一度外を覗くと、なんだか様子が変だった。穴がすごく小さいから、必死に目を動かしてもよく見えない。心臓がドキドキしはじめた。

「遅かれ早かれ見つかるわ」後ろでネッラの掠れた声がした。「見つかったら、わたしのことは知らないと言いなさい。わたしの店になんて足を踏み入れたこともないと。わかった? あなたは知らん顔をしているの。わたしに脅されて、無理やりここへ連れ込まれたと――」

「シーッ」あたしはネッラを黙らせた。ネッラは見るからに弱ってるし――乳香の効き目が薄れてきたんだろう――馬車小屋のそばに人が集まってるのが見えたから。一人一人の顔まではわからないけど、若い男の人が三、四人、しきりに手でこっちのほうを示しながらわいわい言ってる。あたしの全体重は腕にかかってて、両腕がぶるぶる震えはじめてる。でもここで体勢を崩して覗き穴から目を離すわけにはいかない。

あの人たちが厩へ入ってきたらおしまいだ。振り返って厩を見回してみた。壁の高さは百五十センチぐらい。いざとなったら壁をよじ登って逃げられる自信はある。けどネッラは、ちょっと顔色は戻ったとは言え、無理かもしれない。今ならあたし一人で逃げようと思えば逃げられる。でも、ネッラがこんな目に遭ってるのはあたしのせいだ。だからあたしは、しくじりを挽回するためにできるかぎりのことをしなきゃいけない。

「ネッラ」囁き声で言った。「奥の壁を乗り越えて逃げるしかないです。できそうですか？」ネッラは何も言わずに立ち上がろうとした。「待って。用心しないと。馬車小屋のそばに人が集まってます」

ネッラは聞いてなかったらしく、壁のところへ行っていきなりよじ登りはじめた。止める間もなかった。よじ登って、向こう側の地面にどさっと落ちて、それから走り出した。

男の人が叫ぶ声がした。ネッラが無茶をするから。あたしは腹が立ったけど、素早く壁を越えて両足で着地すると、あとを追った。ネッラは、二軒の家に挟まれた小道を南へ向かってよたよた走っていく。先のほうに冷たく光るテムズ川が見える。ネッラは一目散にそこへ向かってる。

さっきまでより元気になったみたいに見えるけど、本能的な恐怖心に突き動かされてるだけかもしれない。川がどんどん近づいて、ネッラがウォーター・ストリートのほうへ折れたとき、あたしは確信した。彼女はブラックフライアーズ橋を渡るつもりだ。

「だめ！」建物を回り込むネッラに向かってあたしは叫んだ。「橋はだめ！」息が苦しくてちゃんとは説明できないけど、すぐ後ろに追っ手が迫ってるんだから。物陰や裏道から出ないほうがいいに決まってる。鍵のかかってない扉が見つかればそこに隠れられるし。いろんな方法で人を匿《かくま》ってくれるのがロンドンっていう街だ。それは誰よりネッラが知ってるはずじゃないか。「ネッラ」もう一度叫んだ。脇腹がすごく痛くなってきた。「橋はまわりが開けてるからだめです！　舞台に立つのとおんなじ！」

あたしの叫びを無視してネッラはぐんぐんブラックフライアーズ橋に近づいていく。子どもや家族連れや手を繋いだカップルで橋の上は大賑《にぎ》わいだ。ネッラはおかしくなってしまったんだろうか？　通行人の中には、警吏があたしたちを追いかけてるのを見て、出しゃばってくる男の人が絶対いるはずだ。自分の力で悪者を取り押さえてやろうなんて考えるやつが。そういうことをネッラは全然考えてないんだろうか？　とうとう橋にさしかかった。

目指してるのは、どこ？　何をしようとしてる？

橋の真ん中近くまで来たとき、あたしは時計台に気がついた。目をすがめて針の先を見る。二時十分。七十分たった！　チンキ剤が使える！

振り返ると、警吏たちは橋のたもとまで迫っていた。あたしはドレスの内側に手を入れて、つるつるしたふたつの瓶を握り締めた。ひとつを落としたときのために予備を用意してあったんだけど、今は別の意味で、ふたつつくって正解だったと思う。ネッラの分と、あたしの分だ。

ひとつめの瓶を慎重に取り出すのに気を取られて、ネッラが橋の真ん中で立ち止まるのを見てなかった。両手を欄干に置いて肩で息をしている。あたしはゆっくり近づいた。ネッラの背中はもう目の前だ。近くを大勢が行き交ってるけど、こっちに注意を払う人はない。

もう捕まってしまう。警吏がここまで来るのに、あと十五秒、いや二十秒か。

あたしは空色の瓶の栓を抜いた。「これを飲んで」ネッラに差し出しながら必死に言った。「飲めば何もかも大丈夫になります」この薬をネッラが飲めば、警吏も納得するうまい説明とか真に迫った嘘とかを、きっと思いつく。死んで生まれたトム・ペッパーが息を吹き返したみたいな、すごいことがきっと起きる。

何？　って顔でネッラはあたしの手の中のものを見た。それが薬瓶だとわかっても、驚かなかった。彼女が市場へ出かけてるあいだ、あたしがお茶をいれてたなんて嘘だって、最初から見抜いてたのかもしれない。

ネッラの肩が、がたがた震えだした。「お別れよ、イライザ」いきなり、そう言われた。「人混みに紛れなさい。そして逃げて」ひと呼吸おいて、ネッラは続けた。「そうすれば、あの人たちはわたしを追って川へ入るわ」

川へ入る？

ずっと不思議に思ってた。なぜネッラはまっしぐらにテムズ川を目指すのか。どうして気づかなかったんだろう。今ならわかる。ネッラが何をしようとしてるのか。

警吏たちがやってくる。人混みをかき分けて近づいてくる。一人は、もうすぐそこまで来てる。がさがさの唇と左頬の傷跡がはっきり見える。クラレンス邸にいた警吏だ。そして、ひたとあたしを睨みつける目は、よくも騙してくれたなって言ってるみたいだ。こうも言ってる。〝おまえたちはもうおしまいだ〟

30

キャロライン　現在　水曜日

　病室の前まで行くと、ドアの外で書類を仕分けしていた看護師が、ジェイムズの容態は安定していることを教えてくれた。もう集中治療室を出られるのだが、本人がまずはわたしに会いたがっているのだという。

　何が待ち受けているのかと、恐る恐るドアを開けて中へ入った。警察官たちも続いて入る。ベッドに半身を起こして枕にもたれるジェイムズを見て、わたしは息をついた。疲れてはいるようだが、顔色はずいぶんよくなった。その回復ぶりには驚かされたが、制服姿の警察官を見たときのジェイムズの驚きようはそれどころではなかった。

「何かあったんですか?」

「わたしが疑われてるの。あなたに毒を盛ったんじゃないかって」警察官が答える前に自分で言った。「夫婦仲に問題があったとあなたが看護師さんに言ってからは、ますます」

点滴の輸液バッグや針を刺された彼の腕に視線をめぐらせて、わたしは続けた。「オイルのボトルに注意書きがあったの、読まなかった？　どうして飲んじゃったりしたの？」

ジェイムズは長い息を吐いた。「気がつかなかった。自業自得だ」それから彼は警察官たちのほうを向いた。「妻はいっさい関係ありません。これは純然たる事故です」

膝から力が抜けていくようだった。これでもう、逮捕される恐れはなくなった。警察官の片方が眉を上げた。その顔に落胆の表情が広がる。

「もういいでしょう？　それとも供述書に署名が必要ですか？」ジェイムズが苛立ちと疲労をあらわにした。

年かさの警察官が胸のポケットから名刺を取り出した。出際に、ドア近くのテーブルに打ちつけるようにしてそれを置き、彼は言った。「状況が変わったら――あるいは、内々に話したいことがあれば――電話してくださいよ」

「わかりました」ジェイムズは、うんざりしたように目をぐるりと回した。

詫《わ》び代わりの目礼ひとつするでなく、彼らはそのまま出ていった。

生きた心地がしなかった一時間がようやく終わった。わたしはベッドの端に腰を下ろして、そっと言った。「ありがとう。タイミングもよかったわ。あなたに呼ばれるのがもうちょっと遅かったら、留置場からあなたに電話する羽目になってた」ベッドの脇のモニターに、わたしには意味不明な線や数字が映しだされている。心拍が安定しているのはわかる。アラームも光っていない。認めるのはためらわれたけれど、プライドを脇へ置いて、言った。「あなたがいなくなってしまうかと思った。わたしのそばからっていう意味じゃなく」

ジェイムズが口角を上げ、穏やかな笑みを浮かべた。「ぼくはいなくならないよ。この世からも、きみのそばからも」彼は期待に満ちた顔でわたしの手を握った。

見つめ合ったまま、どちらも無言で息を凝らしていた。二人の今後が、わたしの返答ひとつに――彼の言葉にうなずくかどうかに――かかっている。

「ちょっと外の空気を吸ってくるわね」わたしはついに目をそらした。「すぐ戻るから」彼の手をそっとはずして、病室を出た。

廊下をとぼとぼ歩いて誰もいない待合エリアまで来ると、片隅のソファに沈み込んだ。テーブルの上に生花が飾られ、花瓶の隣にティッシュの大箱が置いてある。ちょうどわたしに必要なものだ。

背もたれに体を預けると、わたしは声を出さずに泣きはじめた。目にあてたティッシュが吸い込むのは涙だけではなかった。さまざまな感情があふれ出る。ジェイムズが回復したことへの安堵、だからといって消えはしない彼の不貞への幻滅、警察官に事情聴取された悔しさ、彼らに事実のすべてを明かしたわけではないという自責の念……

自分は清廉潔白だと言い切ることはできないのだ。

バック・アレーの廃ビルに不法侵入したのは本当に昨夜のことだったのだろうか？　信じられない。とてつもなく長い時間が過ぎたような気がする。ジェイムズはよく何カ月も不倫を隠し続けられたものだと思う。わたしは隠し事をしてまだ数時間だけれど、もう限界に近い。

人はなぜ、苦しい思いをしてまで隠し事をするのだろう。保身のため？　それとも他者を守るため？　でも、あの薬剤師は過去の人。二百年以上も前に亡くなっている人。わたしが彼女を守る謂《いわ》れはない。

プレイルームに立たされたいたずらっ子二人みたいに、ジェイムズの秘密とわたしの秘密が肩を並べている。

涙がティッシュに染み込むにつれ、わかってきた。この悲嘆には、もっと深い意味がある。不法侵入したうしろめたさや夫の不貞といった、表面的なわかりやすい悩みに紛れていたけれど、心にのしかかっているものはもうひとつあった。夫婦双方が長いあいだ満たされない思いを隠し持っていたという事実だ。幸せだけれど満たされていないという思いを。

ここに至ってようやく理解できたが、幸せと不全感は両立しうるのだ。実家で働けてわたしは幸せだ、けれど仕事に満足はしておらず、途中で投げ出した夢に未練を抱いている。

子どもを待ち望む日々は幸せだ、けれど家庭の外でも成果を出したい。そんなふうに幸福感と達成感は別ものであることに、どうして今の今まで気づかなかったのか。

肩をそっと押さえられた。驚いてびしょ濡れのティッシュを目から離し、顔を上げた。ゲイナー。彼女を狭苦しい取調室に置いてきたのを忘れかけていた。わたしは精いっぱい平静を取り繕って微笑み、二、三度深呼吸をした。

茶色い紙袋を手渡された。「何か口に入れなきゃ」ゲイナーは囁き、隣に腰を下ろした。「ビスケットだけでも。ここのは、なかなかいけるわよ」袋の中を覗くと、きれいにラッピングされたターキー・サンドイッチとシーザーサラダと、ディナープレートぐらいもあるチョコレートチップ・クッキーが入っていた。

ありがとうと言う代わりにうなずくと、また涙があふれそうになった。見知らぬ他人ばかりの異国で、これほど親身になってくれる人に出会えるなんて。

食べ終えたときにはパンくずひとつ残っていなかった。水をボトルの半分ほど飲むと、またティッシュを一枚取って洟《はな》をかみ、わたしは覚悟を決めた。こんな状況で、こんな場所で、打ち明けることになるとは想像もしていなかったけれど、でも、話さなければならない。

「本当にごめんなさい。あなたを巻き込みたくはなかったけど、警察官にいろいろ訊かれてる真っ最中に電話をもらったものだから、助けてくれるのはあなたしかいないと思ってしまって」

ゲイナーは膝の上で両手を重ねた。「謝らないで。もしわたしがあなたでも同じことをしたわ」彼女は大きく息を吸った。慎重に言葉を選んでいるのがわかる。「一人旅だとばかり思っていたから、ちょっとびっくりしたけど」

わたしは床を見つめた。ジェイムズの容態の心配がなくなったら今度は、ゲイナーにあれこれ隠し事をしていたことへの後悔が込み上げてきた。「ジェイムズと結婚して十年になる。今回は結婚十周年の記念旅行のはずだったんだけど、先週、彼の不倫が発覚してね。それで、わたし一人で来たの」ひどい疲れを覚えてまぶたを閉じた。「現実から目を背けたかったのよ。ところが昨日、何の前触れもなく彼がやってきた」驚きの表情を浮かべるゲイナーに、わたしはうなずいてみせた。「そして今日、あなたも知ってのとおり、突然彼は体調を崩した」

「なるほどね。確かに警察は疑うかもしれない」それから彼女はためらいがちに言った。「思っていた記念旅行とはずいぶん違ってしまったわね。わたしで力になれることがあれば……」言葉はそこで途切れた。何を言えばいいのかわからないのは二人とも同じだった。

結局のところ、状況は変わっていないのだ。ジェイムズの体は回復しても、夫婦の関係はそうじゃない。一緒にシンシナティへ戻り、もつれた糸をほぐそうと奮闘する彼とわたし。それを想像しようとしても、像はぼんやりとしか浮かばずもどかしさが残る。なかなかいい映画だったのに結末だけが残念、と言いたくなるときと似ている。

ゲイナーがバッグに手を入れ、わたしの手帳を取り出した。警察官と一緒に部屋を出るときは気にかける余裕もなかったけれど、テーブルの上、彼女の目の前に、置いたままだったのだ。「ほかのページは見てないわ。あなたに……説明してもらってからじゃないとね」その顔は苦しげに歪んでいた。知りたくない――知らないほうがお互いのため――とでも言いたげに。

無傷のまま逃げきれる最後のチャンスだ。わずかに残された友情のかけらを、今ならまだ失わずにすむ。一人で調べを進めていたことについて適当な話をねつ造して、不法侵入や貴重な史跡を荒らした行為を明かさずにいれば。もし明かしたら、ゲイナーはどうするだろう。あの警察官たちを追いかけてわたしの罪を告発するだろうか。世紀の大発見を自分の手柄にするだろうか。それとも、ただわたしに腹を立て、縁を切るだろうか。

でもこれは、事実を知ったゲイナーがどうするかではなく、わたし自身の問題なのだった。この数日で何かを学んだとすれば、隠し事は大惨事を招くという普遍的事実だ。だから本当のことを言わなければならない。不法侵入――殺人容疑に比べれば何ほどのものでもないような気がしてくる――についても、発見したものについても。

「あなたに見てもらいたいものがあるの」待合エリアにひとけがないのを確かめてから、ついにそう言った。スマートフォンを出し、保存された写真を開く。そうしてわたしは、身を乗り出して画面を覗き込むゲイナーに、事実を明かしはじめた。

ジェイムズのところへ戻ったときには夕方近くになっていた。彼の様子に変わりはなかった——今はぐっすり眠っているけれど。彼が目を覚ましたら、話さなければいけないことがある。

窓際の椅子に落ち着く前に、トイレへ行っておこう。そう思ったときだった。ぎょっとして立ち止まり、見開いた目で自分自身を見下ろした。あの感覚、脚のあいだに流れ出る感覚が、確かにあった。腿と腿をできるかぎり離さないようにして病室のトイレへ駆け込み、便座に腰を下ろした。

やっと、やっと、来た。妊娠はしていなかった。妊娠していないことがこれではっきりした。

トイレにはナプキンもタンポンも豊富に備えられていた。意気込んでタンポンを取り、パッケージを破る。個室を出て手を洗ったあと、鏡を覗き込んだ。映った自分の顔に手を当てて、わたしは微笑んだ。ジェイムズとの話し合いがどうなるにしろ、事態を複雑にする子どもはいない。個人として、夫婦として、彼とわたしが各自を見つめ直すとき、罪のない子どもを置き去りにせずにすむ。

ベッドサイドの椅子に戻ったわたしは、壁に頭を預けた。この不安定な体勢でも少しは寝られるかもしれない。暖かな部屋でいっときの安らぎに包まれると、ふと思い出した。今朝、カフェでゲイナーから渡されたもの。薬剤師に関するふたつの記事だったが、片方をまだ読んでいなかった。

バッグからそれを引っ張り出しながら、顔をしかめた。調べものをしていると警察官に申し立てて疑われたとき、これを見せればよかったのだ。実のところ、もっと差し迫った懸念で頭がいっぱいだったためにすっかり忘れていた。

重ねてたたまれていたコピー用紙を広げる。上になっているのは一七九一年二月十日付、クラレンス卿の死を報じる記事で、熊の絵が添えられている。こちらはすでに読んでいるから後ろへまわし、一七九一年二月十二日の日付のある二枚目に目を落とした。

見出しを読んで息をのんだ。クラレンス卿の死は薬剤師にとって終わりの始まりだった、ゲイナーはそう言ったのだった。その意味がこれでわかった。

『薬剤師　橋から身投げ』

用紙を持つ手が震えだした。よく知る人の訃報に接したような錯覚にわたしは陥っていた。

31

ネッラ　一七九一年二月十一日

イライザとわたしは橋の上にいて、警吏たちが背後に迫っている。死は近い――こちらへ向かって伸ばされたその手の冷たさが、はっきりと感じられるほど近い。

死ぬ間際の心情は思っていたのとずいぶん違う。意外にも、母のことも生まれなかった子のことも、フレデリックのことさえも思い出さない。心に浮かぶのはただ一人。イライザ。みすぼらしいマントに身を包んで店に現れたイライザ。けれどその頬は、生まれたての赤ん坊みたいにみずみずしくて清らかだった。彼女こそ偽装の達人である。真の姿は凄《すご》腕《うで》の殺人者なのだから。これまでロンドンの数多の使用人が主を死に至らしめてきたにしても、十二歳のメイドが朝食に毒入り卵を出したなど、誰が信じるだろうか。

誰も信じまい。わたしとていまだに信じられない。

そしてまた信じられないことが起きた。いよいよ飛び込もうとしたわたしの口から「逃げて」という言葉が転び出た直後、イライザは細い脚を振り上げ、欄干を乗り越えたのだ。彼女は今、欄干の向こうに立ってテムズ川から吹き上げる風にスカートをはためかせ、わたしに穏やかなまなざしを向けている。

なんという悪ふざけ。それともこれは目の錯覚だろうか。わたしを蝕む病魔が、最後の最後に視覚まで破壊したのか？　身を乗り出して捕まえようとしても、手すりをつかんだままするりと逃げる。その機敏な動きにわたしはついていけない。大切な最後のひととき、くだらないゲームにつき合わせるのかと、頭に血が上った。わたし自身がこれから鉄の柵を乗り越えるため力を振り絞らなくてはならないというのに。

イライザの片手は、さっきわたしに差し出した小さな青い薬瓶を握っている。それを彼女は口元へ持っていくと、餓《う》えた子どもみたいにごくごく飲み干し、空いた瓶をはるか下の川へ投げ捨てた。

「これで大丈夫。あたし、死にません」囁くようにイライザは言った。そうしてその指が一本ずつ、リボンがほどけるように手すりから離れていった。

〝体に何か入れれば、必ず何かが排除されるか何かが生じるか、何かが抑止されるかするものだ〟

子どもの頃に母から聞かされたシンプルな教えである。これこそ大地が生む薬の神髄だと母は言った。アウルス・ゲッリウスの言葉らしいが、この偉大な哲学者についてはあまり知られていない。実在したこと自体を疑う向きもあるぐらいだから、本当に彼がこう言ったのかどうかも定かではない。

落ちていくイライザを呆然と見つめながら、頭をよぎったのはこの言葉だった。わたしがつかんでいるかのように逆立っている髪。何かを守ろうとするみたいに胸の前で交差させた腕。眼前に延びる川へ、まっすぐ向いた顔。

アウルスの教えが耳朶《じだ》にこだまする。確かにわたしは知っている。精油でもチンキ剤でも水薬でも、体に入ればなんらかのもの――子宮の内容物など――が取り除かれたり損なわれたりする。それは本人が最も失いたくないものである場合もある。

そしてまた、わたしは知っている。体に入ったものが苦痛を引き起こし、ひいては憎悪や復讐心を生じさせることがある。人の内なる悪魔を目覚めさせ、骨を脆《もろ》くし、関節を朽ちさせたりもする。

だが、抑止されるものとは……？　死が抑止されうるだろうか？

わたしの混乱した頭が事態を理解したときには、イライザはすでに水中に消えていた。

しかし動物的本能が、さらに重大な危機が迫っていることを思い出させた。警吏がすぐそこまで来ていた。腕をいっぱいに伸ばしている。わたし同様、落下した体をつかんで引き戻したがっているかのようだ。あの女は事件に関わっていた、身を投げたのが何よりの証拠、クラレンス卿殺しの謎を解く唯一の手がかりが消えた、そう考えているのに違いない。

周囲に人だかりができはじめた。牡蠣《かき》の入った籠を持つ女性、羊の小さな群れを連れて南へ向かう人、ネズミみたいに橋の上をちょろちょろする子どもたち。みんな異様なほどの好奇心をあらわにして寄り集まってくる。

警吏がわたしのほうを見た。「あんたもグルか?」

わたしは答えられなかった。まだ止まっていない心臓だが、それにしても打ち方が激しすぎた。新しい生《い》け贄《にえ》を得た川も激しくうねり、猛《たけ》っている。入水《じゅすい》するのはあの子のはずではなかった。わたしであるべきだった。一緒にここへたどり着いたのは、そもそもわたしが死を切望したからだ。

警吏がわたしの足元に唾を吐いた。「口が利けないのか? ああ?」

膝がもう限界だった。わたしは欄干に寄りかかって手すりにすがった。

もう一人の警吏、大柄なほうが追いついてきた。頬を紅潮させ、肩で息をしている。「飛び降りたのか?」信じられないという顔であたりを検分し、そのあとようやくわたしのほうを見た。「この女が片割れなわけないだろ、パトナム。立つのにも難儀してるじゃないか。おれたちが追ってた二人組はごくありふれた服装だった」彼は野次馬を見渡した。わたしと同じような外套を着て、なおかつわたしより元気そうな人物を捜しているのだろ

「いや、こいつだよ、クロー！」大物を逃がしかけている釣り人さながら、パトナムは意気込んだ。「普通に立てるんだ。連れに死なれて衝撃を受けてるだけなんだ」

そう、わたしは衝撃を受けている。そしてパトナムは、この身にさらに深く釣り針を食い込ませようとしている。

クローが相棒のほうへ体を傾けて声を潜めた。「この女が野次馬の一人じゃないと断言できるか？」集まった人々を彼は手で示した。みな暗い色の外套やマントに身を包んでいる。外見だけで言えば、わたしがそこに交じっても何の違和感もない。「絞首刑にするだけの確信があるのか？　いいか、薬屋は死んだんだ」クローは欄干の先へ目をやった。「もう泥に埋もれてる」

パトナムの自信が揺らいだ一瞬を、クローはすかさず捉えた。落ちた硬貨をさっと拾い上げるみたいに。「おれたちはネズミを穴からおびき出して追いかけた。そいつがみずから川に飛び込むのをこの目で見た。これで終わりだ。新聞屋も納得するだろうよ」

「死んだクラレンス卿も納得するのか？」パトナムは顔を赤くして叫んだ。そうしてわたしのほうを向いた。「クラレンス卿のことは何か知ってるか？　あの毒は誰がどうやって手に入れた？」

わたしはかぶりを振り、嘔吐するように言葉を吐いた。「それは誰ですか？　毒なんて知りません」

急にあたりがざわめきだし、わたしたちの会話は中断した。向こうのほうからまた別の警吏が息せき切ってやってきた。路地で見た三人のうちの一人だ。「あそこは空っぽです」彼はそう言った。

「どういう意味だ？」パトナムが訊く。

「女たちが出てきた扉から中へ入ってみたんですが、何もありませんでした。汚い樽に腐った麦が入ってるだけで」

この状況にありながら、誇らしさが胸にあふれた。日誌は、女性たちの名前は、見つからなかった。彼女たちは無事だ。

パトナムがわたしのほうへ手を突き出した。「この女に見覚えはないか？　二人組の片割れじゃないか？」

三人目は口ごもった。「わかりません。かなり距離がありましたから」

パトナムはついに不承不承うなずいた。その背中をクローが強く叩く。「証拠不十分ってやつだな」

パトナムがわたしの足元に唾を吐いて言った。「もういい、行け」警吏たちは、最後にもう一度川を見やると互いにうなずき合い、歩きだした。

彼らが行ってしまうと、わたしは川を覗き込み、濡れたドレスの端かあるいは真っ白な肌の一部でも見えはしないかと目を凝らした。でも、何も見えなかった。黒く濁った水がうねり、流れているばかりだ。

イライザがこんなことをする必要はまったくなかったのに。自分のミスが惨事をもたらしたと小さな胸を痛めていたのだろうか。責めを負うべきは自分だと。あるいはもっとほかに理由があったのだろうか。もしかすると、それほどまでに幽霊が怖かったのか。わたしが死んだら、おまえのせいだとばかりにあの子に取り憑くとでも思ったのか。ああ、もっと親身になってやればよかった！　屋敷に主の霊が出ると訴えてきたとき、もっと優しく相手になってやればよかった。そうやってあの子の信頼を得ていれば、何が現実で何がそうでないか、納得させることもできただろうに。時間を巻き戻したい。あの子を川からここへ引き上げたい。ほかには何も望まない。わたしはよろよろと後ずさった。激しい後悔の念に襲われて脚から力が抜けていく。

わたしは後悔している。けれど同時に不満でもある。

わたしが川にのまれるはずだった。死ぬのはわたしだったはずなのだ。この新たなる苦悩を抱えてなお生きていくことなどできるだろうか？

野次馬はすでに散っていた。好奇心満々で押し合いへし合いしていた人たちはみんなどこかへ行ってしまった。イライザが身投げした事実を強引に頭から追い出せば、何も異変は起きなかったと思えてしまえそうだった。わたしは一人きり。ずっと思い描いてきたとおりの最期を、一人で迎えようとしているのだ、と。

きつく目を瞑った。うしなったすべてのものたちを心に思い浮かべた。それからふたたび手すりに近寄ると、わたしは猛る流れに向かって身を乗り出した。

32

キャロライン　現在　水曜日

ジェイムズが静かな寝息をたてる枕辺で、わたしは椅子に座って頭を抱えている。膝の上にはあの記事のコピー。名前も知らない――〝薬剤師〟としてしか知らない――人なのに、彼女がみずから命を絶ったという事実に激しく心を乱され、頭まで痛くなってきた。

もちろん、二百年前の人だ。すでにこの世にいないのはわかっている。衝撃だったのは、その死に方だ。

これほどショックを受けているのは、テムズ川に行ったことがあって、現場が具体的に目に浮かぶからだろうか？　あるいは彼女が日々暮らし、怖い薬の調合であれ仕事をし、生き生きと活動していた場所を、訪れたことがあるから？　だから自分だけは彼女と特別な関係にあるような、そんな気でいたのだろうか？

目を閉じて、二番目の記事に書かれている状況を想像してみる。過去の犠牲者――クラレンス卿より前に死んだ人たち——の家族や友人が先の記事を読み、続々と治安判事に名乗り出て瓶や容器を提出した。そのすべてに同じ熊のマークがついている。

判事は毒薬を使った連続殺人と断定、ただちに薬剤師を追いはじめる。

地図屋が集められ、〝B　ley〟の文字が入ったロンドン中の地名が洗い出される。二月十一日、三人の警吏がベア・アレーへ赴くと、突然女が逃げだし、ブラックフライアーズ橋まで走り続けた。

手短にだが、記事はバック・アレーにも触れている。女が逃げだしたあと、三人のうち最も若手の警吏が現場に残り、女が出てきたとおぼしき扉を発見。それがバック・アレー三番地だった。しかし中へ入ってみるとそこはただの物置でしかなく、腐った麦の入った樽と、奥の壁に取りつけられた空の棚板しか見つからなかった。

そここそはわたしが昨日、立っていた場所だ。朽ちた棚板が散乱していたあの空間。あれは薬剤師の隠れ蓑《みの》だった。仮面舞踏会で人々が素顔を隠す仮面にも似て、その裏に真実があったのだ。毒を売る薬局が。二百年前の新聞記事によれば、治安判事は大衆に向けて請け合ったという。引き続き調べを進め、必ずや薬剤師の名前および生前の拠点を突き止める、と。でも、わたしが発見したあの場所が手つかずだったということは、仮面は剝がされなかったのだ。

それにしても妙だ。これだけボリュームのある記事なのに、肝心な部分、身投げした当人に関する描写がずいぶん少ない。容姿や特徴には言及されておらず、髪の色すらわからない。黒っぽい厚手のものを着ていたとしか書かれていない。飛び降りる前に警吏とのあいだでなんらかのやり取りがあったのかどうかも不明だ。現場はかなり混乱していたらしい。野次馬が押し寄せたため警吏たちは束の間女性の姿を見失い、その直後に彼女は欄干を越えたのだという。

記事はこう続く。死亡した女がクラレンス卿殺害を教唆した者、すなわち巷間《こうかん》呼ばれるところの殺人薬剤師であることに疑いの余地はなく、これをもって連続殺人には終止符が打たれたと見られる。当日テムズ川は荒れており、氷混じりの水の流れは非常に速かった。女が身を投げたのち警吏は近辺の監視を長時間続けたが、女は浮いてこなかった。現時点において女の氏名等は不明である。

ロンドンの街が夕陽の薄明かりに包まれ、夜の足音が聞こえはじめた頃、ジェイムズが身じろぎし、寝返りを打った。顔がこちらへ向き、それからゆっくりまぶたが開いた。

「やあ」口元に微笑を浮かべて彼は囁いた。

待合エリアでさんざん泣いたことは、思った以上に浄化作用があったらしい。それに、ジェイムズの死の可能性に戦《おのの》く経験をしてから、わたしの中の何かが軟化していた。猛烈に腹を立てていることに変わりはない。でも今のこの瞬間は、少なくともそばにいるのもいやだとは思わなかった。腕を伸ばして彼の手を握りながら考えた。次に二人が手を握り合うのはいつになるだろう――もしかするとこれが最後になるかもしれない。

「おはよう」わたしも囁き声で返した。

ジェイムズが楽に起き上がれるよう彼の後ろに枕をいくつか重ね、院内食堂のメニューを手渡した。外の店でおいしいものを買ってくるわと言ったのだが、病院の食事もそうひどいものではなさそうだった。

注文を終えたジェイムズが事情聴取の件を持ち出さないことを祈った。わたしが疑われた理由など訊かれないことを。それに答えれば彼は問題の手帳を見たがるだろう。でも当面、今回の発見をゲイナー以外の人に明かすつもりはない。

一連の写真を見たゲイナーもそれに賛成してくれた。今のわたしが夫とのごたごたで手いっぱいなのはじゅうぶんわかるし、突き止めたのは自分ではないのだから今後の扱いについて口出しする立場にはない、そう彼女は言った。ただ、歴史学上、貴重な発見であることは間違いない、だからこれをどうするかはよくよく考えて決めてほしい、とも強く言われた。当然だろう。なんのかのと言っても、彼女は大英図書館の職員なのだ。

ともかく今のところは、事実を知っているのはわたしたちだけ。ゲイナーとわたしだけが、二百年前に存在した殺人薬剤師の仕事場を知っている。朽ちた穴蔵のような場所のそのまた奥に、驚くべき記録を彼女が残してあったのを知っている。この難局を乗り越えた暁には、わたしはいくつかの重い決断をしなければならないだろう。何を、どんな方法で、誰に、明かすか――さらには、自身の内で再燃した歴史への情熱と、この大発見との折り合いを、どうつけるか。

幸い、ジェイムズは数時間前の出来事を蒸し返すつもりはなさそうだった。「明日、うちへ帰るよ」ベッドの端に腰を下ろしたわたしに、彼は水を飲みながら言った。

わたしは眉を上げた。「昨日来たばかりじゃない。帰りの便は八日も先よ」

「旅行保険が使える。入院までしたんだ、じゅうぶん帰りの飛行機代を請求できる」シーツの端をもてあそぶようにいじってから、彼はわたしを見た。「きみのチケットも取ろうか?」

わたしはため息をつき、静かに答えた。「わたしは予定どおりの便で帰るわ」

彼は一瞬、落胆の色を目に浮かべたものの、すぐに立ち直った。「わかった。一人になる必要があるんだったね。そもそも、ぼくが押しかけたのが間違いだった。今ごろ気づいたよ」ほどなく病院のスタッフが食事を運んできて、彼の前にトレイを置いた。「まあ、たったの八日だし」旺盛な食欲を見せながらジェイムズはつぶやいた。

呼吸が速くなった。〝さあ、今よ〟と、心の中で自分自身に発破をかける。こんなふうに夫のベッドに座ってシーツの一部を膝に掛けたりしていると、オハイオの家に、平穏な日常に、戻ったような錯覚に陥りそうになる。けれどもう、わたしたちに以前と同じ平穏な日常が戻ってくることはない。

「わたし、実家の仕事を辞めようと思うの」

ジェイムズが手を止めた。口の前で一口分のジャガイモが宙に浮いている。彼はフォークを置いた。「いいかいキャロライン、今はこんなときだ、何もそんな大事なことを――」

わたしは立ち上がり、背筋を伸ばした。夫に言いくるめられるのはもうたくさんだった。「最後まで聞いて」穏やかに言い、窓の外へ目をやった。夕闇に浮かぶ高層ビル群のスカイライン。新しいものと古いものが共存する街、ロンドン。流行《はや》りの店のショーウィンドーにセント・ポール大聖堂の輝くドームが映り込み、由緒ある史跡の前を真っ赤な観光バスが行き交う。この数日で学んだことがあるとすればそれは、暗がりに隠れていた真実に新しい光を当てることの重要性だ。このロンドンへの旅――空色の薬瓶と薬剤師の存在の発見――は、わたしにとっての隠れていた真実を明らかにしてくれた。

わたしは窓からジェイムズへと視線を移した。「優先順位のいちばんを自分自身にしたいの」言葉を切り、両手を揉み絞る。「あなたのキャリアでもなく、子づくりでもなく、安定とか他人の思惑とかでもなく」

ジェイムズが顔をこわばらせた。「意味がよくわからないな」

わたしは自分のバッグをちらりと見た。中には薬剤師に関する記事のコピーが入っている。「いつの間にか自分の一部をなくしてしまっていたみたい。十年前に想像していた未来の自分と、気がつけばずいぶん違っていた。あの頃の夢を忘れていたのよ」

「人は変わるものだ、キャロライン。きみはこの十年で成長したんだよ。優先してしかるべきものを優先してきたんだ。変わってもいいんだ、何も問題は――」

「変わるのはかまわないわ」わたしは彼をさえぎった。「でも、隠すのはだめ。自分の一部をなくしてしまうのも」こちらが指摘するまでもなく、彼は自分の隠し事を思い出したようだった。でもわたしは、今はほかの女性の話をしたくなかった。今話し合っているのはわたしの夢についてであって、ジェイムズの過ちについてではない。

「だから仕事も子づくりもやめたいと、そう言うんだな」ジェイムズは震える息を吸い、吐いた。「やめてどうするつもりなんだ？」彼は口にしなかったが、わたしが仕事と子づくりだけでなく、彼との婚姻関係もやめるつもりでいると思っている。口調は傲慢ではないものの、やめてやっていけるわけないだろうと思っているのがわかる。十年前と同じだ。歴史学の学位でどんな仕事に就くつもりなんだと言ったときと。

わたしは今、岐路に立っている。でも後ろは振り返らない。通ってきた道には無難と妥協と忖度《そんたく》が散乱しているから。

「真実から逃げ隠れするのをやめたいの。今の暮らしが本当に望むものとは違っているという真実から。そのためには――」数瞬、ためらった。このあとの言葉を口から出してしまったら、もう引っ込めることはできない。「そのためには、一人になる必要があるの。

ロンドンで、あと八日間だけという意味じゃなくて。当分のあいだ、一人で暮らしたい。別居申請をしようと思ってるわ」

　ジェイムズは顔を歪め、食事のトレイをゆっくり脇へ押しやった。

　わたしはふたたびジェイムズのかたわらに腰を下ろすと、彼の体温でぬくもったシーツに手を置いた。「お互い、いろいろごまかしながらここまで来たんだわ」わたしは囁いた。「あなたにはよく考えて解決しないといけないことがあるでしょう?　わたしだって同じ。二人が一緒にいたんじゃ、それは無理。結局は今までと同じことになって、同じ間違いを犯してしまう」

　ジェイムズは両手で顔を覆うと、前後に頭を揺らしはじめた。「信じられない」指のあいだから声が絞り出された。甲からは透明の点滴チューブがまだぶら下がっている。ほの明かりに包まれた白い病室をわたしは手で示した。「病院にいようがどこにいようが、あなたの裏切りは簡単に忘れられるものじゃないのよ」

　両手に顔を埋めたまま発せられる言葉は聞き取りにくかった。「ぼくは死にかけたんだぞ」そうつぶやいた少しあとに、彼は言った。「ここまでしたのに――」続きは聞き取れなかった。

　わたしは眉をひそめた。「どういう意味?　〝ここまでしたのに〟って」

　ようやく顔から手を離すと彼は窓のほうをじっと見た。「何でもない。時間を……くれないか。いっぺんには受け止めきれない」わたしと目を合わせるのをためらっている。追及せよとわたしの内なる静かな声が言う。彼はすべてを話してくれてはいないような気がする。何かをしたけれども意図した結果にならなかった、そんな印象を受ける。

ユーカリ・オイルのボトルに書かれていた警告文を思い出した。すると、部屋に冷たい風が吹き込むみたいにふわりと疑問が頭に浮かんだ。もし間違っていたら、とんでもない濡れ衣だ。けれどわたしは、敢えてそれを口にした。

「ジェイムズ、もしかして、わざとオイルを飲んだの？」

今の今まで頭をよぎりもしなかった可能性に、呆然となった。わたしが警察に事情聴取されたのも、夫が死ぬのではないかと怯えたのも、すべてはジェイムズがあれを毒と承知のうえで飲んだため？　そんなことがあり得るだろうか？

ジェイムズがこちらを向いた。目には後ろめたさと失望が滲んでいる。この顔は見たことがある。そんなに前じゃない。彼にとって不利な証拠となるメールをわたしが見てしまったときだ。「自分がどんなにもったいないことをしようとしているか、きみはわかってない」彼は言った。「いくらでも修復できるのに、ぼくを切り捨てたらそれも不可能になる。やり直させてくれ、キャロライン」

「質問に答えてくれてないわ」

彼がいきなり両手を投げ上げたので驚いた。「今さらそれが何だって言うんだ？　ぼくのすることなすこと、きみは気に食わないんだろう？　失態がひとつ増えたからってどうってことないじゃないか。リストにひとつ追加」彼は指でチェックマークを入れるしぐさをした。不貞を働いたことと、ロンドンへ押しかけたこと、その下に三つ目が追加されたのだ。

「よくもそんなことを」身の内を駆けめぐるすさまじい怒りとは裏腹に、小さな声でわたしは言った。次いで、このところ常に頭にあった疑問をぶつけた。「なぜ？」

でも答えはもうわかっていた。これもまた彼の策略、戦術なのだ。ジェイムズは計算高い、リスク回避型の人間だ。毒性を認識しながらオイルを飲んだのだとしたら、それがわたしの気を引く最後の手段と考えたのだろう。不実な夫がみずからを危険にさらすのに、ほかにどんな理由がある？　夫の健康状態を案ずる気持ちが、裏切られた悲嘆を上回るだろう、哀れみが許しへと繋がるだろう、そんなふうに勝手にわたしの心中を予測したのだ。

その戦術はもう少しで功を奏するところだったが、惜しかった。なぜなら、この人と物理的にも心情的にも距離を置いた今のわたしは、彼の本性を見抜くことができるから。欺《ぎ》瞞《まん》と狡猾の匂いをはっきり嗅ぎ取れるから。

「わたしの同情を引こうとしたのね」静かに言って立ち上がった。

「まさか。ぼくがきみに同情してもらいたいなんて思うわけがない」冷たい声で彼は言った。「早くまともに考えられるようになるといいね。きっと後悔するってことをわかってほしいよ」

「後悔はしないわ」手が震えたが、遠回しな言い方をしようとは思わなかった。「あなたにはさんざん自責の念を植えつけられてきた。あなたが満たされないのも不倫したのもわたしのせい。そして今度はこの誤飲」わたしの声が高くなるにつれ、彼の顔は青ざめていった。「ちょっと前まで思っていたのよ。この記念旅行は無駄になるんだろうなって。でも、そうじゃなかった。全然無駄じゃなかった。はっきりわかったもの。あなたの不倫は、あなたの不幸は、わたしのせいなんかじゃない。少し離れていただけだけど、同じ屋根の下で暮らしてたときよりよほど多くの学びがあったわ、わたしたちの関係について」

ドアに軽いノックの音がして、会話は中断した。ちょうどよかった。これ以上続けばわたしは冷たいタイルの床にへたり込んでしまったかもしれない。

若い看護師は険悪な空気にも気づかず、わたしたちに微笑みかけた。「新しいお部屋にお引っ越しですよ」ジェイムズに言う。「準備はいいですか?」

ジェイムズは硬い表情でうなずいた。急に、ひどく疲れた様子が見えだした。わたしのほうも興奮が収まってくると、疲れを覚えはじめた。旅の初日の夜同様、パジャマとテイクアウトの食事と、薄暗くて素っ気ないホテルの部屋を恋しく思う。

モニターに繋がるクリップやシールがジェイムズの体からはずされていく。わたしと彼は、それじゃ、とぎこちなく言葉を交わした。明日には退院できますよと看護師に声をかけられ、朝いちばんにまた来ますとわたしは答えた。そうして薬剤師に関することにはいっさい触れないまま、病室をあとにして重いドアを背後で閉めた。

部屋へ戻ってベッドの上であぐらをかき、チキンパッタイのテイクアウト容器を前にしたときには、安堵で涙が出そうになった。誰もいない、警察官もいない、ビービー鳴る医療機器もない……そしてジェイムズがいない。テレビもつけなかった。ライスヌードルを頬張りながらときどき目を閉じてヘッドボードに身を預け、存分に静けさを味わった。

炭水化物のおかげで元気が出てきた。時刻はまだ八時前。食べ終えたわたしはスマートフォンを手に取ると、床に置いたバッグから手帳と記事のコピーを引っ張り出した。それをベッドに広げてベッドサイドにあるランプのスイッチを入れ、手元を明るくする。そうして記事と写真を見直しはじめた。

はじめのほうの数枚、店の内部を撮ったものは粒子が粗いうえに露出オーバーで、画面の明るさを調整しても手前のほうしか判別できない。漂う埃ばかりにピントが合っている。一世一代の大発見をスマートフォンだけを使って記録しようというのがそもそもの間違いだった。まともな懐中電灯を持参しなかった自分を蹴飛ばしたいと、あらためて思う。

続いて、薬剤師の日誌と思われるものを表示する。適当にページを開いて撮った写真は全部で八枚ある。はじめのほうと中ほどのがそれぞれ二枚ずつで、あとは後ろのほうのページだ。手帳に書き写せるぐらいだから、文字はしっかり読み取れる。この数ページが、わたしが窮地に陥るきっかけになったのだ。

最後に撮影したのは、棚にあった本の口絵だった。文字は一語だけ判別できる。『薬局方』。ブラウザの検索バーにこの単語を入れてみたところ、医薬品に関する品質規格書らしいとわかった。つまりはレファレンス・ガイドだ。興味深いけれども、薬剤師手書きの日誌ほどではなかった。

その日誌の最後の写真にまた戻り、拡大する。もう馴染みになったこの書式。名前の次が処方された薬、そして日付。目を凝らすうちに、ふと気づいた。日誌の最終ページなら、これらは薬剤師が死ぬ数日前とか数週間前に記されたものなのでは？

すぐに『クラレンス卿』という文字が目に留まった。息をのみ、その行を読む。

ミス・バークウェル　クラレンス卿愛人・従妹　カンタリス　一七九一年二月九日
依頼主：クラレンス卿夫人

わたしはゲイナーからもらったコピーの一枚目――一七九一年二月十日付の記事――に飛びついた。ドキドキしながら、記事に出てくる名前や日付を日誌とつき合わせる。あの場所が殺人薬剤師の店だと確信はしていたが、ついに証拠を見つけた。クラレンス卿を死なせた毒は彼女が売った、その証拠がここにある。

けれど、日誌のその行をよくよく読んだわたしは眉をひそめた。最初の名前、毒を飲むべき人物が、ミス・バークウェルになっている。実際にそれを飲んだクラレンス卿については、ミス・バークウェルとの関連が記載されているにすぎない。彼女は彼の従妹であると。そして毒を購入したのはクラレンス卿夫人。彼の妻だ。

最初の記事を再読する。ミス・バークウェルの名前は出てこない。クラレンス卿が死亡したことは明確に報じられている。妻あるいは第三者が毒を盛った疑いがあることも。でも薬剤師の日誌には、彼が死ぬようには書かれていない。犠牲になるのはミス・バークウェルのはずだった。

目の前にあるものから判断するかぎり、間違った人物が死んだのだ。それを知る人はクラレンス卿夫人と薬剤師——そこに今、加わったわたし——のほかにいるだろうか？　たいした学位を持っているわけでもない自分が、歴史学的価値のある大発見をしたのだと思うと、誇らしさが胸にあふれた。

では、夫人がミス・バークウェルを殺そうとした動機は？　それも日誌を見れば明らかだ。ミス・バークウェルはクラレンス卿の従妹であるだけでなく、愛人でもあった。妻が夫の不倫相手を亡き者にしようとしても不思議はない。わたしだってジェイムズの不貞を知ったとき、相手の女性への復讐心を束の間抱いた。そういう意味では夫人を責めることはできない。それにしても、計画が不首尾に終わって夫が死んでしまったときの彼女の心情はいったいどんなものだっただろう。ものごとは思惑どおりに運ばなかったのだ。

　思惑どおりに運ばなかった……

　あの患者の手記。あれに似たようなことが書かれていなかったか？　わたしは震える手でデジタル化されたその文書を呼び出した。一八一六年十月二十二日にセント・トーマス病院で書かれた文章を、あらためて読む。


　ただ、思惑とは異なる結果となった。


　これを書いたのは、もしかしてクラレンス卿夫人？　わたしは両手で口を覆った。「嘘でしょう」知らず知らずつぶやきが漏れていた。

　手記の最後の一文も、そう考えると納得がいく。『悪いのは夫。求めてはならないものを求めた夫』。これは文字どおり毒入りの酒のことであると同時に、比喩的にミス・バークウェルをも指しているのでは？　妻ではない女性を求めたという意味なのでは？

　矢も楯《たて》もたまらず、わたしはゲイナーあてのメッセージを打った。カフェで会ったとき、クラレンス卿の死亡日時を確認したと彼女は言っていた。同じことが夫人についてもできるはずだ。それが確かめられれば、本当に彼女がこの手記を書いたのかどうかがわかる。

『昼間はありがとう！　またひとつお願いしてもいいですか？　死亡記録を調べてもらいたいんです。同じくクラレンスという姓ですが女性です。一八一六年の十月あたりで』

　返事が来るまでは、これについて考えても時間の無駄だ。わたしはゆっくり水を飲んで膝を抱えると、日誌の最後の一行を拡大した。

　読まないうちから肌が粟立つ。警吏に追われた挙げ句に入水自殺した薬剤師が、最後に記した一行なのだ。

　そこに目を凝らしたわたしは眉根を寄せた。震える手で書いたのだろうか、文字がずいぶん乱れている。体を悪くしていたのか寒かったのか、あるいはよほど急いでいたのか。それとも――自分の思いつきにぞくりとした――別の人物が書いたのか。

　部屋のカーテンは開いていて、向かいのビルの窓に明かりが灯るのが見えた。急に人目が気になりだし、ベッドから下りカーテンを引きに行った。見下ろせばロンドンの通りは賑やかだった。連れ立ってパブへ向かう人々。残業を終えて帰路につくスーツ姿の男たち。ベビーカーを押してゆっくりテムズ川へ向かう若い夫婦連れ。

　わたしはベッドの上へ戻った。何かしっくりこない感じがあるのだが、その正体がわからずにいた。もう一度、一語一語じっくり吟味しながら最後の行を読む。すると、あることに気づいた。

　日付だ。一七九一年二月十二日。

すぐにコピーの二枚目——薬剤師の自殺を報じた記事——を確かめると、彼女が橋から身を投げたのは二月十一日とある。

スマートフォンが手から滑り落ちた。ヘッドボードにもたれかかったとき、天井近くの空気が揺らいだような気がした。あたかも霊がそこに漂っているかのようだった。そしてそれはわたし同様、胸を高鳴らせている。真実が日の目を見たから。二月十一日に身投げしたのが誰であれ、その後、生きて店へ戻った人がいたという真実が。

33

ネッラ　一七九一年二月十一日

　欄干にかけようとした脚を、途中で止めた。

　これまでどれだけのものをうしなってきただろう。苦しみの多い人生だった。喪失の重みでわたしはもう潰れそうだ。それでも――今のこの瞬間、わたしは感じ取っている。うなじを撫でる軽やかな風を、お腹を空かせた水鳥の声を、空気に混じる海の匂いを。それらはまだ、うしなわれていない。

　わたしは後ずさり、目を開けた。

　多くをうしなった。けれど、残っているものもある。

　イライザはわたしの代わりに身を投げた。あれはわたしへの最後の心尽くしだったのだ。ああすることで警吏を欺き、自分が毒を売った張本人だと思わせようとした。ここでわたしまで川に飛び込んでは、あの子の健気《けなげ》な思いを無下にするだけではないか？

橋の上にたたずみ東の方角を眺めるうちに、もう一人の人物が頭に浮かんできた。アムウェル夫人。イライザが慕っていた女主人。近日中に彼女が帰ってきたとき、そこにイライザは……いない。姿を消している。未亡人としてこれまでも夫の死を嘆き悲しむふうを装ってはいただろう。だがイライザの失踪を知れば、嘆きは演技ではなくなるはずである。イライザに見捨てられたと信じ込み、生涯苦しみ続けるのではないか。

わたしが真実を伝えなければならない。イライザは死んだのだと、わたしが知らせなければ。そして、わたしにできる唯一の方法で彼女を慰めなければ。タツナミソウのチンキ剤を使おう。かわいいイライザにもう手紙の代筆を頼めないと知ったときの、夫人のすさまじい心の痛みもそれでいくらかやわらぐだろう。

だからわたしは欄干に背を向けた。喉元に嗚咽《おえつ》が込み上げるが、一人になるまでは泣いてはいけない。二度と戻らないはずだった毒の店へ戻るまでは。

イライザが身を投げてから二十二時間が過ぎた――その間《かん》ずっと作業を続けて、今ようやく、アムウェル邸へ届けるタツナミソウのチンキ剤が完成した。今もまだ、ついイライザのほうへ手を伸ばしそうになっては空気の冷たさだけを感じている。今もまだ、小さな体が川に飲み込まれたときの音が聞こえる。

橋からバック・アレー三番地へ帰ってみると、表の部屋に警吏の匂いが残っていた。汗臭い男は見つかるはずのないものを捜して歩き回ったのだ。樽の中には新しい手紙が入っていたが、それも見つかっていなかった。わたしが市場へ出かけ、イライザが自分の作業に夢中になっていたとき入れられたものらしい。

手紙からはラベンダーや薔薇の香りはしない。達筆というわけでもない。自分は主婦で、夫に裏切られたということ以外、詳細は書かれていない。

最後の注文は、ごくありふれた注文だった。

お安いご用だ。青酸の瓶は棚のすぐそこ、手を伸ばせば届くところにある。あっという間にできあがる。フレデリックに流産させられて以来、毒を調合することで得ようとして得られずにいた心の平穏を、今度こそ、最後の最後に、得られるかもしれない。

恨みを晴らすことによって得られる癒やし。

そんなものはしかし、存在しないのだ。他者を傷つけても、自分がさらに傷つくだけ。わたしは手紙の文字を指でなぞると、椅子から立ち上がった。前屈みになり、痛む脚をそろそろと反対の脚の前へ出して、ぜいぜいと息をしながら竈の前へ行く。一本だけになった薪のそのまた欠片が、弱々しく燃えている。小さな炎の先端に、そっと手紙をかざすとたちまちそれは燃え上がった。

この女性の注文は受けない。

この店から死者はもう出さない。

毒薬屋はこれをもって閉店である。パチパチと音をたてて火が消え、最後の手紙が灰になった。もう膏薬を煮ることも水薬を混ぜることもない。チンキ剤もつくらないし薬草も採取しない。

わたしは背中を丸めて咳き込みだした。肺から舌へ血の塊が上がってくる。昨日の午後、橋まで逃げるあいだも、イライザが川に飛び込むかたわらでも、わたしは咳き込み、血を吐いた。警吏たちのおかげで寿命は一気に縮まったようだ。

灰に向けて血痰を吐きながら、水を飲みたいとも口を濯ぎたいとも思わなかった。喉の渇きも空腹も感じないし、ほぼ一日、尿意もなかった。よくない兆候であることはわかっている。喉が何も訴えず、膀胱が働かなくなったら、終わりは近い。経験したから知っている――一連の経過をつぶさに見ていたから。

母が死んだ日に。

アムウェル邸へ行かなければならない。急がなければ。夫人はまだ留守だろうから、チンキ剤と手紙を使用人に預けよう。そのあと川へ行き、静かな岸に腰を下ろして死を待とう。さほど長くは待たずにすむはずだ。

だが、店に永遠の別れを告げる前に、ひとつだけやるべきことがある。

わたしは羽根ペンを手に取り、日誌を手元へ引き寄せた。心を込めて最後の一行を書きはじめる。自身が処方した薬ではなく材料も不明だが、彼女が生きた証を記さずにここを去ることはできない。

イライザ・ファニング　ロンドン　処方不明　一七九一年二月十二日

ペンを走らせる手がどうしようもなくわななないて、文字がひどく乱れる。自分が書いたものとは思えない。

そう、それはまるで、霊か何かが、わたしにその言葉を書かせまいと——かわいいイライザの死を記録させまいと——しているかのようだった。

34

キャロライン　現在　水曜日

手で口を押さえて読み直す。

イライザ・ファニング　ロンドン　処方不明　一七九一年二月十二日

二月十二日？　そんなはずはない。薬剤師は二月十一日に身投げしたのだ。記事によれば川は氷が浮かぶほどの冷たさだったという。たとえ落下の衝撃を切り抜けても、凍てつく水の中では数分しかもたないのではないか。

名前がひとつだけというのも妙だ。イライザ・ファニング。依頼主の名前がない。ということは、彼女みずから買いに来たのだ。自分が最後の客になると知っていただろうか？　そして彼女は、薬剤師の死になんらかの関わりがあるのだろうか？

わたしは毛布を引き寄せて膝にかけた。この最後の一行に動揺している。単なる間違いかもしれない。薬剤師が日にちを勘違いしただけで、深い意味はないのかもしれない。しかし処方が不明というのもおかしい。中身のわからないものを売ったりするだろうか。

もしかして、これを書いたのは薬剤師ではなかった？　いや、でもあれだけ巧妙に隠された場所に、薬剤師が死んだ翌日に誰かが入り込んでこんな不可解なメッセージを残すなんて、あり得るだろうか。やはり薬剤師本人が書いたとしか考えられない。

これを書いたのが薬剤師であるとして、では、身を投げたのは誰？

答えの出ない問いばかりが浮かんできて、好奇心は苛立ちに変わりはじめた。齟齬が多すぎるのだ。新聞記事で報じられた犠牲者と、日誌のクラレンス卿の欄に記されたそれとが一致しない。日誌の最後の一行だけ筆跡が違う。薬の処方が不明だという。最大の謎は、その日付が薬剤師が死んだとされる日の翌日になっていることだ。

わたしは途方に暮れて両手を投げ出した。この薬剤師、いったいどれだけの秘密を墓まで持っていったんだろう。

小型冷蔵庫の前へ行き、最初から入っていたシャンパンを取り出した。グラスに注ぐのさえ億劫《おっくう》で、コルクを抜くとボトルに直接口をつけた。

これで元気を取り戻せるかと思っていたのに、疲れはいっそう募って目眩までしてきた。今日はもう、謎解きの続きに取りかかる気になれない。

明日にしよう。

今日新たに生じた疑問点を書き留めておいて、明日の朝、あるいはジェイムズが発ちしだい、考え直せばいい。わたしはペンを持ち、手帳の新しいページを開いた。疑問は一ダースほどもあったが、すべてを書き出すつもりだった。

しかしペンを構え、まず何を書こうかと思案したとき、最大の謎があったことに気がついた。いちばん知りたいのはこれの答えだ。それがわかればほかの謎も解けるような気がする。日誌の最後の日付が二月十二日になっている理由も。

ペン先をページにしっかり押し当て、わたしは書いた。

『イライザ・ファニングとは何者？』

次の日、退院してきたジェイムズとわたしはホテルの部屋のテーブルで向かい合っていた。わたしは薄い紅茶をいれたカップを両手でしっかり包み込み、彼はスマートフォンで帰国の便の空席を探している。清掃はまだ入っておらず、中身が半分残ったシャンパンはコーヒーポットの脇に置かれたままだ。わたしの頭痛も残っている。

ジェイムズがポケットに手を入れて札入れを取り出した。「ガトウィック発四時の便が取れた。これから荷造りして電車で行ってもじゅうぶん間に合う。一時にここを出るよ」

二人のあいだにあるベビーブルーのアジサイは萎れはじめている。彼の顔がよく見えるよう、わたしは花瓶を脇へ押しやった。

「本当に大丈夫なの？　目眩もない？」

彼は札入れを置いた。「まったく何もない。体調は万全だ」

ほどなく荷造りを終えたジェイムズが、スーツケースをかたわらに置いて窓辺に立った。時間が巻き戻され、たった今到着したかのように見える。わたしはテーブルの前から動かず、日誌の写真を上の空で見返したりしていたが、秒読み段階に入ったのはひしひしと感じていた。ここ数日の自分の行動について打ち明けるつもりなら、急いだほうがいい。

「そろそろ行くかな」ジーンズのポケットを叩いてパスポートが入っているのを確かめると、ジェイムズはそう言った。二人のあいだにあるベッド、わたしが――一人で――使ったベッドは、まだ整えられていない。白く波打つシーツが、力強い存在感を放ってわたしたちに思い出させる。この旅で二人が一緒にしようとしていて結局はしなかった、あれやこれやを。ほんの何日か前のわたしは、このベッドでジェイムズの子を授かりたいとあれほど望んでいたというのに。今は、窓辺にたたずむあの人と肌を重ねることが想像できない。

結婚十周年の記念旅行は当初期待していたのとはかけ離れたものになった。けれどたぶん、これは必要な試練だった。もしジェイムズの不貞を知らないまま妊娠していたら、そしてその子が生まれたあとで事実が発覚したのだったら、いったいどうなっていただろう。

あるいは、夫婦それぞれが不満を——おのおのの仕事やマンネリ化した日常や相手に対して——少しずつ膨らませていたら。夫婦関係は悲惨な結末を迎え、三人になっていたであろう家庭は崩壊していたかもしれない。満ち足りないものを感じているのはジェイムズだけではなかったのだから、耐えきれなくなるのはわたしのほうだったかもしれない。わたしのほうが、取り返しのつかない過ちを犯したかもしれない。

時計を見た。一時五分前だった。「待って」わたしはスマートフォンを置いて立ち上がった。スーツケースの持ち手に手をかけていた彼が訝しげな顔をした。わたしは自分のスーツケースの上にかがみ込むと、泥ひばりのとき履いていたスニーカーを脇へ押しやり、いちばん奥にしまってあるものに手を伸ばした。片手にすっぽり収まるぐらい小さなものだ。

冷たくて固いそれを、わたしは握り締めた。ジェイムズの名刺入れにと思って買ったアンティークの小箱。あの運命の午後からベッドルームのクローゼットにしまってあった、結婚十周年の夫への贈り物。

彼の前へ行き、穏やかに言った。「許したわけじゃないわよ。前へ進みましょうって意味でもない。でも、これはあなたに持っていてもらいたいから。買ったときより、さらに意味のあるものになったと思うし」わたしが差し出した小箱を、彼は震える手で受け取った。「錫製よ。結婚十周年の伝統的な贈り物。錫はね、金属の強さと——」わたしは大きく息を吸った。未来を見通せたらいいのにと思った。五年後、十年後、わたしたちの人生はどうなっているだろう。「強さと、しなやかさを兼ね備えているんですって。かなりのダメージにも耐えられるそうよ。わたしたち夫婦の絆も強く長く続きますようにと思って買ったわけだけど、それはもういいわね。大事なのは、わたしたちそれぞれが強くあること。お互い、この先、難題が山積みじゃない？」

ジェイムズが、ぎゅっとわたしを抱きしめた。すでに一時を回っているはずなのに、長いことそのままでいた。やがて体を離すと、彼は震える声で囁いた。「それじゃ、また」

その手にはわたしからの贈り物がまだ握られている。

　「またね」返すわたしの言葉も、思いがけず震えた。一緒にドアまで行き、最後にもう一度見つめ合ってから彼は部屋を出てドアを閉めた。

また、一人になった。あまりの解放感にしばし呆然としたあと、わたしは床を見つめて固唾《かたず》をのみ、待ち構えた。寂しさが込み上げてくるのを。ジェイムズが駆け戻ってきて、もう一度チャンスをくれと懇願するのを。電話が鳴って、病院か警察から悪い知らせ、これまで以上に悪い知らせがもたらされるのを。

そして、後悔の念が湧き上がるのも待った。わたしはジェイムズに薬剤師のことを話さなかった。ゲイナーのこともバチェラー・アルフのことも、連続殺人の謎についても、いっさい話さなかった。

けれど、いつまでたっても後悔や罪悪感が胸に兆《きざ》すことはなかった。恨みや憎しみといった感情もいっさいなかった。

ドアに背を向けて歩きだしたとき、スマートフォンが鳴った。ゲイナーからのメッセージだった。『遅くなってごめんなさい！　教会の記録によると、ビー・クラレンス卿夫人が肺水腫のため、セント・トーマス病院にて一八一六年十月二十三日に死亡しています。現存する子孫は、なし』

わたしは画面をしばらく凝視したあと、どさりとベッドに腰を落とした。あの病院の手記は本当に今際の際の告白だった。クラレンス卿の未亡人が、夫の死後二十五年たって――おそらくは良心の呵責《かしゃく》に耐えかねて――あれをしたためたのだ。

わたしはもう一度スマートフォンを手に取った。ゲイナーに電話をして、自分が突き止めたことすべてを伝えるために。

ミス・バークウェルという愛人の存在――ゲイナーがコピーしてくれた記事ではなく、薬剤師の日誌から判明した事実――をわたしが告げると、ゲイナーはしばらく黙り込んだ。

ひとつだけ、彼女に明かさなかったことがある。薬剤師が死んだとされる日の翌日に日誌への記入があり、イライザ・ファニングという名前が記されていたこと。

それだけは伏せておいた。

「驚いたなんてものじゃないわ」ようやくゲイナーの声がした。わたし自身が信じられずにいるぐらいだから、度肝を抜かれてかぶりを振るしかない彼女の様子は容易に想像できた。「始まりは川で見つけたちっぽけな瓶だったわけよね。そこからあなたはいろんなピースをコツコツ繋ぎ合わせてここまで解明した。その探究心は並大抵じゃないわよ、キャロライン。探偵事務所に就職すればいいのに」

　ありがとうとわたしは答えた。そして、警察にいささか関わりすぎたわたしにはその手の仕事をするつもりのないことも言い添えた。

「だったら」ゲイナーは言った。「うちの図書館のリサーチ班はどうかしら」冗談半分とわかっていても、どきりとした。「あなたの技量はわたしが保証するわ」

　オハイオへ帰る必要がないのなら、どんなによかっただろう。「残念だけど、帰国して解決しないといけないことがたくさんあるから……まずは夫とのことだけど」

　ゲイナーが、ひと呼吸置いて言った。「友だちになったばかりなんだから、旦那さんとのことに口出しはしないわ。飲みに行ったら話は別だけど」くすりと笑ってから、彼女は続けた。「でもね、これだけは確かよ。夢を追いかけるのは大事。やりたいことがあるのなら阻止する人は誰もいない。あなた以外には。ね、本当にやりたいことは何？」

　間髪を容《い》れずに答えていた。「過去を探りたい――この世に生きて、そして死んでいった人たちの人生を知りたい。彼ら、彼女らが、どんな経験をしたのか、何を隠していたのか、知りたくてたまらない。わたし、ケンブリッジの大学院で歴史を研究したくて願書を取り寄せたこともあるのよ」

「ケンブリッジ？」ゲイナーは驚きの声をあげた。「ここから一時間で行ける、あのケンブリッジ？」

「そう」

「願書まで取り寄せたのに出願しなかったの？　どうして？」穏やかな口調に好奇心が滲んでいる。

わたしは歯を食いしばり、言葉を絞り出すようにして答えた。「結婚したから。夫が、オハイオで仕事をしていたから」

ゲイナーが、チッチッと舌を鳴らした。「自分のことは自分ではなかなか見えないかもしれないけど、わたしにはわかるわ——あなたには非凡な才能がある。とても優秀な人よ。そしてロンドンにはあなたの新しい友だちがいる」ゲイナーは言葉を切った。決然とした表情で腕組みをする彼女が目に見えるようだった。「あなたはこのままで終わる人じゃない。あなたもたぶん、そう思ってるんじゃない？」

35

ネッラ　一七九一年二月十二日

アムウェル邸へ向かう途上で視界が歪み、回転しはじめた。子どもの玩具を思わせる鮮やかな色が眼前にちらつき、ロンドンの街がゆらゆら揺れている。血に染まった布きれをポケットに押し込んで、すれ違う人々の表情をうかがう――この唇にこびりついた血を見て眉をひそめる顔、わたしなど見えていないかのようにこちらを向いても無表情な顔。わたしは亡霊の国に足を踏み入れたのか？　死者と生者が交じり合う中間地帯？　そんなものがあるのか？

反対側のポケットには紙包みが入っている。タツナミソウのチンキ剤と、短い手紙である。イライザはもう戻らないけれども、それは決して雇い主を慕う気持ちが失せたためではなく、彼女の無私なる勇敢な行為の結果であることを、手紙にはしたためた。チンキ剤の用法用量も説明してある。手の震えに悩む夫人が店を訪ねてきたときそうしたように。

本当は、もっと書くはずだった——書きたかった！　けれど時間が残されていなかった。便箋の隅についてしまった血がそれを示している。日誌に最後の処方を記録する猶予すらなかった。

目指すお屋敷が前方に見えてきた。まだらな赤煉瓦の三階建て。上げ下げ窓が各階に十二もある。十六かもしれない。もう定かには見極められない。あらゆるものに靄《もや》がかかっている。気ばかり逸《はや》る。玄関まではたどり着かなければ。あの黒い扉の前に、包みを置かなければ。

空を斜めに切り取る屋根をわたしは見上げた。煙突から煙が出ていないところを見ると、やはり夫人はまだ留守らしい。よかった。人と話す力は残っていない。包みを置いたらすぐ立ち去ろう。そして南へ向かい、河原へ下りるいちばん近い階段まで、這ってでもたどり着く。たどり着くことを切に願う。

幼い子どもがトコトコ駆けてきて、こちらのスカートに絡まりそうになった。きゃっきゃっと笑いながら、一緒に遊ぼうとでもいうようにわたしのまわりを一周、二周する。うしなった赤ん坊を思い出さずにいられなかった。だが、はしゃいでいた子は現れたとき同様、あっという間に走っていってしまった。涙でますますかすむ視界の中で、遠ざかり、薄れ、幻のように消えていく。霊に取り憑かれたと訴えるイライザに、どうしてわたしは取り合わなかったのか。霊なんて記憶の欠片にすぎない、想像力がたくましすぎるだけ、などと言って聞かせたのはたぶん間違いだった。それは確かに息づいていて、形あるものとして存在するのかもしれない。

ああ、包みだ。包みを届けなければ。

もう一度、屋根窓を仰ぎ見た。あそこは使用人部屋のはず。誰か、わたしが玄関前に包みを置くのを見ていてくれないだろうか。そして女主人の帰宅まで安全に保管しておいてくれないだろうか。

いた！　こちらを見ている！　窓の向こうに使用人がいる。黒い髪をして、背中をしゃんと伸ばして——

わたしの足が止まった。指の力が抜け、包みが地面に落ちて小さな音をたてた。窓辺に立っているのは、あれは、かわいいイライザだ。

動けない。息もできない。

影が窓辺からすっと離れた。わたしはその場に膝をついた。激しい咳がせり上がってくるのがわかる。ロンドンの街が暗転しはじめる。終わりは近い。もうすぐだ……

薄れゆく意識の中、不意にあたりに色が戻った。お馴染みのきらめく目をしたイライザが、軽やかな足取りで屋敷から出てこちらへ向かってくる。何かがキラリと薔薇色に光った。わたしは眉間に皺を寄せて目を凝らした。イライザは手に小さなガラス瓶を握り締めていた。橋の上でわたしに差し出したのとよく似ている。ただ、あれが青だったのに対して、こちらは淡いピンク色である。駆けてきながら彼女はその栓を開けた。

イライザの明るい影に向かってわたしは手を伸ばした。こんな不思議なことがあるだろうか。つややかな頬も、好奇心でいっぱいの笑顔も、ちっとも幽霊らしくない。

どう見ても、生きているとしか思えない。

どう見ても、それはわたしが覚えているままのイライザだった。

36

キャロライン　現在　金曜日

次の日の朝、わたしは大英図書館を訪れた。これで三度目だ。慣れた足取りで受付前を通過して階段をのぼり、四階を目指す。

地下鉄の駅もこの地図室も、今ではすっかり居心地のいい場所になっている。ゲイナーは真ん中あたりの通路にいて、足元に積み上げた本を棚に戻す作業をしていた。

「おはよう」足音を忍ばせて背後から近づくと、わたしはそっと囁いた。

ゲイナーは飛び上がり、振り返った。「びっくりした！　でも、きっと来ると思ってたわ」

わたしはにっこり笑った。「実は、ニュースがあるの」

「また?」ゲイナーは声を低くして続けた。「まさか、別のどこかの扉を破ったっていうんじゃないでしょうね」わたしが笑みを浮かべたままなのを見て、ほっとしたように息を吐く。「よかった。じゃあ、何?　薬剤師に関する新たな情報?」彼女は床に積み上げた本を一冊取ると、棚のしかるべき場所へ押し込んだ。

「わたし自身のことよ」

次の一冊を持った手を宙で止めて、ゲイナーはわたしを見た。「教えて」

まず深呼吸をする。自分でもまだ信じられないのだ。本当にやったなんて。ロンドンでは驚きの連続だったけれど、中でもこれは最大の驚きだ。「昨夜、ケンブリッジの大学院修士課程に出願したわ」

たちまちゲイナーの目が潤み、涙が天井の明かりを受けて光った。彼女は本を床の山に戻すと、わたしの両肩に手を置いた。「キャロライン、わたしはあなたが誇らしい」

喉元に熱いものが込み上げてきて、咳払いをした。少し前にローズにも電話で告げたところだ。彼女は嬉し泣きして、あなたほど勇気ある女性をほかに知らないとまで言ってくれた。

勇気がある?　オハイオにいたときなら、とんでもないと思ったことだろう。でも今は、ローズの言うとおりだと思う。ロンドンでのわたしは勇敢だった――いささか無茶もしたけれど。そして、これが本当のわたしなのだった。ローズとは異なる道を進むことになるかもしれない。でも親友同士だからといって同じ生き方をしなくてもかまわない、それを彼女の力強い言葉は思い出させてくれた。

ゲイナーとの出会いにも心から感謝している。この部屋へ初めて来たときのことをわたしは思い返した。ずぶ濡れで、悲嘆に暮れて、先も見えないまま、ゲイナー――見も知らぬ人――に近づいていったのだった。ポケットにガラス瓶だけを入れて。ガラス瓶と疑問だけを携えて。今また彼女の前に立っているわたしは、あのときのわたしとはずいぶん違う。確かにまだ悩みは抱えている、でも本当の自分を知って、別の道へ足を踏み出そうとしている。かつて進みたかった道へ。

「専攻するのは歴史学じゃなくて、英文学なんだけど。イギリスロマン主義。研究対象には文学作品以外の古い文献も含まれるし、カリキュラムにはリサーチ・メソッドなんていう科目もあるみたい」歴史、文学、リサーチと、わたしの興味ある分野の橋渡しをしてくれるのがこのコースだと考えたのだ。「修了時には論文を提出するのよ」論文、というところで声が震えた。ゲイナーは眉を上げて聞き入っている。「謎の薬剤師を――彼女の店や日誌や処方したであろう薬を――テーマにしたいと考えてるの。学術的価値を提示して、史跡としての保護を訴えつつ、自分が発見したものを公表できればって」

「すごい、もうすでに学者みたい」ゲイナーはにっこり笑ってさらに言った。「最高だわ。近いからしょっちゅう会えるわね。休みには一緒にどこかへ出かけましょうよ。パリまで鉄道の旅なんて、どう?」

想像するだけで胸が躍った。「いいわね。学期が始まるまでまだ半年あるから、計画を立てる時間はたっぷりあるわ」

わたしとしては一刻も早く勉強を始めたいところだが、半年の猶予があるのはたぶんいいことなのだろう。目の前の課題をこなさなければいけないのだから。まず両親とジェイムズにこのことを告げる。実家の仕事の後任者に引き継ぎをする。入寮の手続きをする。そして、昨夜オンラインで始めた別居手続きを完了させる……。

こちらの胸の内を見抜いたかのように、ゲイナーが両手を揉み絞りながらためらいがちに言った。「余計なお世話だとは思うけど、旦那さんにはもう知らせたの？」

「別居は合意済みなんだけど、わたしがすぐまたこっちへ来るつもりだってことは彼は知らないわ。今夜電話して大学院のことを話すつもり」

それから両親にも電話をかけよう。ジェイムズが何をしたか、ありのままを話そう。親が知ればショックを受けるだろうからと、少し前までは話すつもりはなかった。でも、隠す必要はないのだと気づいた。まわりの人たちが自分を、自分の夢を、応援してくれる、それがどれほど意味のあることか、ゲイナーとローズが思い出させてくれたのだ。

作業を再開したゲイナーが、手を動かしながらわたしのほうを見た。「修士課程の期間はどれぐらい？」

「九カ月よ」

九カ月。切望していた妊娠の期間と同じ。その皮肉に思わず苦笑した。わが子を抱く日は遠ざかったけれど、代わりに別のもの——長く忘れていた夢——を、わたしは抱き、実現する。

　ゲイナーに別れを告げたあと三階へ下りた。彼女に気づかれないことを願いつつ、人文科学分野の資料閲覧室へ向かう。そう、今だけは彼女を避けたかった。これだけは、一人でやりたかった。誰の目からも逃れて。

　奥に並ぶパソコンの一台を目指す。ついこのあいだ、上階の同じコーナーでゲイナーと一緒に調べものをしたばかりだから、検索ツールの使い方は覚えている。まず大英図書館のメインページを開いて〝総合目録〟をクリックした。次いでデジタル化された新聞記事を選択。この方法で殺人薬剤師についてゲイナーと検索を試みたときは成果がなかった。

　今日は何の予定もない。長居をするつもりで来ている。椅子に深く座り直すと、わたしは手帳を開いた。『イライザ・ファニングとは何者？』

　二日前に走り書きした、唯一の問いだ。

　デジタル・アーカイブの検索バーに、二語を入力する。〝イライザ　ファニング〟。そうしてエンターキーを押した。

　すぐに検索結果が五、六件表示された。ざっと見たところ、有望なのはひとつだけ――いちばん上の記事――のようだった。それを開くと、たちどころに記事の全文が現れた。

一八〇二年の夏、《ブライトン・プレス》という新聞に掲載された記事。ブラウザの新しいタブを開いてブライトンを調べてみると、それはイギリス南東部に位置する海辺の都市だった。ロンドンからは車で二時間足らずとのこと。

見出しはこうだ。『イライザ・ペッパー（旧姓ファニング）夫の書店を継承す』

記事によれば、イライザ・ペッパーは二十二歳で、生まれはスウィンドン。一七九一年からブライトン郊外に居住している。夫トム・ペッパーが遺した広大な地所と共に、彼が街の北端で営み大変な人気を博していた書店をこのほど受け継いだ。秘術秘薬や超自然現象に関する書籍が多数取り揃えられた店には、稀《まれ》な病に効く薬や療法を求めてヨーロッパ全土から客が訪れるのだという。

残念ながらトム・ペッパー自身は病に打ち勝つ術を発見できず、先だって他界した。死因は胸膜炎と思われる。妻であるイライザは、夫が早すぎる死を迎えるその日まで一人で献身的に看護にあたった。だが書店を会場にしたペッパー氏を偲《しの》ぶ会には、彼の人柄と業績を讃《たた》える数百人が列席をした。

散会後、未亡人を囲んだ記者たちが店の存廃について質問したところ、店は続けます、と彼女は力強く答えた。

「夫もわたしも、秘薬に命を救ってもらったのです」彼女は記者たちに語った。ロンドンにいた当時、自身が調合したチンキ剤のおかげで彼女は命拾いしたのだという。「わたしはまだほんの子どもで、それが初めてつくったチンキ剤でした。でも、ある特別な友人のためにに命を懸けたのです。その人は今もわたしに寄り添い、助言をしてくれます」ペッパー夫人は続けた。「若気の至りだったのかもしれませんが、死を目の前にしても恐怖心はまったくありませんでした。懐に入れた空色のガラス瓶が肌に熱く感じられました。中身を飲み干すと、その熱さが体中にみなぎったみたいになって、冷たい水も心地いいぐらいでした」

記事には、この言葉の最後の部分について記者から質問が出たとある。「〝冷たい水〟とは？　詳しく教えてください、ペッパー夫人」けれどイライザは、今日はありがとうございました、もう戻らないといけませんので、とだけ述べた。

そうして彼女は左右の手を二人の幼子——四歳になる男女の双子——のほうへ伸ばすとそれぞれと手を繋ぎ、夫の愛した〈魔法と魔術と玩具の店　ブラックフライアーズ〉へと戻っていった。

大英図書館に滞在していたのは一時間足らずだった。外へ出ると午後の日差しが照りつけており、屋台で水を買ったわたしは楡《にれ》の木陰のベンチに腰を下ろした。さて、これからどうしようか。夕方まで図書館で過ごすつもりでいたのだが、目的のものはあっさり見つかってしまった。

橋から身を投げたのは薬剤師ではなかった。彼女の年若い友人、イライザ・ファニングだったのだ。日誌に二月十二日の書き込みがあったのもこれでうなずける。判事は薬剤師の死を断定したが、それは間違いだった。しかしイライザも死ななかった。チンキ剤のおかげか単に幸運だったのか、いずれにしても少女は生き延びた。

けれど、あの記事ですべてが解明されたわけではない。チンキ剤の処方が、なぜ薬剤師には不明だったのか。判事はイライザの存在を知っていたのか。イライザのチンキ剤の効能を薬剤師も認めていたのか。そもそもイライザと薬剤師の関係はどのようなものだったのか。

そして、薬剤師の名前。それもまだわからない。

まだ子どもだったイライザが大事件に関わっていたというのはなんとも胸の痛む話だが、薬剤師の人生において、そして死において、彼女はどんな役割を果たしたのだろうか？彼女は記者に対して、特別な友人のために命を懸けた、その友人は今も自分に寄り添い、助言してくれる、としか語っていない。それはつまり、薬剤師は事件の十年後も生きていて、ブライトンのイライザの近くで暮らしていたということだろうか？それともイライザは別の意味で言ったのだろうか――今も薬剤師の存在を近くに感じる、というような意味で。

本当のところはたぶん永遠にわからない。

大学院での研究活動が始まれば、歴史家なり学者なり専門家と共に、適切なライトを携えてあの薬局跡を再訪することになるだろう。解明すべき謎とその手がかりが、あの小さな空間にまだまだ眠っているのは間違いない。けれど、この種の――薬剤師とイライザがどんな関係だったのかというような――疑問の答えは、きっと見つからない。新聞にも文書にも、それは記録されていない。女同士の複雑な関係は歴史には残らないのだ。女たちがどう関わり合い、どう結びついていたかは。

楡の木陰でひばりのさえずりを聞きながら、考え込んだ。イライザにまつわる事実を突き止めたあと、わたしはなぜそれをゲイナーに知らせに行かなかったのか。一七九一年二月十一日に本当に橋から飛び降りた人物の名前も、その人物が生き延びたことも、彼女に知らせなかったのはなぜなのか。

彼女に対して隠さなければならない理由はないのに。わたしはたぶん、イライザの存在を誰にも明かしたくないのだ。薬剤師については探究しても、イライザの物語は胸に秘めておきたい、わたしのただひとつの隠し事にしたい、そう思っている。

橋から飛び降りたのは薬剤師ではなくイライザだったという事実を論文に織り込めば、それは学術誌の巻頭にだって掲載されるかもしれない。でも、名声はいらない。イライザはまだ子どもだったけれど、わたしと同じように、気づくと人生の岐路に立っていた。そしてわたしと同じように空色の小瓶を握り締め、深くて冷たい川の上へやってきて……飛び込んだ。

ベンチの上でわたしはバッグから手帳を引っ張り出すと、新しいほうからページを逆に繰り、薬剤師に関するメモよりさらに前、最初のページを開いた。ジェイムズと立てた旅行プランを読み直す。数週間前の自分が書いた、屈託のない丸っこい文字。ちりばめられた小さなハートマーク。つい二、三日前までは、見るだけで吐き気を催した。彼と訪れようとしていた観光地など、足を向けたくもなかった。でも今のわたしは、長年憧れていたあそこにもここにも行ってみたいと思いはじめている。ロンドン塔にも、ヴィクトリア&アルバート博物館にも、ウェストミンスターにも。それらの場所に一人で行ってみるのも悪くない、むしろ一人で歩き回って街を探索したいと思う。時にはゲイナーを誘ってみよう。きっと喜んでつき合ってくれるだろう。

でも、博物館へ行くのは明日でいい。今日はほかにやるべきことがある。

図書館の最寄り駅から地下鉄に乗り、ブラックフライアーズ駅で電車を降りた。川沿いの歩道をミレニアム・ブリッジへ向かって歩く。テムズはわたしの右手にあって、数千年来の川筋を悠々と流れている。

膝の高さの石壁に沿ってしばらく行くと、コンクリートの階段があった。数日前、泥ひばりに参加したときにも使った階段だった。河原へ下り、つるつるした丸い石を注意深く踏みながら進む。初めて来たときと同じく、今日もあたりは驚くほど静かだった。散策する観光客もはしゃぐ子どももおらず、ツアーグループも見当たらない。わたしにとってはありがたい。

バッグを開けて、空色のガラス瓶を取り出した。イライザのチンキ剤が入っていた瓶だと今はもうわかっている。これが彼女を救い、めぐりめぐってわたしのことも救ってくれた。薬剤師の記録からすると原材料はわからないらしい。わからないというのはかつてのわたしには不快な概念だったが、今はそこに可能性を感じ取る。わからないから、胸が躍る。きっとイライザも同じだっただろう。

わたしたちにとってこの瓶は、次なる冒険へと移る節目の印になった。人生の岐路に立ったわたしたちが、痛みを乗り越え真実を受け入れた、不思議な力に身を委ねた、その象徴だ。わたしたちを魅惑した魔法の象徴。

曇りがいくらか取れてわたしの指紋がついてはいるが、それ以外は見つけたときのままだ。親指の爪で態をなぞりながら、このガラス瓶が教えてくれたことをあらためて胸に刻んだ。厳しい真実は表面には現れない。自分で掘り起こし、明かりにかざして、余計なものを洗い流して初めて見つかる。

視界の隅で動くものがあった。上流からこちらへ歩いてくる女性の二人連れだった。わたしとは別の階段を使って河原へ下りたのだろう。わたしはかまわず最後の仕事に取りかかった。

ガラス瓶を握り締めた手を、胸に押し当てる。ほど近いブラックフライアーズ橋の上で、イライザもきっとこんなふうにした。わたしは川へ向かってその手を大きく振りかぶると、力のかぎり遠くへ投げた。瓶は弧を描いて上昇したあと静かに川面に落ちて、テムズの深い底へと沈んでいった。小さな波紋はほどなく低い波にのまれて消えた。

イライザの瓶。わたしの瓶。わたしたちの瓶。そこに潜む真実を知っているのは、わたしだけ。これからも、ずっと。

泥ひばりツアーでバチェラー・アルフは言っていた。テムズの河原で何かを発見したら、それは運命的な出会いだと。あのときは信じられなかったけれど、今ならわかる。空色のガラス瓶の発見は、確かにわたしにとっては運命的だった——歩む道が大きく変わることになったのだから。

コンクリートの階段を上がりながら、ちらりと上流のほうを振り返った。開《ひら》けた河原だ、あの二人連れがさっきよりも近くに見えるはずだと思った。が、あたりを見回したわたしは眉根を寄せ、そのあと、たくましすぎる自分の想像力に苦笑いした。

あれは目の錯覚だったに違いない。二人の姿はもうどこにもなかった。

ネッラ・クラヴィンジャーの毒薬処方箋

ケンブリッジ大学イギリス十八世紀ロマン主義文学専攻修士課程修了予定者
キャロライン・パースウェルによる修士論文からの抜粋

各種毒物の特性、使用時の注意点等は、英国ロンドン、EC4A 4HH、ファーリンドン、ベア・アレーにて発掘された記録を修復・解読したものである。

ドクニンジン

卓越した知性と言語能力を有する男性に。息を引き取る間際まで意識は明晰《めいせき》に保たれるため、当人からの告白や説明を必要とする場合に有効。

致死量：大型の葉六枚。格別大柄な男性には八枚必要。初期症状は目眩および冷感。推奨される投与方法はチョウセンアサガオに準じ、煎じ汁かジュレップ仕立て。生の葉を細かく刻んで汁を搾ってもよい。

石黄（硫化ヒ素）

外見が小麦粉あるいは粉砂糖に似ているため、レモンの砂糖漬けやバナナ・プディングなど甘味を好む大食漢に最適。

非常に興味深い特性を有する鉱物である。熱い湯によく溶けるが、湯気にニンニク臭があるため冷ましてから投与すること。虫、動物、人間、害あるものの駆除に広く使用できる。致死量は三グレイン。

カンタリス

娼館や閨房《けいぼう》など、行動不能に陥る前に性的興奮が必要な場合に。

原材料であるツチハンミョウは寒冷期に低地の畑で捕獲できる。新月の頃、根菜のそばに多く見られる。よく似た無害な甲虫類と取り違えないためには、雄を一匹潰して乳状の体液を皮膚に塗り、刺激の有無を確かめたうえで本格的な採集に取りかかるとよい。からからになるまで炒り、すり潰して細かい粉末にする。濃色で粘度の高い液体に混ぜ込んで投与する。ワイン、蜂蜜、糖蜜など。

クリスマスローズ

酒やアヘンチンキを日常的に大量摂取し、せん妄や幻覚を起こしやすい男性に。クリスマスローズの毒による症状を、自身の悪癖がもたらしたものと思い込んでくれる。

種子、樹液、根――すべて有毒である。他のキンポウゲ科の植物と混同しないよう、花も根も黒いものを選ぶこと。初期症状は目眩、昏睡《こんすい》、口渇、呼吸困難など。

トリカブト《オオカミ殺し》（別名：僧侶の頭巾）

篤《あつ》い信仰心を持つ男性に。神がお怒りだなどと嘯《うそぶ》いて最期に暴れようとしても、四肢が麻痺するため叶わない。

水はけのよい土であれば栽培は容易である。茎の根元が直径一・五センチになれば収穫できる。必ず手袋を着用すること。根を三日間天日干ししたのち、ナイフ二本を使って繊維をほぐす。ホースラディッシュなどで辛いソースをつくり、そこへ混ぜ込む。個別に供されるコース料理を利用するのがよい（ビュッフェは避ける）。

マチン（ホミカ）

確かな即効性と不可逆性を備えた、最も信頼できる毒物。年齢、体格、体力知力を問わず、すべての男性に適用可能。

毒成分を抽出するには、烏《からす》のイチジクとも呼ばれる茶色い種子を細かくすり潰す。ごく少量であれば、高熱、疫病、精神不安定などにも使える。非常に苦いので要注意！　弱火で加熱すると黄色味を帯びる。まず現れる症状は口渇。卵黄に混ぜて調理することを推奨する。

チョウセンアサガオ（別名：悪魔のトランペット）

速やかに意識混濁をきたすため、当人も気づかぬうちに絶命する。法律家や役人等、知略に長けた男性に向く。

卵形の種子は乾燥や加熱をしても弱毒化しない。チョウセンアサガオによって生じる意識障害は、ベラドンナなど他のナス科植物によるそれよりも強度である。人間よりも利口な動物は、味と匂いの悪いこの植物には近づかない。よって、獣に荒らされていない土地で見つかりやすい。

イチイ

イチイは死骸に劣情を抱くと言われている。病人や高齢者の死を早めるのに最適である。

毒素は種子、針状葉、樹皮に含まれている（葉は筋が多いため、できれば避ける）。中世村落の墓地でよく見つかる。樹齢四百年から六百年といった古木もあるが、若い木の種子が望ましい。丸薬または座薬にて投与。相手が葬儀屋や墓守である場合は要注意。イチイの匂いをよく知っているため、投与を阻止される恐れがある。

タマゴテングタケ

死まで五日ほど猶予がある。臨終遺言に立ち会うべき身内などが遠方にいる場合、使い勝手がよい。

秋から冬にかけて採れる最強の毒キノコ。調理しても毒性の強さは変わらない。入手は非常に困難だが、信頼できる毒である。投与後いったん持ち直すため、相手に気取《けど》られにくい毒でもある。この一時的な回復は、死が差し迫っている証である。

毒殺の歴史に関する付記

毒による死は表沙汰になりにくい。加害者と被害者がもともと信頼関係にあったケースが多いためである。そうした近しさは仇《あだ》にもなることを、十八世紀から十九世紀にかけてイギリス各地で起きた事件が示している。罪に問われた毒殺者のうち最も多い層は、被害者の母親、妻、女使用人であった。年令は二十歳から二十九歳まで。動機は多岐にわたっている。雇い主に恨みがあった、夫や愛人が邪魔になった、保険金が目当てだった、子どもを養育できなくなった、などなど。

十九世紀半ばになると、遺体から毒物を検出する技術が毒物学者のあいだに広まった。『薬屋の秘密』の舞台を十八世紀末のロンドンとしたのはそのためである。これが五十年あとならば、ネッラが処方する毒は検視や解剖によってあっけなく発覚していただろう。ジョージ王朝時代のロンドンにおいて、（社会階級を問わず）どれぐらいの人が毒によって命を落としたのか、その正確な数を知る術はない。法医中毒学というものは当時まだ存在せず、その死が事故によるものであれ事件によるものであれ、死亡届の補足程度に、中毒死と記されるのがせいぜいであった。言うまでもなく、検出方法が確立していなかったためである。毒を何かに紛れ込ませて人に摂取させることがいかに容易であったかを思えば、毒殺という犯罪の実数は、記録にあるよりはるかに多かっただろうとわたしは睨んでいる。

一七五〇年から一九一四年までのデータを集計した結果、刑事事件に関わる毒物のうち登場回数が目立って多いのは、ヒ素、アヘン、マチンであった。アコニチンのような植物性アルカロイド——トリカブト別名オオカミ殺しに含まれている——によるもののほか、ある種の甲虫を原料とする媚薬成分カンタリジンなど、動物由来の毒による死も珍しくなかった。

家庭用の殺鼠剤のように簡単に入手できる毒物もあった一方で、そうではないものもあった。それらの出どころ——加害者たちがどこのどういった店で購入したのか——については明らかになっていない。

Recipe 1

トム・ペッパーのホット・ウイスキー

喉の痛みをやわらげてくれる。
疲れた1日の終わりにも。

・生蜂蜜……………………1・4ドラム（ティースプーン1杯）
・スコッチまたはバーボン……16ドラム（1オンス）
・湯……………………½パイント（1カップ）
・生タイムの小枝…………3本

マグカップの中で蜂蜜とウイスキーを混ぜる。
湯を注ぎ、タイムを5分間浸す。
熱いうちに飲む。

Recipe 2

ブラックフライアーズ・バーム

虫刺されによる腫れや痒みに。

・ヒマシ油……………1ドラム（ティースプーン0・75杯）
・アーモンド油………1ドラム（ティースプーン0・75杯）
・ティーツリー油……10滴
・ラベンダー油………5滴

容量2・7ドラム（10㎖）のロールオンボトルに4種の油を入れる。
水を加えて満たし、固く栓をする。
都度、よく振ってから患部に塗布する。

Recipe 3

ローズマリー・バタービスケット

伝統的なショートブレッド。甘さの中に感じるほのかな塩気と香ばしさ。邪気払いに。

・生ローズマリーの小枝……1本
・有塩バター……1と½カップ
・グラニュー糖……⅔カップ
・中力粉……2と¾カップ

ローズマリーの葉を枝からはずして細かく刻む（テーブルスプーン約1杯または好みの量）。柔らかくしたバターと砂糖をよく混ぜる。そこへローズマリーと粉を加え、生地がまとまるまでよくこねる。天板2枚にオーブンシートを敷く。生地を直径3センチ強のボール状に丸めて天板に並べる。それぞれをそっと押し広げて厚さ1センチ強の円盤状にする。最低1時間、冷蔵庫で寝かせる。１９０℃に熱したオーブンで10分から12分、底面の縁がきつね色になるまで焼く。焼きすぎに注意する。少なくとも10分間冷ます。この分量で45個できる。

謝辞

熱心なエージェントであり、わたしの熱烈な支持者でもあるステファニー・リーバーマンがいてくれなければ、この本が皆さまのお手元に届くことはありませんでした。言葉はなかなか辛辣だし安請け合いはしない彼女ですが、きっと裏で魔法を使っているんです。

彼女のすばらしい仲間、アダム・ホビンズとモリー・ステインブラッドにも感謝を捧《ささ》げます。

パーク・ロウ・ブックスの編集者、ナタリー・ハラクに感謝します。出版とは巨大な産業だけれど、それを大本で支えているのは、良き書物を愛する良き人々なのだということを、彼女は思い出させてくれました。その優しさと楽観主義と洞察力が本当にありがたかった。パーク・ロウ・ブックスとハーレクイン／ハーパーコリンズの驚異的なチームにも感謝。エリカ・イムラニ、エマー・フラウンダーズ、ランディ・チャン、ヘザー・コナー、ヘザー・フォイ、レイチェル・ハラー、エイミー・ジョーンズ、リネット・キム、マーガレット・オニール・マーベリー、リンゼイ・リーダー、レカ・ルビン、ジャスティン・シャー、クリスティーン・ツァイ。みんな最高！　大変な時期に精力的な販促活動を展開してくれたキャスリーン・カーターも、ありがとう！

わたしが作家としての岐路に立つたび、客観的かつ有益な助言をしてくれたフィオナ・デイヴィスとヘザー・ウェッブ。持つべきものは作家仲間だとつくづく思います。自分もいつか誰かの役に立つことがきっと二人への恩返しになるのでしょう。

初期の草稿に対して貴重な意見をくれたアナ・ベネット、ローレン・コンラッド、スーザン・ストークス＝チャプマン、クリスティン・ダーフィー。相談すればいつも親身になってくれるブルック・アレン。感謝します。

姉ケリーと義母ジャッキー。果てしない支援と愛をありがとう。スランプ《ライターズ・ブロック》をブロックし、励まし続けてくれたパット・ティーケルとメリッサ・ティーケルにも心からの感謝を。

仕事と夢を両立させられたのは、キャサリン・スミスとローレン・ゾパティのサポートがあったからです。感謝します。

わたしの検索履歴にも眉ひとつ動かさない、長年の同志エイミー・ウェスターハウス。こんなわたしと人生を共に歩んでくれてありがとう。そして、レイチェル・ラフレニエール、ロキシー・ミラー、シャノン・サンタナ、ローレル・ウバレズ。ここフロリダでの友であり早くからの読者である素敵な四人。いつもありがとう。

歴史小説の執筆に興味がおありの向きへ。参考のために読みはじめた資料に夢中になってしまったら、あなたは正しい道を進んでいるのです。この物語の構想を練るあいだ、わたしを魅了し続けてくれた *Poisoned Lives* の著者キャサリン・ワトソン、ならびに *The Secret Poisoner* の著者リンダ・

ストラトマンに感謝を捧げます。

ずっと前に第一章を読んで、この調子でがんばれと言ってくれた大勢の泥ひばりたちにも感謝。マーニー・デヴルー、カミラ・シマノフスカ、クリスティン・ウェッブ、ウェンディ・ルイス、アリスン・ベッカム、アマンダ・キャラハン。そして、ゲイナー・ハックワーズ。その熱意に敬意を表して登場人物の名前を変更しました！　二〇一九年の夏、テムズ川の泥ひばりで出会った〝フローリー〟・エヴァンズには、本物のデルフト陶器の見つけ方を教わりました。彼女のインスタグラム @flo_finds をフォローしてみてください。

書店員、図書館司書、書評家、そして読者の皆さま。書物を生き存《なが》らえさせてくださる皆さまに、世界中の作家を代表してお礼申し上げます。今こそわたしたちはあなた方を必要としています。

わが夫、マーク。ここまでの道のりを誰よりも知っている人。わたしが脇目も振らずキーボードを叩いて夢を形にするあいだ、あなたが別室で辛抱強く待っていてくれた、その長い時間のことを今、思っています。わたしを信じてくれてありがとう。あなたがいなければ、夢が叶ってもここまで嬉しくなかったわ。

最後に……本書を両親に捧げます。彼らを思いながらこの物語を書きはじめ、やっとここまでこぎ着けました。

母へ。親がいてくれるからこそ湧く情熱や喜びって、あるんですね。平坦《へいたん》ではないこの道を進むあいだ、そばについていてくれたこと、心から感謝しています。母と娘の親密さをこれほどありがたいと思ったことはなかった。そして、二〇一五年に他界した父。仕事をするうえで役に立つ多くの性質——粘り強さ、頑固さ、言葉へのこだわりなど——は、父から受け継ぎました。父さん、この贈り物、大切にします。二人とも、本当にありがとう。

訳者あとがき

十八世紀末のロンドン。ネッラは入り組んだ路地の奥で女性専門の薬屋を営んでいる。亡き母から受け継いだ大切な店だ。女性たちを助けるという母の方針を固く守りながらも、実は、助け方が母のときとは違う。客の訴えも違う。彼女らを苦しめるのは病ではなく男たち。そんな苦しみの元をなくしてくれる腕利き薬剤師の評判は、口伝えで密やかにロンドン中に広まっている。今日も新規の客がやってきた。隠し扉の奥にある作業場から、壁の穴越しにその姿を確認したネッラは驚愕《きょうがく》する。客は子どもだった。子どもが、どんな理由でどこの男を毒殺しようというのか……

時は下り、現代。キャロラインはアメリカからロンドンを訪れている。結婚十周年の記念旅行でありながら一人旅なのは、出発間際に夫ジェイムズの不貞が発覚したためだ。大学で英国史を専攻し、一度はケンブリッジ大学院への進学まで考えた彼女にとって、ロンドンは念願の旅先だったが、とんだ傷心旅行になってしまった。泥ひばりツアーなるものの存在を偶然知るが、気乗りせず、そもそもそれが何であるのかもわからない。成り行きで参加してみると、泥ひばりとはテムズ河畔の泥に埋もれたものを発掘する娯楽だった。かつて交通の要衝であり一種のゴミ捨て場でもあったテムズ川は干満の差が大きく、干潮時には昔の船から落ちたものや人々が捨てたものが多数発見できるのだ。キャロラインが見つけたのは、空色のガラスの小瓶だった。どうやら昔の薬瓶らしい……

二〇二一年に出版されるや、ニューヨーク・タイムズをはじめ数々のベストセラーリストを大いに賑わせたサラ・ペナーのデビュー作、四十もの言語に翻訳されたという本作を、こうして日本の皆さまにもお届けできること、大変嬉しく思っています。

はるかな時を隔てて、同じロンドンの街で、苦悩し、危機に陥り、みずからを見つめ、気づき、友を得て、決断し、実行に踏み切る、ネッラとキャロライン。それぞれの日々が一章につき一日、かわるがわる描写されます。どちらも一週間ほどのあいだの話でありながら、全体として見れば二百数十年にわたる壮大なひとつの物語です。そしてまた、ミステリー、ファンタジー、歴史小説、時代小説、フェミニズム小説……さまざまな読み方を可能にしてくれる物語でもあります。毒、病、死、裏切り、不貞、霊といった禍々《まがまが》しいモチーフが扱われているにもかかわらず、作品から受ける印象は陰鬱なものではありません。女性それぞれの内に秘めたたくましさが随所に見え隠れするから、というのもあるでしょうし、三人目のヒロインの存在に負うところも大きいのでしょう。訳しているときも、ネッラとキャロラインの章では知らず知らず詰めていた息を、イライザの章でふっと吐く、そんなことを繰り返していたように思います。はらはらしたりほろりとさせられたりしつつも、少女の純粋さや利発さに、訳しながらつい笑みを誘われたことも一度や二度ではありませんでした。

　調べる、調べもの、という言葉が作中しばしば出てきます。それで思い出したのが（私事かつ余談です、すみません）、翻訳の勉強をしていた頃、先生（海外ミステリーを紹介する雑誌の編集長などを経て、当時は翻訳家として活躍しながら後進の指導にあたり、のちに作家に転身なさった方）から聞いたご自身の体験談。昔々、Kleenexという単語に行き当たったものの、どの辞書にも載っておらず難儀した、ちり紙みたいなものかと見当をつけて訳した、とのこと。このエピソードを聞いた時点で、インターネットなどという言葉はわれわれ誰も見たことも聞いたこともありません。ただただ現代の辞書は偉大だ、ありがたい、とうなずき合ったものでした。が、辞書さえ完全ならば一冊の原書を日本語の本にできるのかと言えばそんなことはなくて、どのジャンルでもどんな作品でも、翻訳者が調べものに費やす時間は相当なものになります。たとえば今回、まずは十八世紀ロンドンの普通の人々の暮らしぶりや風景や空気感を知りたいと思いました。当時の医療事情や薬剤師の地位についても。それからもちろん、各種薬草・毒物の性質と形状。さらにはメイドの種類や実際の仕事、魔術と魔法の違い、新旧ロンドンの地理、泥ひばりの様子、ラムズの波の高さ、大英図書館内のレイアウト、などなど。かつてはこんなとき、図書館へ行く、書店・古書店を巡る、しかるべき筋に問い合わせる、レンタルビデオ店で映画を探す、などしたものです。机から（パソコンから、ではなく）離れて、足なり口なりを使わなければなりませんでした。それが今では、たいていのことは居ながらにして知ることができてしまう。少なくとも、自分の仕事に必要な程度には。でもキャロラインたちが教えてくれたように、検索エンジンによる安直な検索の結果がすべてではない。至極当然、なのについ忘れがちなこの事実を、あらためて肝に銘じなければと今回は思ったことでした。

さて、本作を引っさげ華々しいデビューを果たしたサラ・ペナー。どんな人なのでしょうか。登場人物に作者自身が投影されているのはよくあることだし、ここはおそらく、キャロラインがそれにあたるのでは……と推測したのは訳者だけではないのでは？　ところが彼女の経歴だけを見てみると、むしろジェイムズのほうに近いのでした。カンザス大学で金融学の学位を取得したペナーは、巨大企業コーク・インダストリーズに就職しました。めきめきと頭角を現し、数年でアソシエイトからマネージャーへ昇進、年に何度も海外出張をこなす多忙な日々を送ります。論理的思考と分析の日々です。大学での学びが存分に生かされていることに満足していました。しかしその一方では、心の隅にしまってあった子どもの頃の夢が頭をもたげはじめます。そう、やはり作者はキャロラインでもあったのです。二〇一五年、『食べて、祈って、恋をして』などで知られるエリザベス・ギルバートの講演会に参加した彼女は、『夢の実現へ向けて一歩も足を踏み出さないまま、一年後もこの同じ椅子に座っていたいですか？』との言葉を聞いて決心します。あとは一直線。会社勤めのかたわら早朝に執筆し、作品を世に出す方法を積極的に探り、努力を積み重ねます。努力は報われ、二〇二一年退社、専業作家となりました。今春には、十九世紀ロンドンとパリを舞台にした第二作を上梓《じょうし》し、本国で好評を博しています。執筆のほかにも、かつての彼女のような作家の卵に向けた情報提供を精力的に行い、多くの人の力になっているようです。ＦＯＸでは本作ドラマ化の企画も進行中とのこと。そちらも楽しみですし、この気鋭の作家が今後どんな作品を世に送り出してくれるのか、大きな期待を持って注目していたいと思います。

二〇二三年八月